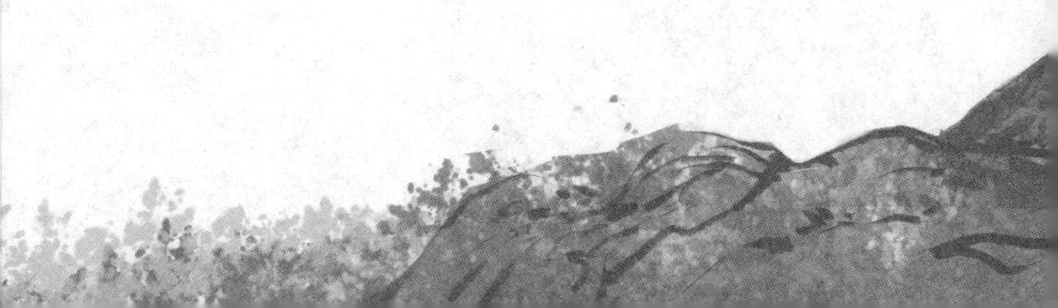

焚桑记

上 桩桩 著

重庆出版集团 重庆出版社

图书在版编目(CIP)数据

焚桑记/桩桩著. —重庆：重庆出版社,2024.2
ISBN 978-7-229-18226-7

Ⅰ.①焚… Ⅱ.①桩… Ⅲ.①长篇小说—中国—当代 Ⅳ.①I247.5

中国国家版本馆CIP数据核字(2023)第230607号

焚桑记
FENSANG JI
桩 桩 著

责任编辑：袁　宁
责任校对：杨　婧
装帧设计：冰糖珠子

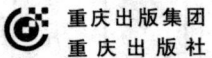

重庆出版集团
重庆出版社 出版

重庆市南岸区南滨路162号1幢　邮政编码：400061　http://www.cqph.com
重庆出版社艺术设计有限公司制版
重庆市国丰印务有限责任公司印刷
重庆出版集团图书发行有限公司发行
E-MAIL:fxchu@cqph.com　邮购电话：023-61520646
全国新华书店经销

开本：880mm×1230mm　1/32　印张：23　字数：580千
2024年2月第1版　2024年2月第1次印刷
ISBN 978-7-229-18226-7
定价：102.00元

如有印装质量问题，请向本集团图书发行有限公司调换：023-61520678

版权所有　侵权必究

目录

上

楔子	1
第一章 逃出生天	8
第二章 最美的身影	26
第三章 大寒	48
第四章 小狐狸和大白兔	68
第五章 抱团取暖	92
第六章 以命相护	112
第七章 故人重逢	132

第八章 明着敲诈	153
第九章 红莲焚城	174
第十章 功法的秘密	194
第十一章 划清界限	216
第十二章 但见新人笑	232
第十三章 包子和葱油饼	250
第十四章 赌你的心	271
第十五章 心意难测	294
第十六章 蛊惑人心	314

楔子

苍穹之下的大地一望无垠，大陆最古老的典籍书卷也不曾详细计量出这片大地的范围，因而称之为无垠大陆。

人们只知道大陆的极东极西和极南之处耸立着一座雄伟突兀的孤峰，直插云霄。孤峰之后则是诡异至极的无边迷雾，灰蒙蒙无边无际，能吞噬所有的一切。

山之高，巨鹰难至。

曾有修士试图登上山峰之巅。深入云中之后，茫茫白雾遮蔽了视线，风凛冽暴戾，一身真气难以调用，再难寸进。而山峰之巅仍隐于雾中云后，难以窥顶。于是那三座高峰被取名为撑天云柱。

大陆最古老的典籍大概能查阅到五千年前。

自有记载起，无垠大陆上就有了修士。有资质踏上修炼之途的修士们渴求着无上的力量，渴求成为能掌控自己命运的强人，能与天争寿。大大小小的俗世国度都依附着宗派生存。

在这片大陆上，人妖两界泾渭分明。

妖族背靠南方的撑天云柱，生活在大陆最南面那片广袤的森林中。

两千年前，妖族企图奴役人族，做无垠大陆的霸主。在那场毁天灭地的战争中，人族取得了胜利，妖族退回了南方的山林中。两族以南方的落雁山脉为界，互不侵犯。

无垠大陆的北方没有撑天云柱，只有一片赤海。

赤海并不是海，是由红色砂岩和褐红细沙构成的戈壁沙漠。广袤无边，气候异常。罡风四处飘荡，寸草不生。

有不少玄门修士闯进赤海寻宝，一旦被卷入突来的罡风中，如受千刀万剐之刑，几乎没有生还的可能。

从此赤海成了人族的禁区。

没有人知道赤海的尽头是什么。

赤海也被称为天尽头。

两千年前，大陆偶有秘境现世。修士们在秘境中找到大量的功法玉简，上面记载的功法与玄门的修炼之法截然不同。

各宗门招集修士研习，发现此类功法短时间内进阶速度奇快，却有着各种隐忧。炼成的术法带着股诡谲的气息，古怪诡异万分。有识之士当机立断将其封存，却也有人为了能迅速提升修为，仍然偷偷练习。

一个小宗门的玄门修士以噬人精血修炼，短短四十年，就从炼气修为跃至结婴境界，然而性情变得暴戾残忍。数月工夫就取了宗门上百同门的性命，收其精血供其修炼。残忍的功法引起了修士们的公愤。各宗派的修士联手擒拿，被他杀了几十名精英弟子逃进了赤海，从此杳无音信。

在此之后，但凡不修习玄门正宗功法者，都被视为魔修。人人视之为敌。

当一些修士修炼邪门功法被发现后难以在内陆立足，无奈之

楔子

下纷纷选择遁入赤海，从此销声匿迹。

一千年前，上元宗的一位元婴道君进入赤海寻找矿石炼器，为避罡风东躲西藏，意外过了赤海。

北方的天空中出现了一座大山。大山正中有一座孤峰直插云霄，冰峰隐在云中不可见。上元宗道君马上联想到大陆上东西南三面的撑天云柱，恍然大悟，原来极北之地同样也有撑天云柱。

这座北方的孤峰在连绵起伏的山脉之中异峰突起。阳光映射下，云雾缭绕的孤峰之上一座水晶般的宫殿折射出霓虹般的绚丽色彩，气象万千。

极北之地撑天云柱的高处竟然有座水晶宫殿？上元宗道君好奇到了极点，立时朝山峰所在飞去。等走得近了，他才发现山下还有一座红石为墙的大城。城墙高达百余丈。站在城门处，人渺小如蚁。那些暗红色的石头上布满了奇异的石纹，散发着狰狞的气息，仿佛这是一座地狱之城。上元宗道君嗅到了不祥。

他打听到此城唤作红城，这里被称之为圣域。上元宗道君自恃身份，于城门处报上了宗门来历，求见城主。然而来人却是旧识。上元宗道君一眼认出对方是当年被追杀逃进赤海的一个魔修。两人几乎没有半句交流，直接动手开打。好在上元宗道君尚未进城，没被对方来个瓮中捉鳖，好不容易才逃进赤海身负重伤回到宗门。

赤海并非天尽头。赤海的另一边竟然还有一座撑天云柱，有一个自称圣域的古怪门派。上元宗道君弥留之际咬牙切齿地讲述了见到魔修的事。

原来那些修习邪功逃进赤海的修士竟然活着！人族修士们愤

慨不已，认定圣域就是那些魔修所建，便以赤海为界，将那座圣域宗门不屑地称为魔界。

无垠大陆从此三分天下。

自上元宗道君之后，无数大宗门的高手纷纷过赤海去魔界打探消息。能活着回来的，只有几大门派中几位太上老祖。

二百年前，青山宗太上老祖凌山子修炼至了瓶颈，决意杀魔修突破，仗着元婴后期的高深修为进了赤海。

越过赤海后他就看到了那座暗红色巨石砌就的大城，看清楚了那座极北边界的撑天云柱。凌山子吸取了上元宗道君的教训，隐藏了自己是玄门修士的身份潜进了红城。

红城建在山脚下的平原上。背靠的山脉如屏风一般，高低错落着七座山峰。峰上各建有一殿，众星拱月般护卫着建在撑天云柱上的圣宫。

他打听到圣域之主被奉为圣尊，常年住在圣宫之中。圣域的寻常事务则由七位殿主分而执掌。

人族修士早就探索过无垠大陆东西南三处的撑天云柱，越往上真气就越难调用，对修士极为不利。而魔界的圣宫却偏偏建在孤峰云雾之上，凌山子分外震惊。

他运气极好，入城后正巧赶上七年一度的奉圣大会。圣域中人皆以能被圣尊看中自己供奉的宝物为荣。红城热闹非凡。

奉圣大会上，七殿殿主选送的异宝被供奉在玉台四周的七根华柱之上。

正值朝阳初升，阳光投向玉台。华柱顶端摆放的宝物大放异彩。令凌山子大开眼界。

其中一根华柱上放着枚拳头大的琉璃珠，珠中嵌着一朵寸许高的红色莲花。随着阳光洒落，那朵红莲缓缓绽放。一缕缕色如赤血的气息从琉璃珠中向四周散逸而出，在空中凝聚成一朵硕大的莲花影像。看着诡异万分，却隐约散发出圣洁之意，令人难生亵渎之心。修为低的魔修接连跪伏在华柱之下，顶礼膜拜，虔诚至极。

凌山子正琢磨着这枚内藏鲜活莲花的珠子是何异宝时，他的本命飞剑生出了强烈的感应。元婴后期的修为每提升一线都极难，能增强本命法宝的威力，就是难得的机缘，何况这是魔界的宝物，抢了便抢了，没有任何道义负担。凌山子已是大宗门的太上老祖，能够隐忍一时已极难得。此时，他心痒难耐，直接飞到了华柱之上，将琉璃珠攥在了手中。

凌山子仰天长笑，面对满城魔修丝毫不惧。整个大陆大大小小各种宗派，最高的修为就是元婴后期，他已修至巅峰为何要怕？凌山子笑得快意，圣域中人则疯了。哪怕是低阶魔修也不要命地攻向他，一副被凌山子挖了祖坟的架势，硬生生用无数尸骨拖住了凌山子的脚步。

等到圣域七殿高手赶到，双方又一场恶战。凌山子以寡敌众，边打边退，终于被他逃进了赤海。圣域自然不肯罢休，狂追不舍。最终眼见凌山子被罡风卷走方才罢手。

凌山子回到宗门时，成了一副仅能喘气的人形骨架。若非宗门延续数千年，手段高明灵药丰厚，凌山子那口气就咽下去了。

整座大陆的元婴修士不过寥寥百人罢了，更遑论屈指可数的元后修士。元后修为的凌山子被魔界打得奄奄一息，让无垠大陆的玄门修士谈赤海色变。自凌山子之后，再无修士敢强过赤海进入圣域。玄门修士过不去，令人憎恶的魔修也不过来，倒也勉强维持了暂时的和平。

二百年过去，圣域终于查出了凌山子的来历。圣尊亲率高手，悄悄过了赤海，奇袭青山宗。

谁都没想到圣域魔修能平安过赤海突袭青山宗，其他宗派来不及赶来救援。青山宗的护山大阵被毁了一半，宗门高手尽出难以抵挡。

尚在养伤的凌山子也出现在战场上。但他不是圣尊对手，破不了对方的护体罡气。本命飞剑脱手掷出时，他已不抱希望。然而那柄嵌有赤莲珠的飞剑却意外贯穿了圣尊的身体，重创对方。魔界迅速护着圣尊撤退，也将凌山子的本命飞剑一起带回了魔界。

那一战，青山宗扬名无垠大陆，跻身顶尖玄门大派。

然而，青山宗只有三位太上老祖和掌门知晓，在这次突袭战中，魔界另一队人马绕到后山破了滴水崖的结界，绑走了正在闭关的凌山子关门徒弟秦有桑。

青山宗九峰三崖，人才辈出。三崖由宗门的三位太上长老执掌，地位超然。秦有桑是传说中骨骼清奇天生的美玉良才，四岁就进了青山宗，闭关养伤的太上老祖凌山子将其收为关门弟子。秦有桑不负师父重望，八十几岁就成功结婴，修为远超两位师兄肖石南和生。凌山子自魔界归来后一直在养伤。秦有桑就做了滴水崖的崖主，成为青山宗最年轻的长老。

听着玄门各大宗派的夸赞，青山宗有苦难言。事关宗门脸面，青山宗高层只能默默掩下秦有桑被掳走的事情。

楔子

数千年来的和平伴随着圣域奇袭青山宗结束了。两界的战争也许就在不远的将来。

昔年魔修的残忍故事再次从故纸堆中被翻出来，仿佛头顶上随时悬着欲落的巨石，卧榻之侧随时会出现执剑噬血的阴狠杀手。不踏平魔界摧毁圣域，玄门修士如鲠在喉，难以安心。

且险恶之地总能伴生异宝。赤海寸草不生，却盛产一种能提升炼器品质的黑晶菊丝矿石，以及无垠大陆难得一见的各种异兽。异兽全身都是材料，总不能因为罡风之险就让这些修炼资源被魔界独霸了去。

为了防御魔修入侵，也为了赤海的资源，在凌山子的指点下，青山宗率先在赤海边缘建立驻地，各大宗门紧随而至。各宗门派的驻地连亘成片形成了一座大城，称为北沙城。

玄门弟子们依靠北沙城在赤海边缘地带修炼，沿着凌山子走过的路线逐渐深入赤海，杀异兽挖掘珍贵的黑晶菊丝矿。

凌山子重创魔尊，也断了自己的生机。他唯一的牵绊就是秦有桑。在凌山子心里，秦有桑是被自己连累的，但是本命灯不熄，秦有桑便还活着，就有归来的希望。

缠绵病榻两年后，凌山子幽幽地望着秦有桑的本命灯，不甘心地咽下了最后一口气。

第一章　逃出生天

分不清现实还是梦境。

或者，她身在炼狱。

隐忍的呻吟痛呼声细细碎碎地从极遥远的地方传来。焚天不想听，声音却如雾似云环绕着她。她努力想睁开眼睛。

是睁开眼睛了吧，为什么眼前没有丝毫光，伸手不见五指？

"冷……"不知挣扎了多久，焚天觉得自己似乎从无边的黑暗坠进了冰窟之中。寒冷直侵入骨头，冻得她瑟瑟发抖。牙狠狠地咬进薄薄的唇中，她尝到了淡淡的血腥味。

就像一点点被冻住的水，想拼命奔流却停滞在了被冰冻的瞬间，所有的抗争都如此无力。她感觉不到自己的身体，只有灵台仅余的那点清明让她知道自己还活着。

仅此而已。

她的思维已经被寒冷冻住，无法思考。

这时，一团暖意从天而降，靠近了她。

哪怕只是一根草，溺水者也会拼尽全力地死死抓住。

焚天手足并用缠了上去。

秦有桑动弹不得。

第一章　逃出生天

靠近他的女人柔若水里的青荇，一茎茎缠着他。

秦有桑的唇嗫嚅着，一遍遍无声吟诵着四岁拜师那年起就倒背如流的清心咒。咒语如石落，沉沉砸在心间识海里。他像一只填海的精卫鸟，不知疲倦地想将心海中卷起的风暴砸平。

黑暗遮蔽了视线，他的五感更加敏锐。他嗅到了馥郁的莲香，仿佛看到满池莲开。他想封闭五识却做不到，哪怕他屏住呼吸，她的气息却能从他的肌肤毛孔中肆无忌惮渗透进来。

触碰间仿佛有无数的蚂蚁在轻轻噬咬着他。那种酸楚带着酥麻的滋味令他整个人轻轻颤抖着。

秦有桑咬牙切齿地以青山宗历代宗祖的名声冰冷地许下了誓言。

他听到了轻笑声。她是在耻笑他吗？秦有桑怒不可遏，心神瞬间失守。

一抹冰凉落在他唇上。他品尝到不可思议的柔软与甘甜。他呼吸困难，昏昏沉沉地被她拖进一个陌生新奇的世界。

阳光渐渐移到头顶，奢侈地向崖缝高处一个拳头大小的洞中投下了一点光。

这是一天之中，洞窟唯一能见天光的时刻。

洞窟不大，直径不过两丈，却极深，离高处那点光有近百丈。瞧起来像一口幽深的枯井。

秦有桑躺在洞窟底部。几年不见阳光的脸在黑色衣袍衬托下越发苍白。他的黑发没有束起，发丝凌乱地散在颊间，眉宇间染着一抹倦意，别有一番羸弱之美。

大概是对阳光的极其渴望，光投进来的瞬间，他的眉毛动了动，缓缓睁开了眼睛。秦有桑瞥了眼四周，有点迷惑。难不成那个癫狂的黑夜只是一个梦？拉开衣襟，秦有桑偏着头打量着自己的左肩，伸出手指比量了下。肩头上小巧的牙印尚未完全消失。他想，那个女人的嘴应该很小。她的牙，很尖很利。确定自己并非做梦，秦有桑伸了个懒腰站了起来。他张开双臂，仰起了脸，想让自己多晒到一星半点儿阳光。

不知过了多久，光开始渐渐离开小孔。借着最后一点奢侈的光线，他转头去看身边的石壁。

石壁上密密刻着长短石痕。

他仔细数了数，沉默地从地上捡起一块碎石认真地画下一条极短的石线。

犹豫了一下，他又添了一条。

修为被禁，身体的感觉还在。那晚，不是昨晚，应该是前天的夜里。没有记错时间让他有些高兴。薄唇微微动了动，唇角的笑容还没绽开，又被抿紧的唇止住了。被掳来此处七年，没有人拷问他，也没有人来折辱他。整整七年被扔在这个深深的洞窟中，无人问津，连魔界一个打杂的人都没瞧见过。每七天会有一股清水从洞顶泻下，洗澡喝水清洗地面一并解决——俗世养猪都没养他这般省心吧。

这样的寂静黑暗无人问津，哪怕是习惯一闭关就数年的人都会发疯。可惜，他无法打坐闭关，只能当是另一种磨炼心境的修炼。

靠着这个念头，他不骄不躁地挨过了七年。

平淡如水的囚禁生涯出现了变化，他竟然高兴得想笑？磨炼了七年的心境竟这般脆弱？

再说，将他弄晕了送去给魔界妖女，有什么可喜的？

想到黑暗中的那个女子，秦有桑同时记起了那晚的销魂滋味。

挨了一巴掌被喂了颗甜枣，却只回味枣的滋味又脆又甜……秦有桑，这叫犯贱！一念至此，他难忍羞怒，狠狠一掌拍向了岩壁。

轰的一声，山摇地动，石头咚咚往下砸落。

秦有桑呆住了。

当年闭关进阶受扰，元婴碎裂。他几乎如活死人一般被魔修轻易掳走。好在神识尚在，他内视查探，发现自己的经脉不知断了多少。元婴碎裂的庞大真气全挤压在丹田处，似结丹又非结丹地挤成一团。魔界的禁制封闭了丹田，让他无法调动丹田里的真气养伤。这也是七年来他坐困洞底无聊至极的原因。

如今禁制竟然消失了，他又能重新动用真气了？

石壁轰然破碎，一道天光骤然出现。秦有桑来不及细察自己的情形，朝着光亮处遁射而出。

冲出去的瞬间，阳光与风夹杂着雪花扑面而来。秦有桑像任何一个在黑暗阴寒的洞窟中待了数年的人一样，贪恋地深深吸了口气，这才又觉得异样起来——这么大动静，竟然没有魔修拦截抓捕？

他下意识地抬头，一片茫茫冰雪直刺进眼底。

轰隆隆的闷响声夹杂着坚冰碎裂的咔嚓声从头顶呼啸而下。

"雪崩了！"

脑中闪过这个念头，秦有桑如箭矢般射出。

冰雪夹裹着巨石以迅雷不及掩耳之势奔泻而下。

大自然的威力纵是元婴之身也难以抵挡。不过数息，冰雪溅

11

起的白雾就将那道青黑色的身影吞没。万吨冰雪瞬息之间倾倒进幽深的山谷中，巨石不停砸落。足足持续了半盏茶的工夫，此处才归于平静。

　　星辰在北方的冬夜异常明亮。星光耀着白雪，山影依稀可辨。晚风猎猎吹过山谷，平整的雪地上吹起一层纱似的雪粒子。

　　一块积雪动了动，探出了一只修长有力的手。秦有桑从雪坑深处爬了出来。他半跪在雪地上，手掌捂在了唇边。一口鲜血喷在掌心。他将手插进雪中，顺势擦去了血迹。

　　他保持着半跪的姿态，像一只狩猎的豹子，随时可以跃起应对魔修的围捕。雪地反射的光映在他脸颊上，看不出有丝毫痛楚的表情。他微垂的长睫毛上托着几点雪，染得一双黑眸越发明亮。

　　元婴碎裂的强大真气被禁制禁锢着还算平静。当禁制消失，动用真气之后，他体内仿佛火山喷发。真气如同滚烫的岩浆冲进了他的经脉，断掉的经脉被真气悉数打通，又受不住如此强大的力量，再次断裂。若非元婴之躯已非凡人的身体，肆虐的真气早就把他的内腑搅成了一腔肉糊。

　　身后是灰蒙蒙一望无际的迷雾，让他意识到自己身处北方的天尽头，没有退路。秦有桑忍耐着身体内翻江倒海的疼痛，保持着警觉。只怕用不了多久就会有大批魔修前来围捕。趁着还能动用一点真气，他需要马上离开这里。哪怕是死，也好过被抓回去终身囚禁在那口深井里。

　　神识小心外放，周围并无埋伏与动静。

　　秦有桑真的疑惑了。他抬起头看向面前伸入天际的孤峰。

　　星光明亮，无云遮挡。山峰高处那座水晶般的宫殿轮廓清晰，

第一章 逃出生天

面向山谷这方似乎有座殿宇坍塌了。

他不可置信地拿起手掌放在了眼前。身受重伤的他拍向山岩的一掌还有如此威力？

此时，他听到了人声。离得极远，因而只被风吹来了极其嘈杂模糊的声音。看来魔界的圣宫之中发生了一些变故。对秦有桑来说，这是绝佳的逃脱机会。

他飞快地脱下了青黑色外袍，卷成一团塞进了怀中。白色的中衣让他几乎和冰雪融为了一体，几个闪身便离开了山谷。

被雪铺满的山野间不时闪过秦有桑的身影。忍受着体内如注入沸油般的痛苦，他毫不吝啬地调用所有的真气逃遁，远远地将禁锢了自己七年的圣域抛在了身后，辨别方向后奔向了赤海。

他亦有自己的骄傲。他不怕死，他只怕死了尸身还会受魔修折辱，令师门蒙羞。

赤海是他最好的葬身之地。最好让暴戾的罡风将他削成一具白骨，免得死后被人认出。不管发现他尸身的人是谁，或怜悯或耻笑，他通通都不接受。

青山宗在北沙城驻地的弟子两年一换防，今年新到一批弟子。送走同门后，新来换防的弟子好奇地在城中游览。

一名新来的弟子很是好奇，询问同门："为什么滴水崖的于剑生师叔在这儿待了七年也不换防？"

同门得意地翻了翻手掌："无垠大陆这么多门派，能像咱们青山宗凌山子老祖过赤海深入魔界还活着回来的人不超过一双手的数。于师叔是老祖真传弟子，知晓的经验更多，所以在北沙城一待就是七年。等熟悉赤海的同门人数多了，他自然就会返回宗门。"

提起凌老祖的弟子，弟子们很自然地想起了闭关冲击元婴中期的秦有桑。

一名弟子感叹道："听说有桑道君修炼从来没遇到过困难，不到百岁结婴，结婴没多少年就冲击元婴中期。他闭关七年了。不晓得别人进阶要用多少年。"

便有人瞪了他一眼道："修为越高，修炼增长一丝一毫都不易。上元宗的净仙子进阶元婴中期闭关整整三十年。"

能被称为仙子的女修士总是美丽的。弟子们的话题又转为热烈讨论各门派的美丽女修士了。

待弟子们议论着走远，于剑生从墙角缓缓走了出来。他已经是结丹大圆满修为，二百六十多岁，瞧着是个气质沉稳的中年儒生。他紧蹙着眉，怔怔地望向赤海方向，喃喃低语："七年了，小师弟你可还好？"

师父凌山子已经陨落，自知赤海难过，魔界凶险，遗命仅令自己的两个亲传弟子若有机会去魔界一探，看是否能伺机救回秦有桑。

大弟子肖石南悲痛师父陨落时心生感悟，正闭关结婴。于剑生收到凌山子临终传音后对着青山宗方向行了拜别大礼。他没有回宗门奔丧，继续驻守在北沙城。结丹大圆满后，他仿佛随时都能触摸到那丝结婴的契机，认真去想，又未果。

时近黄昏，一轮残阳将戈壁沙丘耀得红如赤血。一层层细沙被风吹得飘荡而起，在空中恍若一朵朵争相怒放的红色花朵。令人没来由想到属于黄泉彼岸花的传说。

这一幕赤海最美丽的黄昏花境令于剑生心头微动。他抬手缓缓按住胸口。修炼百年来，他早已能控制心神，为何今天他竟然感觉心生悸动？玄门修炼讲究顺心而为。心血来潮，他结婴的机缘到了。于剑生再不犹豫，提起真气传音驻地之内："吾得机缘，欲入赤海修炼。青山宗弟子皆听令其他诸峰真人。"

弟子们闻声抬头，只见一道剑气载着于真人飞向赤海深处。人剑合一的帅气，让筑基期的弟子们好一阵羡慕。

青山宗每一次换防都由九峰亲传弟子带队。听到于真人传音，掌教道君所在的千瀑峰金丹弟子梁秋怡秀眉一挑，下意识地握紧了自己的剑。她真的很想随于剑生一起进赤海。不，是过赤海，去凌山子老祖去过的魔界，救回秦有桑。

梁秋怡并非普通弟子。青山宗静思崖的太上老祖若华道君是她的嫡亲曾祖母。因这层关系，她自幼被接到青山宗修炼，和秦有桑青梅竹马。

若华道君甚爱这个曾孙女，知晓爱若捧杀，让她按部就班与同门修习，凭自己的实力拜在了掌教所在的千瀑峰门下。

在无垠大陆的年轻一代中，秦有桑是被上天眷顾的宠儿。他生于俗世王侯之家，继承了其母钟灵毓秀的容貌，见之令人忘俗。在修炼中，他是天生的美质良才，筑基后就被尚在养伤中的凌老祖收为关门弟子，超越两位师兄结婴在前，出任崖主，不足百岁就成了青山宗的三大长老之一。

从小活在各种赞誉中的秦有桑自然而然地眼高于顶，对所有倾慕他的女修都不屑一顾，只是对从小一起长大的梁秋怡还算客气。

眼里有了他，梁秋怡就再也看不上别人。秦有桑对她客气，已是与众不同。除了修为差上一截，梁秋怡认为自己不论身份容貌都配得上他。为了自己的终身大事，梁秋怡强忍着羞意找自家老祖宗帮忙。

秦有桑的本命灯没有熄灭。但是他想从魔界保住修为活着回来几无可能。凌山子重创了魔界圣尊，圣域不拿秦有桑报复解恨才是怪事一桩。他死了便也罢了，被掳走七年还没死……或许比活着更受罪。青山宗两位太上老祖与掌教道君的心里，秦有桑已经是个废人了。

若华道君着实疼爱梁秋怡，担心她为了秦有桑生出心障，便悄悄将秦有桑被魔界掳走的消息告诉了她。梁秋怡从未向同门透露过自己的身份，也是性情骄傲之辈。若华道君万万没想到，秦有桑被掳的消息反而将梁秋怡推到了另一条道上。各宗门仰慕秦有桑的女修士如过江之鲫。梁秋怡认为，将来她若能杀进魔界救之，加上自幼相伴的情谊，秦有桑定然只会将她放在心上。她从未想过经此大劫秦有桑会丧失修为，会一蹶不振。在梁秋怡心里，英雄只有一个名字：秦有桑。

梁秋怡从未如此发奋刻苦。不过短短几年，她竟然一脚迈进了金丹后期。

夕阳已落，血色般的暮光染在望海城的白墙上，泛起一片温暖的橙色。梁秋怡情不自禁想起了与此一般色调的旧时光——和秦有桑一起度过的美好时光。

她倚门眺望远方，白玉节似的手一遍遍摩挲过剑鞘上的纹饰，按捺着内心的激动。

赤海近在眼前。仿佛，秦有桑就在不远的地方。

隔着赤海壮观的残阳血雾黄昏，逃出圣域的秦有桑终于停下了脚步。为了避开圣域的追捕,他拐了个大弯,翻山越岭,走了半个多月。

与赤海相连的是青草连天的草原,如今已是一片洁白的雪原。一线之隔的赤海却不见半点积雪。暗红的戈壁沙漠与铺满积雪的草原呈现出分明的红白二色,极为神奇美丽。

秦有桑一头栽倒在沙海边缘。

他没有再打坐调息。奔逃时他便知道,自己榨干了这具身体最后一丝能用的真气。体内的经脉已经寸断,他再也没办法用真气为自己续脉疗伤。不过,只要不运转功法触动经脉之痛,身体的痛楚就不再加深。换句话说,他现在是个有着元婴神识的废人。

他伸手从旁边的雪地上捏了块雪放进嘴里。

那团雪化为冰凉的水滑入干涸的咽喉,让他真实感觉到自己活着逃离了圣域。

七年来,他从未想过还有逃离的机会。且逃亡的过程顺利得令人难以相信。这一路上他已想得清楚明白,甭说他受了重伤,哪怕修为在巅峰时,他也不可能一掌将冰峰上的那座圣宫给打塌了。

他破牢越狱时,听到风吹来山巅混乱的嘈杂声。魔界一定有大事发生。

胳膊枕着脑袋惬意躺着,秦有桑好奇地望向圣域所在。

离得太远,已看不见山脚下的那座红石巨城。

茫茫雪原的远处,阳光给那座孤峰镀上了一层金色。云雾和冰雪的衬托下,这座极北之地的撑天云柱似飘浮在云端。

秦有桑被掳来之时晴空万里,他有幸瞧见过那座常年隐于冰雪云雾中的水晶宫殿,感受过魔界中人对圣尊的狂热尊崇。他微微眯了眯眼，借着阳光看到了披着绚丽光彩的圣宫。

"呸！"秦有桑放肆地啐了一口。他不屑地想，有什么好唬人的，你们的圣尊还不是一个凡人，七年前被我师父的飞剑刺了个透心凉。

那位魔尊为何没有拿自己出气？比如吸了他的精血废了他的修为，让他瞬间白发苍苍干瘪如柴？又比如砍了他的手指头脚指头令人送去青山宗羞辱师父和师门？

或许七年来魔尊是在闭关养伤。伤养得差不多了才想起被掳来的自己，所以开始报复羞辱折磨他。那么圣宫之中又发生了什么样的变故？他身上的禁制又是谁解开的？难道是自己人闯进了圣宫？想到这里秦有桑激动地一跃而起，下意识地想用功法飞起的举动让身体如被捅了一刀，痛得他闷哼一声摔倒在地。

就算玄门攻入了圣域又如何？他……已经是个快死的废人了。

秦有桑痛苦地闭上了眼睛。

圣域冰峰之上有一座白玉造就的斗兽窟。斗兽窟像嵌进山峰中的一只圆桶，高处嵌着一圈白玉栏杆。一双素手正撑在栏杆上，手的主人有些用力，手背浮起了淡淡的青筋，指甲呈现出淡淡的粉色，分外美丽。雪花从聂悠悠眼前纷扬飘落，将斗兽窟所有的痕迹掩在了雪下。斗兽窟精美如浑然一体的圆弧形四壁凄惨地破了个洞。洞口坚硬的玉石石壁如同烧熔后的白蜡烛，熔出的洞口一眼能看到祭祀台外的青黑色岩石，就像是雪白馒头被乞丐捏出的黑色指印，美人的一只眼被揍得乌青，惨不忍睹。

素手的主人居高临下看着那个洞口，愤怒地一用力，栏杆咔嚓一声被掰得粉碎。

第一章 逃出生天

"母亲，焚天逃走了，你是不是很欣慰？"她的声音一字一句吐出，蕴含着无尽的悲凉与恨意。聂悠悠仰望向夜空，寂寥的星子落入她的眼中，露在面纱外的双瞳似被星光染透，晶莹闪烁，又仿佛是盈满的泪意。

"焚天的影像将传遍无垠大陆，送他进圣宫的家族将被悉数诛杀鸡犬不留。哪怕他逃过赤海躲进人族妖界，百年千载，都逃不过圣域的追杀！那小子将无一日安宁！母亲，我要你看着我成为圣域的尊主！"少女眼中的晶莹化为自信的光芒。她瞥了眼斗兽窟的那个洞口，冷哼一声拂袖而去。

一觉睡醒，漫天星辰在秦有桑眼中旋转。

冬夜北方天幕上的星子格外明亮。茫茫天穹展现出令人窒息的浩瀚之姿。天穹之下，秦有桑感觉到自己的渺小。

修炼百年听到的赞誉，元婴的骄傲，长老的尊崇……此时悉数消失在这广袤的天地间。茫茫戈壁沙漠静谧而寂寞，星辰清冷而遥远，秦有桑没来由生出一丝悲怆之感。

黑夜里，远处孤峰上的圣宫所在也出现了点点灯火。如一团璀璨星云浮在夜空，梦幻一般美丽。

"圣域？"秦有桑想起初至圣域后听到魔修的自称，不由得讥讽道，"修几栋房子离天近点就还真当自己是神了！"骂声打破了静寂，冲淡了他心里的难过。秦有桑自嘲地笑了笑。他清心寡欲专注修炼百年，年纪轻轻就成了宗门长老。为了维持一崖之主的威严，他素来省身克己，没想到成了废人，倒满足了想骂就骂的心愿。

反正他快死了，怎么痛快怎么来！

夜里的赤海不再是赤红一片。红色的岩土在星月光辉中呈现一种深褐色的色泽,一望无垠,荒凉更甚白天。

用雪搓了搓脸,又嚼了数口,秦有桑昂然踏进了赤海。

凌山子当年以元婴后期的修为渡赤海用了一个半月。如果没有遇上罡风,他的飞剑能日行三千里。可以想象赤海之大。这也是圣域这个宗门在千年前才被无垠大陆修士发现的原因。

以秦有桑现在无法动用真气的状况,凭双腿他要走上数年。

他早已辟谷,没有食水精神会差却也死不了,但是没有法宝防身,不能用真气施展法术。赤海中除了罡风还有数不清的异兽,秦有桑不认为自己能活着走出赤海。他也不想活了。

寻个罡风强烈的地方去死,也好过被异兽啃得七零八落。死后凄惨的模样被玄门中人找到,无数前辈后辈对着残肢骸骨扼腕叹息,拿他当激励后辈与魔修誓死为敌的鞭子……他只要一想到这种情形,真真是死上一百年都不得安宁!

对比着夜空明亮的星图,秦有桑刻意偏离了当年师父走过的方向。决定找一处最暴戾的罡风然后把自己扔进风团里去,来个挫骨扬灰。

当初的天才有多么名扬大陆,如今的秦有桑就有多么落魄。

他宁可死得无踪无影,也不想被人认出他的尸骨。

赤海起风时会出现最美的景致——黄昏花景,风也会吹来形如地狱无间深渊般的极恶天气。风沙蔽天,天色暗如黑夜。地面的浮土碎石被狂风悉数吹走,在空中发出夜枭般的尖啸声。

铁锈色的石头间飘出一袭黑色衣袍,袍角已被风刀割碎成布条,凄惨无比又极顽强地挂在石头缝中,不肯被狂风卷走。

第一章 逃出生天

秦有桑蹲在两块大石头之间狭窄的缝隙中，佝偻着背，双臂揣在怀中。凌乱的长发掉了几缕垂下，他目无表情地看着沾满风沙形如麻索的头发嘲笑着自己："面前搁个破碗就齐活了……"

仗着神识强大，他无数次避开被异兽拆吃入腹。失去了修为，他脆弱得像一根浮草，轻易就能被这里的狂风卷走，元婴之身也渐渐扛不住了。他觉得自己越来越像一个普通的凡人。他舔了舔干涸开裂的嘴唇，把自己吃过的茶水灵果想了个遍。

秦有桑忧伤地想，修炼至结婴看似圆满了，其实他不过画了个圆圈，百年时间其实什么都没得到。

风似乎小了点，他从岩石间探头看出去，看到了极为诡异的一幕。

几里外出现了一面灰色的墙。离得远了才看清是一处异常恐怖的巨大罡风团。那道灰墙不过是厚厚一层被气刃削成粉末的沙石灰，被风不停吹着不停旋转成了罡风的外壳。

秦有桑估摸着自己还没冲进去，就会被罡风削成碎渣成为点缀在灰墙上的血花。

就是这里了，他有些满意地缩回了岩石间。

临到赴死，总要回顾一下自己光辉骄傲的百年时光。回忆下生命中的那些人，那些事。

不知为何，秦有桑第一个想起的却是青山宗山门外的豆腐摊。

依附青山宗生活的当地百姓逢五逢十都会赶圩摆摊。山门外五里路有个不小的圩场。不能辟谷的炼气弟子都喜欢去，买小吃零嘴用些酒菜。

摆豆腐摊的是个清秀美丽的少妇，穿着碎花裙子，背着刚出生的孩子。她不敢抬眼看年轻的炼气男弟子，煎豆腐和收钱时都低着头,红着脸,细声细气的。她有一双丰腴洁白的手,腕间戴了只素面无花纹的银镯。翻煎豆腐时她的手像一只飞舞的蝴蝶,那只银镯便在皓腕间微微晃动。

晃得秦有桑一颗心都酥麻了。

他突然给了自己一耳光,扇得脸颊火辣辣的。他哪里想的是煎豆腐的少妇,分明是想起了黑夜里的她。

好吧,他不能否认,他对那晚发生的事情印象深刻,对那个女子充满了好奇。哪怕屈辱,仍然如烙印一样深刻在他心底。

生命中除了难以忘怀的那一晚,还有他在意的其他人。

比如早已过世的父王与母后。

无垠大陆的王国与修士关系密切。筑基后他曾数次回过王城,守护过王国的百姓。在宫中特意为他建的殿宇中享受过父母的宠爱。父母日渐老去,兄弟姊妹难以交流,感情极淡。父母百年后,他才彻底断了这段尘缘。如果没有踏上修行路。或许他会在滚滚红尘中做一任国主或王爷,守护子民,安享天伦之乐,历经人间八苦,直至死去。

他并不后悔。不一样的百年人生,自有不同的风景。

四岁上山学艺,青山宗是他的第二个家。

此刻,他有点想念滴水崖的师父与两位师兄了。

"师父,真对不住您……"他的声音被狂风吹得模糊,听着更像是无力的嘟囔。

秦有桑决定死也不回宗门,很大程度上是担心凌山子知晓真相后好不容易养好伤,又被生生气死去。他对自家那个能吓死活人的师父还是极有感情的。还有滴水崖的颜面。他不想师兄与滴水崖的弟子们因为自己在宗门抬不起头来。

再专注修炼,也不是修得没了人性。

魔修不一样。玄门正宗称之为魔,自然是因为对方没有人性。

玄门宗派之间再如何有矛盾,打打杀杀很正常。也不会像魔修行事毒辣。

当年他如活死人般被掳走,途中有个自称圣尊翼卫的人找他晦气。告诉他,凌山子的本命飞剑刺穿了圣尊的身躯。圣尊身受重伤,圣域这才从青山宗退兵。当时他本以为要受尽折辱,又来了一人将那翼卫拦了下来。低语模糊,大意是圣尊留自己有用。

用这种羞辱彻底击垮一个元婴修士——秦有桑宁死都不想回青山宗,显然这个法子是极有用的。

那夜的她在魔界的身份显然不一般。秦有桑摸着自己的脸想,难道她就是圣尊本人?擒他回魔界时看上了他的旷世美颜?想着那个容貌像男人般英武的中年妇人,秦有桑打了个寒战,起了一身鸡皮疙瘩。

不,她应该很年轻。秦有桑想起了她的声音,柔软得像刚出壳的稚鸟。修为到了结丹之后,年纪面容就停留在了那时。女修士为了美丽还会服用驻颜丹一类的药物。只是经历过百年沧桑的眼神不再如少女般清纯,多了历练后的沉稳。不同的还有声音。就像上元宗的道君净仙子,纵然面容停留在二十岁,声音再清脆,也不会有出壳稚鸟似的稚嫩。

黑暗中她的气息像羽毛落在他身上。她的身段极为纤细。圣尊的体形明显比她高大。秦有桑松了口气。他认定是自己占了妖女的便宜,心里安慰了不少。可是一个元婴修士的自尊心和面子又往哪儿搁?

无垠大陆倾慕他的女修能从青山宗最高的峰顶排到山门外去。

他又不是看不懂那些女修眼中的情意，不过是没有心动罢了。

秦有桑幽幽叹了口气，眼前白光一闪，一声惊雷轰地劈了下来。秦有桑生气地望着天空，他就不能有点怨气了，凭什么临死之前还要被雷劈？

转瞬间，暴雨砸落。秦有桑无处可避，迎头浇了个透湿。

心里生出了一丝异样，他没有在意。不远处，闪电丝缠上了那道罡风团，在灰色的尘土墙上时隐时没，甚是壮观。秦有桑想，如果此时冲进去，大概先被闪电烤熟再被罡风切碎，肉香或许能传到数里开外。不知赤海里的异兽是否会勇敢地冲向自己这道人肉饵食？

脑子里又闪过了什么东西。秦有桑蹙紧了眉。刚才他在想什么？异兽？饵食？他猛然坐了起来。抹了把脸上的雨水有点兴奋了。

半点不沾雪的赤海深处竟然还会打雷下雨！

赤海寸草不生，也从没听说过有湖有河，可那些异兽总不能不喝水吧？那么必然在赤海中是有水的。有水的地方就有生机，这么大的雨，水去哪儿了？换种说法，赤海地表只有戈壁沙漠，地下却未必如此。也许他有机缘能寻得什么宝物治好伤势恢复修为？一念至此，秦有桑已再无死志。哪怕寻不到再死，也好过就此放弃。

这场雨下了近两个时辰。瀑布般的雨水淌下岩石，汇集在地面低洼处，渐渐消失在岩石缝中。狂风将地表的沙土砾石悉数卷走，岩石地表裸露在了外面。秦有桑顺着地面的石缝一路寻找，离罡风团三里开外，大地在此裂开了一条又宽又深的缝隙。他趴了下去，耳朵贴紧了地面，隐约听到有水声响动。神识铺开，感觉地底比上面的缝隙更宽。不过，他同时隐约听到地底传来异兽的低吼声。

若有修为法宝在身，他早就纵身跳下。遇到异兽，灭了便是。如今，秦有桑除了苦笑还是苦笑。大不了被异兽吞了，死在这地缝里，也同样不会被人再找到，和被罡风挫骨扬灰同样的结局，说不定地底下另有机缘。秦有桑毫不犹豫攀着岩石下去了。

第二章　最美的身影

"叫你当修士！叫你高高在上！元婴修为有屁用！不如山里采药打猎的身手！"他的声音在空旷幽深的地缝中撞来撞去，解了不少寂寞。秦有桑的外袍被撕破了数道口子。他狠狠着，一路念叨着，艰难地攀着石壁的凹凸处，将自己扮成了一只可怜的人形壁虎，一点点朝岩缝深处爬下去。

大概是被地下河的水汽浸润着，下到一半，摸着的岩壁有些湿润了。他看到了几簇紧贴着岩石生长的褐色地衣。

"或许还能采到传说中能续经脉的灵草！"他高兴地笑了起来，越发对传言寸草不生的赤海地底深处生出了强烈的好奇心。

秦有桑太过激动，忘了自己已经是个废人，一个不察脚下踩滑，从高处坠了下去。筑基之后修士就能驭气飞行，七八十年过去他都没体会过从空中摔下去的感觉。秦有桑有些惊奇地任由自己飞速地往地底坠落。

风声从耳边呼呼吹过，生长在半空中的几根藤蔓被他撞断。秦有桑下意识地伸手，扯住了一根老藤。身体撞在岩壁上受到的震击让他又喷出了一口血。他在空中晃来晃去，孤单单的身影晃出了浓浓的忧伤——成了废人，他的元婴之躯似乎越来越虚弱了。没有修为，往下爬的速度极慢。神识外放，让他知道地底深处的

第二章 最美的身影

异兽白天会外出觅食。

他抬头看了眼,头顶上方已经一片漆黑。夜色已经来临,脚下无尽的黑暗深处传来异兽归巢纷杂的蹄声和怪异的吼叫声。

他抓着老藤荡来荡去,寻了个能站住脚的凸起又贴在了石壁上。如果他摔下去,定然是巢穴中异兽的美味夜宵。很多异兽盘踞的老巢长着灵草异果,不知道他有无这份运气。用破烂的外袍和老藤将自己紧紧绑住,秦有桑松开僵硬的手指,悬在空中休息。他太累了,以至于没有去想这样的睡姿太过诡异,没多会儿就陷入了黑甜梦乡。他又梦见了那个夜晚,那个纤细柔软如水草的身躯。

风掠过石缝吹出呜呜的声音,像恶鬼凄厉的喊叫声。

凌晨的气温极低,秦有桑被冻醒了。修为没了,他感觉到入骨的冰寒。他苦笑着想,在这里吊一晚上,估计明天自己就会变成一块风干肉,大概那时,倾慕自己的美貌女修们再不会有旖旎心思,只会想吐吧。

再次用神识探过,他离地底不远了。他太过疲倦,以至于神识外放脑中阵阵抽痛。秦有桑不敢让仅有的神识再受伤,放弃了查探,这样的他像失去了双眼的盲人。他乐观地想,临死前还能发现赤海有水有植物生长,这应该转运了。他算计着时间,以他的速度到达地底时,异兽应该出门觅食了。他认命地再次贴近崖壁,握着老藤往下爬。越往下走,出现的植物越多。多了攀附的地方,他下行的速度更快。

秦有桑的双唇冻成了青白色,手像鸡爪般僵硬。他以一种极笨重僵硬的姿态站在了地上。他扭了扭头颈,放松地挥动着手臂活动着身体。

地表的裂缝早已望不见了，头顶的石头与浓浓夜色融在了一起，没有漏下丝毫月色星光。本是漆黑一片的地底突然亮了起来，星星点点的光在黑暗中闪烁，一时间让脑子差点也冻僵掉的秦有桑以为自己站在天际深处浩瀚的星海中。但他马上知道自己错了。神识飞快地扫过，那些闪烁的光来自一只只庞大的身躯。异兽口鼻发出的腥气在空气中飘荡。

秦有桑爆了句粗口。辛辛苦苦竟然爬进了一座兽窟当早点！他怎么算的时间，还是说这窟异兽习惯夜里出去觅食？

低沉的兽吼声伴随着阵阵腥气直向他扑来。

秦有桑往旁边闪过，耳侧传来爪子抓裂山壁的声音。碎石崩裂，哗啦啦地滚落。离得近了，他隐约看清袭击自己的异兽似豹非豹，像极了豺狗，背后还有一对短短的肉翅，一条粗壮的长尾。容不得他多想，异兽一击不中又一爪探来。此时，那些隐在黑暗中的眼睛动了，漫天星辰朝他席卷而来。

整窟异兽！早知道他就不来寻地下水源，直接冲进罡风死得痛快一点。他被这些异兽堵在山岩边，前后左右都无路可逃。劲风扑面而来，秦有桑做了个说出去会丢死人的动作——他四肢着地，趴在了地上。异兽身形高大，他这一趴避开了爪击，反而寻得了一点活动的空间。

头顶的岩壁不知挨了多少爪，碎石哗啦啦地滚落。异兽纷涌而至，相互挤攘怒吼着，巨大的头颅相互撞击着，抢夺难得一见的美味肉食。

秦有桑铺开了神识，小心迅速地在长满粗毛的兽腿、滴落着腥水的大嘴间——爬。

作为一个高高在上的修炼天才，秦公子只有把别人揍得满地找牙的份，绝对没有尝试过这种狼狈的姿态。他发誓这是他活了百年最狼狈的时候。

险险地从一只粗壮的兽脚下挪开，秦有桑已经连爬都没了力气。临到被群兽踩死的境地，他才知道，人的求生欲望有多强。

力气总有耗尽的一刻，他有些绝望，也有些不甘心。额头的青筋突突直跳，识海深处传来一丝痛楚。这是神识过度使用的后果。

一只兽脚撞到了他。秦有桑被一脚踹飞，身体重重地摔了出去。刹那间，异兽准确地找到了他，一口朝他咬下。嘴里扑出来的腥气差点把秦有桑呛晕。他下意识地往后躲避，身体没有触到坚硬的岩石，后脑勺重重地触到了地面。

嘭的一声巨响，异兽的头撞在了岩石上。

秦有桑双脚连蹬，竟然又往后挪了数步。手左右一探，竟然被异兽一脚踹进了条狭窄的石缝中。

一双灯盏似的眼睛出现在他面前。异兽伸出尖锐的爪子朝里面探来。爪子划拉着岩石发出刺耳的声响，在坚硬的石头上碰撞出点点火花。看似惊险恐怖，却连他的衣角都碰不到。

这条缝隙不宽却极深，能容他侧着身走进去，恰恰将这些体形庞大的异兽挡在了外头。

秦有桑贱贱地大笑："哎哟，爪子短了一截哦！"

笑声惹怒了异兽，兽吼如雷鸣般此起彼伏。撞击抓挠间，火星直冒，山石崩裂，将缝隙又堵了大半。

没有了退路，就往前走。秦有桑大笑着走向伸手不见五指的缝隙深处。

吸气，抬头，侧身挤过石缝。秦有桑用力将卡在缝中的腿拔出来还有心情自夸："肖师兄你就不行了，准卡在这里变成肉干。也就是师弟我身材完美，才能转圜自如。当然，师父也行。"

四周太过安静。他不说话时能听到自己的心跳声。秦有桑一路靠碎叨给自己打气，此时见无法挤进石缝的异兽终于不甘心地离开，心情更加舒畅："好一处葬身埋骨地，安静隐蔽，还能保有全尸。上天待我不薄啊！"

这样隐蔽的缝隙，除非多年后再有一个人如他一般落在地底又被异兽驱赶，恰巧也爬进这条石缝，否则不会有人发现他的尸骨。

"能找到就是有缘人呐，可惜前辈我已无半分真气，也无法宝在手。在石壁上刻字留遗言传功法收徒的事很累人的。"在这安静的地底，似乎能听到自己的声音就感觉自己还活着。秦有桑从来不知道自己如此嘴碎唠叨。七年的洞中囚禁，他几乎闭口不言，此时哪怕声音已然嘶哑，他仍然想听到自己的声音。

终于，他还是累了。黑暗无边无际，仿佛这条石缝永远没有尽头。唯一支撑他的是不知从哪里吹来的风。极弱的风扑在脸上，让秦有桑告诉自己总会走出去。神识已经被压榨得隐隐疼痛，他疲惫不堪地又往前"看"了一眼。漆黑的远方并没有出现坚固的石壁堵死去路。这个发现令他又一次振作起来。

"大仇未报，焉能如此认命赴死？等爷爷修为恢复定拆了你们的圣宫！"秦有桑咬牙切齿发着狠，又埋头挤缝前行。

走着走着，他双腿一软瘫坐在了地上。他的腹部火烧火燎地痛。难道旧伤在这个时候发作？真要了命呐！秦有桑痛苦地按着丹田所在，悲凉地想：连异兽都躲过了，老天爷就不能让他柳暗花明一回？他的喉咙干裂得疼痛，很想有口水润一润啊。他的脸贴在冰凉的石壁上，疲倦得一闭上眼睛就能睡过去……真睡过去，或许他真的就死在这里了。秦有桑摇摇晃晃站起，闭着眼睛扶着石壁机械地往前走着。

渐渐地，他连自说自话的精神都没了。只顾迈腿前行，一步又一步。到后来，他发现自己像是在空中飘着。这种感觉极为奇妙。他仿佛又成了从前那个强大的元婴修士，高高在上俯瞰着一切。他感觉不到身体在行走，却能看到黑暗的山缝中，一个瘦削的身躯沉重地往前迈出一步又一步。

秦有桑轻飘飘地走出了那条漫长狭窄的石缝。

天高云淡。

阳光像浅金色的帷幕从薄云之后洒向大地。他下意识地伸手挡在了眼前，双目仍被刺得酸疼不已，他适应着眼前的光明，试探着慢慢移开手。

人死之前会生出幻觉来吗？也许吧。

秦有桑想，他一定是看多了赤湖干涸的戈壁荒漠，太累太渴以至于生出了幻觉，这里一定是戈壁沙漠中经常出现的海市蜃楼。

一泓清透的湖水出现在他眼前。

碧波荡漾，烟波浩渺，直延伸到与天相连处。

近岸的湖中错落点缀着几处沙洲。翠绿的苇叶在风中轻摇，茎叶间伸出一枝枝雪白的芦花。

湖旁开垦着数亩田。田垄齐整，地里种满了绿色的菜蔬。

他是从一座山崖的缝隙中出来的。他的手撑在山石上，掌心真实触碰着青绿的苔藓。头顶一大片浓绿的藤萝丝绦般垂下，藤间结着婴儿拳头大小的青色果子，是山间猴儿最爱摘去酿酒的那种猴儿果，恰巧也是他极爱吃的。

秦有桑摘了一枚，连皮一起塞进了嘴里。

皮薄肉软，只嚼得一口，香甜的果汁就喷进了嘴里，顺着唇角流淌下来。秦有桑的喉结上下移动，咕噜咽下一大口果汁。

被太阳晒出青烟的大地如逢甘霖。

他鼓着腮帮子拼命地吞咽着，目光呆滞地看着眼前的一切。

泛黄的竹制走廊从他脚下顺着湖水沿着崖壁往前延伸，尽头有几间精巧的竹舍。万千水滴温柔地从崖缝中渗出，顺着光滑的屋顶滴落进湖水中，琉璃珠子般串成水帘，发出叮叮咚咚的清音。

面湖的亭中一个青衫女子背对着他坐着，乌黑的长发直垂到腰臀间，身影窈窕纤细。

昏迷之前，秦有桑想，这是他这辈子见过最美丽的风景，最迷人的背影。

听到身后的声响，焚天漠然转头看了一眼。

绝无可能有人迹踏足的小境界里出现了一个人？她揉了揉眉心想，定是幻觉。她没有再看第二眼，低头将药碗端到嘴边吹了吹，待到凉了点，一口一口慢慢咽下。药力温养着她受损的身体，痛楚稍减。焚天舒服地舒了口气，心里陡然一紧。

山壁前的竹廊上趴着团黑影。地上还真躺着个人！

这个发现让她头皮微麻，后脖子的汗毛都竖了起来。指尖下意识掐出法诀，元气形成的百枚飞刃倏地从她掌心拍出。飞刃密结成网，挡在了焚天身前，牢牢地将地上那个人笼罩在网中。

疼痛随之而来，焚天一口鲜血啐出，没事人似的稳稳控制着那张刃网。

第二章　最美的身影

喷在长廊上的血里浮着一层黑色的光,被风一吹,忽地烧了起来。泛黄的粗壮竹干像被熔化了似的,塌陷成一个巴掌大小的洞。她操纵着一枚飞刃从那人的后背划过,来人依然没有动静。她的神识探了过去,地上的人有着极微弱的呼吸,看起来像是身受重伤而晕厥。

焚天收了刃网,不出几息,体内的痛楚就消失得无影无踪。

手中捏着张杀伤力强大的符箓,焚天缓步走了过去。

那人一动不动地趴在地上。焚天扔出阵旗将他困住,这才松了口气。

看见他身后藤蔓间露出的石缝,焚天摊开了手掌。

一枚琉璃般剔透的珠子从掌心浮起。她仔细察看,这才发现珠子上有一根毫发般粗细的裂痕。

原来是这里裂了。

神识顺着缝隙往里延伸。这条缝隙极深,没有丝毫光透进去,以她的神识也探不到底,这个人是怎么一路走过来的?

焚天细长的眉蹙得紧了。赤海的黑晶菊丝矿可以修补此处裂缝,可惜她没有办法出去挖矿。好在这条裂痕很细,不至于让这方小境界坍塌。

不过,再有异兽或人顺着裂缝闯进来也是件麻烦事。

她扔出了一颗种子。一株大青树以肉眼可见的速度钻进缝隙中生根抽枝,将缝隙堵得严严实实。催发种子又用了混元之气,她瞬间全身上下从里到外仿佛有千万只蚂蚁在噬咬着。焚天抽了条手帕捂着嘴咳嗽,点点鲜血溅在雪白的丝帕上。血中依然附着一层黑色的光,看上去极为诡异。弹指间那层光蹿起股火苗,帕子瞬间烧了起来。

焚天随手将烧起来的丝帕扔向秦有桑。

眼看这团火要落在秦有桑身上将他熔化，焚天突然瞥见他颈中滑出了一根丝绦，上面系着方白玉牌。她挥了挥衣袖，烧着的帕子落在了地上，化为一撮黑色的细灰，风一吹，消失无痕。

白玉牌上雕刻着一枝牡丹，是方平安富贵牌。

那天晚上，她从那个男人的脖子上摸到过同样的一方玉牌。玉牌入手生温，令如坠冰窖的她舍不得放开。攥着玉牌，他的气息扑面而来……摩挲着玉牌上的牡丹图案，指尖传来熟悉的感觉。焚天肯定，就是这方玉牌。

那一夜，是他？

衣衫褴褛，发若麻索，浑身散发着一股腥臭……焚天想着那晚的事，恶心得反胃。她嫌弃地扔出张清洁符。

符飘在空中，一股水流从半空中流泻而下，哗啦啦将秦有桑冲刷洗涤一净。

秦有桑没有醒转，安静地趴在地上。

焚天用脚尖钩起了他的脸。湿漉漉的黑发黏在他颊旁，勾勒出线条极优美的脸颊。

盯着他看清楚了，焚天的心里才舒服了一点。那个男人在她眼中只是调和元力的一剂灵药。她不在意对方是谁。不过，长得顺眼一点总是好的。伸手搭上了他的脉门，焚天露出诧异的神情，薄薄的唇勾起，露出了笑容。秦有桑的经脉经历了沧海桑田的改变，面目全非。不论他从前有什么修为，现在都是个经脉断裂的普通人。

她很高兴，闯进来的人对自己没有威胁。不过，他竟然让自己如临大敌调用元力，多吐了两口血！焚天生气地又踢了他一脚，

第二章　最美的身影

气呼呼地收了阵旗。

他是什么人？

焚天搜遍记忆，不记得在圣域中见过这个人。不过，她见过的人原本就不多。

他是哪一殿的弟子？或是红城里的普通修士？

一个经脉尽碎的废人竟然能活着走到赤海深处，本身就说明他不是个简单的人。

能被圣尊选中，他自然不会平凡普通。

他离开圣域找到这里，是意外巧合，还是刻意追踪自己？

焚天微眯着眼看向圣域所在的方向。

逃离圣域已经有一个多月。或许他能告诉她圣域发生了些什么事情。

竹墙，竹床。

身上盖着床青布薄被。

秦有桑初醒时有点迷糊，这是什么地方？他盯着自己的手看了许久，终于确定，自己还活着。扭过头，墙上的窗户开着，他看到了窗外的碧湖沙洲。

不是幻觉？不是海市蜃楼？

当然不是。他还吃过一枚清甜的猴儿果。

秦有桑记起了晕倒前看到的那一幕。是那个背影窈窕黑发飘逸的青衫女子救了自己？

头晕，四肢无力，丹田隐隐疼痛，是内伤发作了？秦有桑挣扎着坐起来。看得出对方为他施展过清洁术，衣裳破破烂烂地挂在身上，却很干净。

他拈起破成布条的外裳看了眼，心里生出个荒谬的念头——对方该不是嫌弃他脏才施展的清洁术吧？

房门吱呀被推开，穿着青色衣衫的女子提了只竹篮走了进来。

秦有桑闻声抬头。

她穿着一件长及脚踝的青色长袍，一条撕下来的兽皮当成腰带束着，脚上没有鞋，用两块兽皮包裹着，围着脚腕扎紧当成了鞋。寒酸的打扮也不掩她的清美。她看上去不过十六七岁，纤细得像根草。她的肌肤很白，白如细腻的瓷，眉又细又长，唇色极淡，淡眉浅唇雪肤，如空谷幽兰。

眼神落在她的衣裳上，秦有桑的瞳孔陡然收缩，她前胸的衣襟上竟然绣着一个赤红色的囚字。而她，若无其事，神色淡漠。仿佛胸口不是囚字而是一朵绣上去的花。

她是谁？为何会被人囚在这里？

回想自己被囚禁的深窟，这里如果是监牢，也定是仙境的牢房。

才逃离圣域的囚牢，又进了另一座监牢？他的运气也太差了点吧？

"你救了我？"秦有桑带着肯定语气问道。

"嗯。"

她的声音和她的人一样，如春溪化冻，碎冰击水，清脆干净。

秦有桑掀被下床，郑重地稽首行礼："大恩不言谢。"

大恩不言谢。不是说不会谢恩，而是指不会仅凭一声谢谢就偿还掉救命之恩。身为元婴修士，秦有桑一定会重重回报。

"嗯。"

焚天还是只答了一个字。不过，她的眼神上上下下在他身上扫了个来回，目光中似带着一丝疑惑。

她的眼睛像一泓清澈的湖水，会说话似的。秦有桑瞬间就看懂了。她在疑惑一个废人如何能报答她的救命之恩。难道让他拍着胸脯吹嘘一番，自己曾经多么威风，是无垠大陆最年轻的元婴修士，是青山宗的滴水崖崖主，三大长老之一？他的修为已经没了，狼狈晕倒在她面前。万一她不相信，自己的脸往哪儿搁？秦有桑开不了口。

可是不告诉她，岂非就坐实了她心中猜想？

太憋屈！

秦有桑脱口而出："你放心，我一定会报答你的。"

"嗯。"

还是同样的一个字。

"真的！"

真的很怕她再嗯一声，秦有桑抬起了手。指间空空荡荡，没有一枚储物戒指。他终于想起自己在被掳至魔界时就被搜刮一空，尴尬了："我现在经脉寸断，修为尽废。但我说过会报答你，就决不食言。"

焚天看了他一眼，终于没有再嗯了。

她并不相信他。

秦有桑下意识地用神识看了过去。除非对方修为比他高，或者神识比他强大，不然绝对不会察觉元婴修士的神识窥视。

少女没有异样，将篮子放在了桌上。

原来是个才引气入体，连炼气一层修为都没有的小丫头啊！秦有桑哭笑不得。看出她修的是玄门最基础的功法，秦有桑暗暗松了口气。

能得到一个元婴高手承诺报恩，普通修士会幸福得不知身在何处了，想必她以为自己是个废人，所以才不为所动，没把他的承诺当回事吧。以他的身份，哪怕失去了修为，也不至于和一个才引气入体的炼气小修士计较。何况小姑娘的确救了他。修炼百年，从来都是他高高在上睥睨着别人，何曾被人小觑过。秦有桑想了想，摘下了从小一直戴着的玉牌。这方玉牌是他离宫拜师时俗世娘亲所赠，并无丝毫灵气法力，是以不曾被魔界中人搜刮走，成了他身上唯一能拿得出手的信物："以此为凭。姑娘将来只要将这方玉牌送到青山宗滴水崖肖石南手中，定能如愿。"

不能恢复修为，秦有桑不见得有机会平安返回宗门，这份恩情只能由师父师兄们替他还了。

"就说是他的兄弟秦……归陌所赠。"归陌是他的字，陌上有桑。母亲怀上他时，倚桑相盼，盼着父亲领兵大胜出现在归家的路上。宗门中也只有师父和两位师兄知晓。如果他死在赤海，给师父师兄们带个信就足够了。

"还未请教姑娘芳名，这是什么地方？"他有些期盼地看着面前的小姑娘，心里嘀咕着，她该不会连嗯都省了吧？

青山宗，滴水崖，肖石南……的兄弟？呵呵。焚天心里冷笑。原来他就是圣尊七年前掳回来的那个青山宗元婴道君，凌山子的关门弟子。

七年前，有个在无垠大陆混不下去的魔修过赤海来到了圣域。圣尊终于知晓二百年前大闹红城，夺宝离开的元婴修士来自青山宗。

圣尊大怒，亲率圣域高手越赤海报复。

圣域将青山宗搅了个天翻地覆，夺回了宝物。同时从青山宗滴水崖掳来了一名元婴修士。

凌山子的本命飞剑并不可惧，但是剑上嵌的那枚琉璃莲珠破了圣尊的护体罡气，令圣尊重伤。圣尊闭关疗伤，无暇理会，于是将秦有桑囚禁在了名为观天的深牢中。她随圣尊一同闭关，并不曾见过此人。

观天那间深牢得名于坐井观天，被关在里面的囚犯永生只能坐井观天，望天兴叹，永远不可能得获自由。

他又是怎么逃出去的？

因为他不是圣域的人，所以才选择了他？那天晚上圣尊难道已察觉到圣域惊变将至，不敢信任圣域中的任何人，无奈之下才把他送到了自己身边？

等等，他不是叫秦有桑么？堂堂元婴修士口口声声要报救命之恩，竟然还报个假名字，还说自己是凌山子大徒弟肖石南的兄弟。给她信物是想利用自己去青山宗替他报讯吧？

玄门道修果然都是嘴上仁义，狡猾奸诈之辈！

"这里是我的家。我叫……林小天。"你假我也不真，彼此彼此。

在自己家中穿着囚服？秦有桑对她的身份来历好奇到了极点。他仿佛没看到那个刺目的"囚"字，温文尔雅地将玉牌递了过去："多谢林姑娘搭救。"

明明好奇得要死，却装得若无其事。虚伪！焚天暗骂着，装作没有察觉到秦有桑的好奇，淡然地收了玉牌。

她从竹篮中拿出一只粥罐，一碟青菜，一碗炖肉，一碗灵米饭摆在桌上，用极正常的语气提醒秦有桑："公子定然饿了许久，才会晕倒，用饭吧。"

一位元婴修士被饿得晕厥,能被整个无垠大陆的修士笑上千百年。

对,她就是故意的。故意说穿他是饿晕过去。戳他心窝子,让他心里难受。

知道他就是那个男人,焚天对秦有桑就生出刻意的冷漠,下意识地挑剔起来。秦有桑报假名撒谎用神识察看她时,焚天分分钟想抬手将他扇翻在地。她就没看出他有哪点好。如果说长得俊美也算他的好,那天晚上伸手不见五指,她也没享用到这个好处。

焚天很想知道为什么圣尊选择了秦有桑,还想从秦有桑嘴里打听圣域的消息,所以不能现在杀了他。这让焚天很不爽。

秦有桑心头大震。他摸着肚子想,那股火烧火燎的疼痛竟然是饿疼的?从他出生到修行百年,没有辟谷之前,他也没挨过一天饿!他竟然不是内伤发作,累极晕倒,而是饿晕了?能辟谷能防普通刀兵伤害的元婴之躯呢?也虚弱了?

粥罐摆放在他面前,褐色的陶罐中盛着乳白色的米汤,泛着上等羊脂玉般的色泽。米汤熬得黏稠,米谷特有的香气扑鼻而来。秦有桑的肚子顿时咕噜噜一阵响,像被一只手狠狠地抓挤着。

饿得前胸贴后背便是这样吧。

反正她又不知道他曾经是位元婴修士,秦有桑脸皮马上增加了一倍的厚度。他很是赞叹地嗅了嗅空气中的香气,大马金刀地坐下了:"姑娘……厨艺不错嘛。"

城府还挺深,半点伤心难过都没露在脸上。不过,毕竟是活了百岁出头的元婴,哪能轻易被别人窥见心中所想?焚天垂下头,坐在了他对面。

秦有桑很痛苦很伤感。他彻底变成要食五谷的普通人了。食

第二章 最美的身影

了五谷便有轮回生老病死……秦有桑难以想象自己要适应将来的普通人生活。可是他又能怎样呢？都曾想冲进罡风寻死了，现在活着还怕什么？

秦有桑脑子乱嗡嗡地作响，手上动作不慢。他舀碗米汤，吹得凉了一点，利索地倒进了嘴里。他的五脏六腑被热气腾腾的米汤熨帖着，暖暖的感觉不亚于修炼时真气循环一个周天的舒适感。一碗热米汤下肚，秦有桑全身毛孔都舒服地张开了。这时，他才发现青菜炖肉和灵米饭都放在她面前。秦有桑被炖肉散发的香气刺激得直咽着口水。

什么意思，他喝米汤，她吃肉？她认为他是个不能修炼的普通人只配喝米汤？堂堂元婴竟然被个炼气弟子瞧不起？就算救了他，也不能如此羞辱他！上一个对他态度不敬的那家伙是什么下场？好像话未说完就被他一掌打得嵌进了石头里。

没有修为，他还有神识。恰巧他也知晓一点利用音波用神识攻击的手段。

她可以不救他，决不能羞辱他。黄毛丫头！

秦有桑怒火腾腾。他就这种性子，越生气，越喜欢表现得和蔼可亲。他的唇角一翘，笑容烂灿："我唱首歌给你听吧。"听了你就会头晕恶心连肉味都不想闻了！谁叫他不能动用真气呢，也只能作此小惩。

听闻元婴高手都是老成持重，气度非凡，是宗门弟子仰慕的典范。他怎么不一样呢？饭吃到一半想唱歌，在观天里囚禁了七年脑子出了问题？焚天疑惑地瞄了他一眼。秦有桑那双被长长睫毛覆盖的眼睛含着笑，好看得很难令人拒绝。然而焚天却分明看到那双眼睛像在阳光下转动的宝石，闪过一丝异彩。

41

心怀鬼胎啊！

焚天想，他一定用这招骗过很多女修士。

堂堂元婴吃饭时要唱歌？不是有病就是有诈。

她突然反应过来。听了他的歌啊，估计会难受得吃不下肉吧？

焚天叹息着，鄙夷着，面上分毫不显，话里带着些许戏谑："吃饭时我喜欢安静。小曲待空了，我想听时你再唱吧。"

秦有桑一窒，继而更怒。堂堂元婴修士给一个炼气一层的小丫头唱小曲，你受得起吗？

打一巴掌后就该塞几颗糖。撩拨戏耍够了，焚天开始展示她的无辜善良体贴心细："公子饿得太久。先喝点米汤，才免伤肠胃。"

秦有桑所有的怒火被这句话击得粉碎。人家一片好心，他却误会发怒，元婴修士的胸襟气度呢？他偷眼看焚天，小姑娘埋着头斯文地嚼着一根青菜，对他的异样毫无察觉。

她闭着嘴咀嚼着，淡粉色的唇，白桃似的腮动作幅度很小。秦有桑突然就想起了啃青菜的小兔子。他觉得很有趣，很……好看。

被人盯着吃饭总不太舒服。焚天抬起脸用眼神询问他，还有什么事吗？

她真的有一双会说话的眼睛。秦有桑看懂了："我只是好奇，姑娘懂得这些，以前挨过饿？"

对修士来说，哪怕修为还在低阶炼气，放在俗世中，也与凡人有着云泥之别，挨饿的机会很少。

成了废人还死抱着元婴修士的面子不放，心眼小，多疑，当她是什么都不懂好哄骗的小姑娘……焚天在心里慢吞吞地给秦有桑添上各种印象。

"我母亲告诉我的。"

"你母亲……"

见秦有桑抓着丁点儿机会就不忘记打探自己，焚天瞄向了装米粥的陶罐，关切地说道："公子别顾着说话。米汤里，我特意放了一整棵二十年份的参。喝完吧，别浪费了。"

一整棵和二十年这几个字被她刻意咬得很重。

秦有桑心里堵得难受。从前在他眼中，二十年份的参跟野草有何区别？还一整棵！他不知尝过多少名厨亲自做的珍馐。天上飞凤，海中蛟龙，他还嫌弃吃多了要花工夫炼化一番。一罐米汤罢了，值得这般刻意提醒？没见过世面的黄毛丫头！

然而那双会说话的眼眸中只有关切，看不出有别的意思。

秦有桑的笑容在脸上僵了几息又温柔地荡漾开，咬着腮帮子酸她："这参定是姑娘家里的珍藏吧？让秦某怎么好意思……将来，我送你几担上百年份的人参。"

听清楚了？是几担！百年人参！

他盯着她的脸，神识无声笼罩着她。他不相信凭自己强大的元婴神识会觉察不到一个小丫头的情绪波动。

"好。我记着了。"他要送，她定会收的。当萝卜种在这方小境界里，种个几百年就是值钱货了。

被秦有桑窥视的感觉让焚天在心里冷笑着，骄傲着，若无其事着。

元婴神识的确很强大。可惜，玄门终究是坐井观天，修炼到了头也不过结婴罢了。超越玄门的法术就是邪功妖法吗？自大又可怜的人啊。焚天轻声叹息。

嗯？他的神识没有捕捉到她有半点情绪波动。她是傻还是太天真呢？就没听出来他在嘲笑她？秦有桑颇有种一脚踏空的感觉。

就在这时，他听到了她的叹息声。

林小天定是以为他在说大话，同情地附和他。

小姑娘的思维完全就没和他同步嘛。

秦有桑收了神识，移开了目光，悻悻地倒了碗米汤小口啜着，感觉不像刚才那么香浓了。

焚天今天胃口极好，一碗炖肉已经吃了大半。她珍惜地夹起一块炖得酥烂的异兽肉铺在米饭上。酱色的肉汁浸进珍珠似的灵米中，闪烁着琥珀一样诱人的色泽。她将肉和米饭同时送进嘴里，满足地咽下。她的举止神态无一不在提醒秦有桑，这碗炖肉简直就是无上美味。

秦有桑馋得咕噜一口气喝下大半碗米汤，直接转移话题："我说送你人参，你为什么叹气？"

她会为了那几担参叹气？焚天忍住笑。想了想，她认真地告诉他："这里不产人参。"

这里不产人参，无垠大陆的深山老林中多的是。上百年份的人参又不难找到……秦有桑不笨，马上反应过来她话里的意思："你是说这里是个封闭的空间，出不去？这里是监狱？你被谁关在这里？"

秦有桑暗忖道，怪不得她穿着囚衣。怪不得赤海之中竟然还有南方水乡景致，分明就是个独立空间。如果说这里是一座监牢，那就说得通了。

他这是要把牢底坐穿吗？才出魔窟又进牢狱。

秦有桑脑子转动着，眼下这里只有自己和林小天两人。小姑娘不过刚引气入体。如果他提出帮助她从那条石缝逃出去，小姑娘没道理不相信自己。

"我可以带你出去。"

她还没完全想好怎么说的时候，宁肯不说。说出口的谎言要用更多的谎言去圆，懒得说。焚天咽下嘴里的饭菜，细眉轻蹙："这里不是什么监狱，是我的家。"

"哎呀，林姑娘，你莫不是被哪个大魔头吓坏了，被他关在这儿还把这里当成是自己家。赤海里怎么可能有这样一片湖？分明就是个囚人的空间。你莫怕，和我说说那个魔头是怎样的，一般什么时候会来？我一定会带你逃出去。"秦有桑脑补若干小姑娘被大魔王视为禁脔独自囚禁的故事，一脸英雄气概。

焚天没能止住他呱呱一连串话，被他的碎嘴烦得不行。她"啪"地将筷子拍在了桌上，睥睨着秦有桑道："你能保护我？"

"当然……硬拼是不行的。"秦有桑大言不惭地说道。他的手指轻敲着桌面，"你和我说说这里的情形。我来想办法。"

一副元婴高人的做派。

焚天想啐他满脸。

"我说过了，这里是我的家。没有人关着我。"

秦有桑露出"小姑娘你别怕啊，有我在肯定会帮你"的神色同情地看着焚天："秦某虽然成了个废人，好歹也走南闯北游历过无垠大陆，尚算有点见识，姑娘大可放心。既然我无意中闯进这里，又蒙姑娘相救，哪怕舍了这条命，秦某也定会全力相助。说吧，不要怕。那个将你囚在此处的魔头是何修为？是魔界中人？"

不就是想知道这是什么地方，她是什么人吗？焚天嘴唇微翘。

这方小境界瞒不过秦有桑的眼力，与其被他烦着百般打听，不如直接让他清楚自己的处境。

伸出手掌，一枚琉璃般剔透的珠子自焚天的掌心浮现出来。

秦有桑眼瞳微缩："空间珠？你的？"

焚天轻轻在珠子上一抹，一个径窗浮现在两人面前。径窗外看不见星辰天幕，只有被碎石粉染成灰色的罡风唰唰从径窗外飞逝而过，在径窗上擦出丝丝火花。

秦有桑不由自主地想起了戈壁滩上那个形如城墙的巨形罡风团。

"这方小境界位于一个巨大罡风团的风眼中，有一半嵌在了地上。"焚天指着琉璃珠子上的那条毫发般的裂缝，"这里裂了。裂缝正好在地底。所以你才有机会顺着裂缝闯进来。"

秦有桑恍然，却又生出更多的疑惑。

一个小姑娘为何会独自生活在这里，这枚珍贵无比的空间珠又是从何而来，为什么会落进罡风团的风眼中。

"现在明白了？这里就是我的家。"焚天问道。

秦有桑点头："多谢姑娘解惑，原来你是这处空间的主人。"空间的主人可以将空间收放自如，所以没有人囚禁她。

听到这句话，焚天很满意。

秦有桑继续说道："收了空间就等于把自己扔进了罡气中，难逃粉身碎骨。可怜姑娘独居此处难以脱身……"

"你从哪儿进来的，就可以从哪里出去。"焚天打断了他的话。能将小境界藏在罡风团的风眼中，焚天就有办法从罡风中出去。圣域不知道有多少高手奔向赤海抓捕她。她一用元气就痛得吐血，出去找虐吗？她讥讽道，"我连炼气一层的修为都没有，秦公子经脉寸断修为尽失能出去对付外面的异兽？"

第二章　最美的身影

秦有天彻底用米汤堵住了自己的嘴。

那条山缝的尽头是一窟异兽的老巢，他好不容易才从异兽嘴里逃脱。没有修为出去，等于给异兽送菜。

他心里的疑惑更深。既然没有人囚着她，为何她穿着写着囚字的衣裳，连双鞋都没有？小姑娘不识字，以为胸口绣了朵碗大的花？

"林姑娘，你衣襟上的绣花很是别致……"

真当她目不识丁？焚天腾地站起身，利落地将碗筷收了。

"还没吃完，多浪费啊。"秦有桑瞅着半碗炖肉满脸可惜。

她劈手将秦有天手中的粥碗夺了，连同粥罐一起收了："公子饿得太久，吃太多容易撑坏肠胃，不如在房里多休息几天，思虑过多伤神！"

出了房门，焚天气呼呼地在门上拍下一张符箓。一个废人，闯进自己的地界一个劲儿地碎碎念。关他两天再说。

秦有桑笑了。冰雪姑娘林小天终于被自己吓出了脾气落荒而逃。

不过，总算知道了自己怎么来的这里。

寸草不生罡风肆虐的戈壁沙漠中竟然还有这样一个空间秘境容身。穿着囚衣的林小天显然来历不小。她虽然防备着自己，却并不想杀他。小姑娘家里闯进个陌生大男人，有点防备之心是对的。她若要对自己不利，又何必救他？

秦有桑安心地躺在床上。他揉着肚子，舌根传来人参回甘的滋味，精神气好了不少。他满意地想，林小天那张嘴说不出好听的话，熬米汤的手艺还真是不错。

既来之，则安之。既然活着，便……想办法续经修炼。

第三章 大寒

接连几天,秦有桑非常自觉地待在竹舍中。

他故意试探惹怒焚天。焚天用符箓封了房门关着他,正中秦有桑下怀。自从逃出魔界红城,他一直不曾好好地查看过自己的伤势。林小天来历成谜,但目前他的处境还是安全的。

"小境界藏在罡风的风眼之中,魔界的人怕是想象不到。倒是个疗伤的好地方。"秦有桑自语着,赤海中能找到这样的容身之所属于运气逆天了。

他并不知道为躲避圣域追捕的焚天也是这样打算的。

仔细查看了体内的伤势,秦有桑抱以万一的希望也落空了。经脉堵塞断裂都还能想办法医治,可是经脉已经融化进了血肉。没有经脉,大罗金仙在世也没办法助他断经重续。

秦有桑坐在竹床上,手捏成拳撑着腮帮子望着窗户框出来的那点天空出神。小境界终与外面不同。他穷尽目力也看不见横亘在赤海夜空的星河。他很想看看,是哪颗灾星进了他的命宫。兴高采烈冲击元婴中期屏障,以为再出洞府又是万众敬仰,结果紧要关头,洞府结界被破,害得真气反噬自身。进阶中期失败,把自己的元婴小儿也弄碎了。元婴是最凝实的真气,一遭碎裂,连丹田都会挤爆。他全力挽救的时候,被魔修唰唰唰封了几道禁制。

第三章 大寒

不用他自救了。

然而封在丹田的碎裂元婴并没有因此老老实实在他丹田待着。禁制解除之后,他在毫无准备的情况下调用真气,如大江决堤,火山爆发。如有实质的真气瞬息间由丹田直冲向他的奇经八脉。

如果这时候有人相助,或是他有时间静坐驯服暴烈的真气,他也会因祸得福重新进阶。一场雪崩引得千吨冰雪自天而落,直接将他砸进了积雪深处,他受了内伤不曾休养又急于逃亡。

于是那些被打通的奇经八脉在他逃亡的过程中,像一个个越来越鼓的气球,接二连三地爆了。

修炼了百年的真气不能顺着经脉存于丹田,悉数融进了他全身骨骼血肉之中,一遍遍冲刷改造着他的元婴之躯。

秦有桑伸出手掌,肌肤泛着玉质的光泽。与从前相比,他明显感觉这双手更为坚韧。

"又有什么用呢?"

身体的强悍足以开山裂石,没有真气就无法施展法术。就算拥有无垠大陆最强悍的身体,也不能辟谷。他从此需要进食满足身体的需要。看明白身体的状况,秦有桑对疗伤再不抱丝毫希望。神识飘荡而出。

封闭竹舍的只是普通符箓,拦不住他的神识。

秦有桑的神识自自在在地飘出了竹舍,在这方小境界里溜达着。

湖水的水天相接处是小境界的边缘所在。湖的对岸显然什么都没有。湖的左岸生长着一片树林,林子不小,却连只麻雀都没有。林边有一大片竹林,秦有桑同样没感觉到有生灵的存在。他转身就走。

岸边开了两亩田,他认不出种的是什么菜。

神识回到湖的右岸,来到他进来的那条裂隙处。看到石缝中长出来的大青树,秦有桑倒是赞了声:"这个幻阵做得不错。"

他总喜欢先苦后甜。把外围都打探过了,神识终于像羞答答的大姑娘,不好意思地去触碰焚天居住的那间竹屋。

仿佛撞上了一堵墙,神识被弹了回来。林小天的房间竟然布下了能阻隔元婴神识的禁制。秦有桑在房中兴奋地坐直了。

他操控着神识继续试探性地去触碰竹屋的房门。

轻轻一触。

像手指点在平静的湖面上,竹墙上顿时生出涟漪。一层如水般的光华微微闪了闪,温和地将他的神识弹开。

"好厉害的禁制。"秦有桑没有再试。

神识察看很容易引发修士的敌意。林小天拥有这么多秘密,如果她突然改变主意想杀了他,任他筋骨皮再厚实,柔软的内腑也经不起修士的重击。

"修士和壮士的区别!"秦有桑得出了令他无比伤心的结论。

再也无法修行了。

他就是个铁打的废人!

开启了禁制,防止秦有桑的神识窥看。焚天盘膝坐在房间里练功。

采自上古遗境的毒虫在她心中沉睡着。混元之气运行时那只虫子就会兴奋地醒来,随着元气的流动窜至她的全身,无情噬咬她。这种虫有个很美的名字:幽光。

被幽光黑虫噬咬后吐出的血,蒙着一层黑珍珠般的光,触及空气后会燃烧腐蚀接触到的所有东西。

圣域的修炼之法与玄门截然不同。

玄门吸天地灵气入体，以灵气打通奇经八脉流入丹田形成周天，转化为自身的真气。

圣域不修奇经八脉，也无丹田，像一口熔炉，吸纳天地之气，将修炼出的混元之气积于全身所有的血脉之中，形成天地人之间的自然循环。

天地之气早已经混沌不堪灵气稀薄。圣域可以吸纳整个天地之气，如同呼吸般自在，玄门却只能吸收稀薄的灵气再炼化为精纯的真气。圣域的修行比玄门更为快速轻松，且经过元气淬炼后，圣域中人的身体也比玄门道修强悍。

那些鬼祟的幽光黑虫似乎只对富含元气的血肉感兴趣，又或者是它们只能在心脏中生存无法进入到经脉中。当她重新以玄门功法修炼真气，打通奇经八脉，新辟丹田，并不会惊醒幽光黑虫前来噬咬自己。

焚天想拥有力量，要么将幽光从心中驱离，要么修炼玄门功法。目前来看，后者更为现实。

从朝阳初升到夕落。修炼了一整天，丹田中增加的真气也就那么一点点。逃出来的一个多月，她一直在改修玄门功法，积攒的真气连炼气一层的屏障都没打破。这样的速度，她想达到玄门的元婴修为至少需要许多年。

焚天嫌弃地看着面前摊开的一本玄门入门级修炼功法。

圣域从前太封闭了。这本在无垠大陆玄门修士眼中烂大街的粗浅功法还是几年之前从一个投奔圣域的修士手中拿到的。想想也是，如果那个被玄门称为魔修的修士能得到高阶心法，他也不会改炼致性情大变的邪功，混成过街老鼠般的境地。

这方小境界只是一个独立的空间法宝，里面的灵气和外面并无不同。如今小境界的天地灵气也像赤海一样贫瘠。

经过数千年消耗，无垠大陆的灵气已日渐稀薄。玄门靠吸收天地灵气的修炼方法龟速得令人绝望。

"不要脸！"察觉到禁制被触发，焚天被秦有桑的自以为是气笑了。

她让他的神识随意在小境界中游荡。他就厚着脸皮跑来窥视自己的闺房。

以为元婴神识她就察觉不到？

活该被关在观天深牢里！

秦有桑的试探让焚天再无修炼的心思。她蹙着眉想，不如直接了当问清情况把他宰了清净？

十二月初四，大寒。

寒气之逆极。水泽腹坚。

意思是这是一年中最冷的一天，湖水的中心都能冻成坚冰。太阳在这天也失去了温度，被狂风冰雪吹得像一抹极淡的影子。

大寒之日，圣域出现了冰雾雪瀑的奇景。

冰山与积雪之中升腾起一股洁白的气流，如雾似瀑，出现在隐藏于云雾之中的孤峰之巅。像一座雄壮的瀑布，以万夫莫开的气势从千万丈的高空哗地落下，沐浴冲洗完整座圣宫，再扑向环绕撑天之柱的七座山峰。

远望去，像一条雪龙自天而降，游走在圣域的山峰之间。

第三章 大寒

"天佑圣域！天佑圣尊！"

山峰脚下，红城中所有的圣域修士都被惊动了。那条似冰雾如雪瀑的洁白气龙飞舞在山间时，人们的眼中蓄满了狂热，情不自禁地欢呼。

他们朝众峰所在的方向仰望着，等待着。直到那条气龙从山中扑向红城，将他们湮灭其中。

这一刻，天地间的浊气被一扫而空，一股精纯的天地之气笼罩着整个圣域。

这是圣域一年之中修炼最为受益的一天。所有的圣域修士都能受到最精纯的天地之气的洗礼。吸纳修炼后体内元气的增长也会是平时的数倍。运气好的，甚至能将修为提升一阶。

圣域已经多年不曾出现这样规模的冰雾雪瀑了。

召应天地之气是圣尊独有的与天沟通的法术。每年大寒之日，召天地之气，助长圣域修士的修为，也是圣尊的职责。

自从圣尊聂天虹被凌山子飞剑重伤之后，连续七年的大寒之日，圣域出现的冰雾雪瀑极为微弱，只应个景沐浴着圣宫，连七殿都难以惠及，红城就更不用说了。圣域陷入从未有过的低沉气氛。所有修士都在为圣尊祈福，希望圣尊能养好伤，再为圣域谋福。

七年后，圣域只等来了圣尊在闭关养伤时被亲信的翼卫焚天偷袭遇害的噩耗。

圣域需要再立一位新圣尊。

前任老圣尊归天之前，会提前在圣宫弟子中挑选一位拥有感召天地之气能力的弟子，由这名弟子继任新圣尊。

圣尊聂天虹意外遇害。圣宫千名弟子中唯有圣尊之女聂悠悠

53

能感召天地之气。七殿殿主商议后，决意立聂悠悠为新圣尊。

大寒之日，聂悠悠感召的天地之气出现在圣域所有弟子面前。如此规模的冰雾雪瀑昭示着天意的认可，圣域所有修士无人质疑。

冰雾雪瀑般的气龙奇异地在红城的城墙处停住，化为细密的洁白云雾，将整座城笼罩在内。从远处望去，高达数十丈的冰雪之气从这座暗红色巨石建造的大城中升腾而起。巨石上奇异的石纹隐约闪烁着，似乎也在呼吸天地之气，加固着城墙上的禁制。

圣域之中听不到半点声响。所有的修士都在凝神吸纳，增长着体内的元气。

这股极圣洁的气息足足持续了三个时辰。

洁白的雾气像受到了吸引，朝着红城靠近山峰的位置，竖有八根华柱的玉台涌去。

修士们停止了吸纳，沉默地走向玉台。

剩余的天地之气都集中在这里，翻滚着，挤压着，渐渐形成一枚直径丈许的雾团。玉台上的八根华柱同时发出亮来。悬浮在半空的雾团停止了旋转，像一朵花，缓缓绽开。

这朵硕大无比的雾花绽开的瞬间，吐放出一团明亮却不刺眼的光华，直射云天。

天放晴了。

红城上空的天空像一匹纯净的湖蓝色绸缎，不见一丝云雾。

橙色的太阳高高挂在天际。冰峰上的那座水晶宫毫无遮挡地出现在人们视线中，白石为柱，水晶为材，在阳光下投射出变幻莫测的色彩。

圣宫常年隐于冰雪云雾之中，轻易不露真容。能得见圣宫真颜，对圣域修士来说，是天赐的福分。所有修士围绕在玉台四周，虔诚地拜伏着。

有乐声自山中传来，乐声悲凉，无数圣域修士闻之落泪。

浅浅的冬阳照耀下，一座七色虹桥出现在空中。一头搭在圣宫宫门，一头接在玉台上绽开的那朵白雾之花中。

一行队伍自圣宫踏虹桥而来。

走在最前面的是位须发皆白的威严老者——七殿之首金宫殿主赤玉霄手持一根蛇首藤杖，碗大的霜花从他手中不停地出现，纷扬洒落。

在他身后，六位殿主抬着一口奇异的树棺，像是用一株大树整个雕成了棺材的形状。树生机未断，棺首上仍长着几枝青嫩欲滴的树叶。

见到树棺，圣域修士们的脸上不约而同显露出悲愤之色。谁能想到圣尊竟然死于叛徒之手？

队伍停在了玉台上空。整座圣域陷入无声的沉默中，连哭泣都成了默默垂泪。

静默中，赤玉霄缓缓开口："送圣尊归天！"

六位殿主放下了树棺。那口树棺轻轻落在绽开的雾花之中。那朵由精纯天地之地聚成的白雾之花倏地合拢，将它裹了进去。玉台上的八根华柱再次发出耀眼至极的光芒。

一刻钟过去了。

树棺静静地浮在那团天地之气中，不见丝毫动静。

玉台四周的修士们忍不住悲痛地大喊："圣尊死不瞑目，不肯归天！"

"难道另有内情？数千年来，圣宫翼卫从未有过背叛者。"

"听说那个翼卫十岁被选进圣宫后由老圣尊悉心教导了七年，

是圣尊认定的继位人选。"

"究竟是怎么回事?"

"圣尊不肯归天定有内情!"

赤玉霄和六位殿主交换了个眼神,沉着脸道:"肃静!聂悠悠感召的天地之气有目共睹。圣域数千年来,只有圣尊才能感召天地之气,为圣域所有修士谋福。立聂悠悠为新圣尊,我们护教七殿殿主都极为赞同。"

赤玉霄心头涌出阵阵烦躁,玄门就在赤海那边虎视眈眈,进赤海的修士一年多过一年。圣尊死了,圣域亟需一位新尊主。聂天虹迟迟不肯解体归天,继位大典不顺,圣域必然人心浮动。怎么办?

七位殿主同时跪下,再次高呼:"请圣尊归天!"

雾团中的树棺依然平静地浮着,没有动静。

赤玉霄与几位殿主交换着眼神,见几位殿主几不可见地点头。他下定了决心,笼在袖中的手暗暗掐了个法诀,继续说道:"圣域誓要生擒勾结玄门刺杀圣尊的叛徒焚天,查明真相,处叛徒以九幽极刑,以慰圣尊之灵!圣域需要一位新的尊主,一位能感召天地之气的尊主!聂悠悠是圣尊之女,圣尊若是无异议,请顺归苍天!"

话音刚落,树棺如被融解般化为一蓬蓬绿色的晶莹小粒。这蓬绿意在冰球中翻腾不停。雾球越缩越小,最后凝成了一枚拳头大的翠色玉珠。

这就成了?能不动手脚再好不过。赤玉霄愣了愣,散了法诀。他高举起手中蛇藤杖:"圣尊归天了!"

这一幕被所有人看在眼中,认定捉拿叛徒焚天是圣尊未了的

第三章　大寒

心意。

"为圣尊报仇！"

"誓死与玄门为敌！"

整座红城沸腾起来，冲天的仇恨让这座暗红色的大城显得狰狞异常。

如同玄门能从灵石中吸取灵力一样，圣域的修士也能通过蕴含天地精华的元玉直接吸取元气。

圣尊修炼千年的身体精华和天地之气相融凝出的玉珠无比珍贵，更甚元玉，只会传给新任圣尊，让其承袭自己的功力。

赤玫伸手一招，那枚珠子落在了他掌心。他捧起珠子，与六殿殿主一起飞至圣宫宫门外，双膝跪下，将珠子高举过头："恭迎新圣尊！"

全城修士朝着圣宫的方向跪伏行礼。

圣宫宫门次第大敞，千名圣宫弟子簇拥着一个白衣女子自宫中缓步行出，登上了殿前玉台。

离得太远，众人看不清她的面容，只觉得独站在玉台之上的新圣尊白衣飘荡，气度高雅，似要踏云而去。

聂悠悠将代表圣尊身份的银色权杖插进了玉台之中，双手掐出道法诀，声音柔软如春水，令人听着舒服之极："聂悠悠今日继任尊主之位，祈上天佑我圣域！"

翠色的玉球从赤玉霄手中飞起，嵌进了银色的权杖。瞬间光芒四射，生机勃勃的绿意笼罩着整座玉台。

聂悠悠拿起权杖一挥。刹那间，又有成千上万只透明的鸟自翠玉珠中飞出。

看到这些天地之气凝化的鸟，红城再次沸腾。新圣尊能力越强,就能召来越多的天地之气,对圣域修士的修炼也更有利。

天地之气凝化的鸟落在修士们身上,融进了他们体内。修士们如有实质般感受到体内元气的增加。这是新圣尊登位的恩赏,接到赐福的圣域中人无不以此为荣。

红城的欢呼声响彻了天际。圣域在大寒之日迎来了新的圣尊。

玉台下是陡峭的悬崖。红城就在她脚下,大地在她在脚下。

万民敬仰。聂悠悠第一次真切地感受到了这个词带来的荣耀。从此,她就是圣域的王!

放出精纯元气鸟后,聂悠悠手里权杖上的翠色玉珠光芒渐暗。没有人知道此时她心里的愤怒。一接触翠玉珠她就明白了,母亲毕生的大部分修为已经传给了焚天。没关系,留给她的足够让她顺利施恩接位了。除了她,圣域无人会知晓翠玉珠已元气枯竭的秘密。没有母亲的修为,她将来的修为进阶也绝不会比焚天差!

握着权杖,聂悠悠在心里默默地说:"母亲,你看,圣域万民都臣服于我为我欢呼,我也有感召天地之气的能力,你为何不肯传位于我?"聂天虹已经解体归天,再不能回答她一字半句。她不在乎!聂悠悠告诉自己,她已经是圣域尊主了,她不在乎!但是她在乎逃走的焚天!回过头,聂悠悠看向赤玉霄,"可曾有焚天和秦有桑的消息?"

金宫殿掌刑律,老圣尊遇害之后,赤玉霄第一时间派出了金宫殿高手进赤海搜捕焚天和秦有桑。如今快三个月了,仍一无所获。

他面露难色:"赤海横亘万里,进入搜寻形同大海捞针。玄门中人在赤海边缘建北沙城经营了七年,玄门修士屡屡结伴深入赤海,为防止玄门接应,我已下令在莫干河一带设了防线。金宫殿人手有限，还请圣尊颁下法旨，悬赏圣域擒拿二人。"

聂悠悠柔声问道："各位殿主可都同意？"

六位殿主同时应道："请圣尊颁法旨。"

聂悠悠自袖中扔出一幅逼真的肖像画飘浮在红城玉台之上，画中少年箭袖红裳，剑眉朗目，皮肤白如冰雪，甚是隽秀俊俏。

秦有桑若是在场，绝对不会将画中少年与认识的少女林小天看成同一人。

"圣宫赤队翼卫焚天，年十七，暗中勾结玄门元婴修士秦有桑杀害老圣尊。两人潜逃已两月有余。圣域已在莫干河一线布防。生擒焚天，赏上等元玉千枚。诛杀之，赏上等元玉五百。以莫干河为界，杀玄门越界者一人，赏上等元玉十枚。"

一枚上等元玉能兑换千枚普通元玉。玄门修士一人的性命只能换取十枚上等元玉。赏格极重了。

站在圣宫高处，已然能看到红城外修士施展出各色光芒飞向赤海。一时间出城的人太多，城门口闪现的法宝之光竟无断绝，从高处望下去，三座城门光芒闪烁，令人目不暇接。

圣域掌钱财的水角殿主卿墨华迟疑了下道："圣尊，这赏格是圣域元玉全年产量的三分之一。"

如此重的赏格，七位殿主都想亲自进赤海抓人领赏了。

聂悠悠轻叹："卿姨，若是焚天带领玄门越过了赤海险地，圣域的损失可不止这些。"

卿墨华再不出言反对。

泰武殿主苏紫心柔声说道："圣尊为何以莫干河为界，焚天与那元婴修士已逃走两月有余，说不定日夜兼程，已越过了莫干河。"

"苏姨莫要担心,焚天虽然害了母亲,亦中了她老人家下的毒身负重伤,驱使元气只会加速毒发。就算有秦有桑相助,他被擒来时元婴碎裂修为大跌,两人都有伤在身,一路躲避圣域高手追捕,两个多月时间到不了莫干河。在莫干河布防,更多的是针对玄门七年来不断探寻赤海的行动。"

苏紫心颔首:"圣尊自幼便心思周密,属下多虑了。"

聂悠悠蹙眉叹息:"时至今日,我也不明白身为圣宫翼卫,圣尊宠爱的弟子焚天为何要背叛。"

她身后的翼卫个个面露羞惭之色,看向穿箭袖红裳的赤翼卫眼神鄙夷至极。一名赤翼卫受不了鄙夷,激动地拔出剑来:"赤翼卫的屈辱,愿以血洗之!"说罢一剑抹了脖子。

赤翼卫悲愤至极,沉默地纷纷拔剑。

"够了!都自尽谢罪,谁来护卫本尊?焚天是焚天,与赤翼卫又有何干?"聂悠悠手持权柄缓步走回圣宫,"希望能将他活着抓回来。本尊要亲自审。"

七位殿主躬身行礼,目送她走进圣宫深处,再纷纷散去。

赤玉霄没有离开。待赤翼卫抬走那名自尽的同伴,他径直走到为首的年轻人身边。见四周无人,他低声骂道:"焚天叛乱,又不是赤翼卫之过。还想学别人横剑自刎,你可真有出息!"

赤鲤红着眼睛低下了头:"七年前圣尊受伤归来,翼卫千名弟子,唯有焚天被圣尊选中带去一同闭关。整个赤翼卫都与有荣焉。孩儿不明白,焚天跟随圣尊闭关修行七年,怎么会突然反叛……"

"住口。"赤玉霄低声喝止,"老圣尊临终前亲口说凶手是焚天,圣女也亲眼看见焚天逃出了寝宫。青山宗修士自从擒了回来就被老圣尊带至寝宫单独关押,除了和老圣尊一起闭关的焚天,他还能接触什么人？若非焚天放了他，那秦有桑为何会在寝宫失踪？圣女是老圣尊的亲生女儿，她已经继任了圣尊！如果你不是老夫亲子，就凭你同情焚天之语，早就该进金宫殿受罚了。"

在赤翼卫眼中，老圣尊选中的继任者就是焚天啊。但是父亲的话也在理。聂悠悠亲眼所见，焚天若不心虚为何会逃离？赤鲤无言以对。他沉默了会儿认真地说道："父亲，赤翼卫如今在翼卫中抬不起头，孩儿想带着赤翼卫去找焚天。"

"进了圣宫，便只听圣尊一人之令。你是翼卫，向你的新尊主请命吧。"赤玉霄想了想又道，"你弟弟赤珑十岁了，今年也要参选圣宫翼卫。你多照顾他一些。"

"赤珑一定要进圣宫吗？圣宫千名弟子，能被圣尊选中成为继位者的只有一个。如今新尊主还年轻……一入翼卫，除非立下大功，圣尊颁下恩旨，否则终身不能出宫不能婚娶。赤家只有两个儿子。"

赤玉霄气得直翻白眼："死脑筋，不能婚娶，难道就不能找人生儿子？"他抬头望向天际的高处，孤峰望不见顶，"我已经很老了，攀不上这座孤峰了，纵使万分之一的机会，也是机会。这个机会比生儿子重要。"

赤鲤疑惑地抬头望向孤峰高处，不太明白父亲的意思。

"新尊主定会从新一批进宫的人中扶持忠心于她的新翼卫。小鲤儿，你太过耿介，又念念不忘与焚天的兄弟情，你弟弟赤珑得到新圣尊扶持的机会比你多。所以，他一定要进圣宫。你且再等等，凭我赤家的权势忠心，圣尊会给为父几分薄面放你出宫。"

赤鲤惭愧地低下了头。

大寒之日，小境界中焚天面窗而立。窗前一根艾草悠悠飘起淡淡青烟。

"小境界里的东西少得可怜。以此代香，顺手卜艾。想来，您不会介意。"她心中突然一动。秦有桑能逃脱，至少需要解除两重禁制：观天深牢的禁制和身上压制修为的禁制。哪一重都不是他自己能办到的。如今看来，只有一个解释。圣宫惊变时，圣尊聂天虹在临死前悄悄解开了禁制。

她为何要放走秦有桑？

那晚也是，并非秦有桑不可，而圣尊却独独选中了他。

"男女之情……"焚天冷静地猜到了圣尊的心意。

她中了幽光黑虫在圣域等同于一个废人，等圣域传出消息，她是杀害圣尊的凶手，成了圣域的叛徒，想必玄门能接受她。圣尊希望她逃到玄门去投奔那个在青山宗有着无上权力的男人，利用男女之情从秦有桑处得到玄门顶级功法和修炼资源。

她眼里先是露出了嘲讽之意，继而化为怜悯。淡淡的怜悯从雾蒙蒙的眼眸中一闪而过，最终化为浓浓的伤感。诸般情绪在她心中翻江倒海，直至双眸渐冷。

焚天冷冷地下了结论："所以您败了，死在亲生女儿手中，死不瞑目，而我活下来了。因为我比您无情。"

她进圣宫时只有十岁。本就易了容，再扮成小男孩并不难。进了圣宫，聂天虹就带她在寝宫闭关七年。聂悠悠每年只有一次机会进寝宫见聂天虹，见到的焚天也是易容后的脸。

她的眉很细，和翼卫焚天挺拔的剑眉相差甚远。干练的翼卫束发换成了长发披肩，见过她真容的人屈指可数。

落在聂悠悠手中时，焚天以为身为女儿身的秘密难以保住。

没想到聂悠悠时间紧张，只顾着搜走她腰间的储物袋，给她套上一件囚徒的外袍送进了斗兽窟，根本没有好好搜过她。聂悠悠万没想到焚天会是个女子。

所以，换了姑娘发髻改了名字的林小天很安全。

如果没有中幽光黑虫之毒，焚天想，也许她还能出现在红城玉台之上，替死不瞑目的聂天虹说几句公道话。

不让她痛快地死，让她一用元气就会受尽痛楚。为达到目的，聂悠悠够狠。对于伤害自己的人，焚天向来不会手软，她一定会刻苦修炼保重好自己，然后加倍还回去。

凡事终有利弊。焚天动用元气被幽光噬咬痛极呕出的血，却成了她熔化斗兽窟禁制逃离圣域的利器。她不比秦有桑早来这里几天。她一直在等，等到大寒之日前十天，聂悠悠需要全力准备那场能说服全圣域修士的"冰雾雪瀑"，不可能每天晚上暗中光临斗兽窟。

今天，聂悠悠顺利登位了吧？她终于成了能号令整个圣域的尊主，比圣尊亲生女儿的圣女身份更尊贵。

焚天知道，聂悠悠一定会在继任圣尊之位后的今晚去斗兽窟。她会站在白玉栏杆旁居高临下地说，焚天，你可以对圣尊之位死心了。然后放出最凶狠的异兽，享受着自己在她脚下苟延残喘的模样。

"叫你失望了。"

等聂悠悠接任时她才会知道聂天虹把所有东西都留给了自己。她一定会后悔没有早点杀了自己。她会日夜活在惊恐中，害怕自己回到圣域打败她。

所以，焚天想，她越迟去见聂悠悠，对方在惊恐中痛苦煎熬的时间就越漫长。聂悠悠当圣尊的时间越长，就越舍不得手中的权势。那时候，再失去的痛苦才会令她受不了。

摊开掌心，晶莹剔透的琉璃珠再次浮现。焚天微微笑着："聂悠悠，找遍赤海，你也想不到我会凭借着它躲进了罡风风眼中。其实你不明白，你拼命想得到的，我一点都不想要。"

照圣尊的安排，焚天成了圣域的叛徒，再编造一番自己也是受害者的故事。为了顺利渡过赤海，了解圣域，玄门一定会欢迎她保护她。

想起秦有桑，焚天忍不住冷笑。

哼！

好一个名扬大陆的天才元婴修士，不过是连姓名都不敢说出口的懦夫罢了。一边说要报恩一边鬼祟地用神识察看自己，还想哄着她去青山宗送信。真不要脸！

玄门修士称圣域为魔界。他被囚在观天深牢七年，对圣域的仇恨怕是远甚其他玄门修士。

那天晚上，他动弹不得。他会相信自己编造的谎言？就算相信了她的话，对他而言只是一场羞辱，谈不上半分情意，只怕秦有桑恨不得早点灭了她。

就算知道她是圣域通缉的叛徒焚天，他只会先利用完再杀了她。

焚天看着窗前那根艾草，袅袅轻烟如诉如泣。她低声说道："那一晚，何曾是我所愿？圣域，有您的子民，是您一生想要保护的地方……"一抹笑容从她的唇角漾开，渐渐怒放成灿烂的笑容，"可是我不稀罕呀！"焚天双眼发亮，一扫冷漠之色，"那个单调冰冷的地方有什么好？从小到大，我早厌倦了！现在多好，我可以游历整个无垠大陆，走到哪儿吃到哪儿，挨个儿把东西南的撑天之柱全部游览一番。看看那三座孤峰上是否也出产元玉。您的仇，我的仇，为何一定要亲自动手？圣域再强大，红城禁制再厉害，千万玄门只需围而不打就成一角死地，聂悠悠困守孤城，圣尊也做得没滋味。我再递点消息给玄门指点一二，准让她后悔弑母夺位。"

秦有桑是无垠大陆传说中最有天资的修士，八十几岁就结婴成功。他修炼的功法应该不是那种地摊货吧？不用暴露身份。那个家伙就在她的小境界里关着，她想要上等功法，他敢不给？

修炼资源？简单，拿他的玉牌在青山宗滴水崖一坐，想要什么没有？给少了，是秦有桑的命不值钱。

幽光黑虫采自无垠大陆的上古遗境中……世上之物，相生相克。游历大陆，总能找到办法能除掉它。

焚天越想越开心。

面前的艾草燃至一半，突然凭空熄灭。

焚天心中微惊，下意识望向窗外。

"不是吧？卜出了您不肯归天？"

再燃艾草，怎么也点不燃。

似乎感觉到红城玉台之上，圣尊聂天虹久久不肯自解归天。

焚天抚额低叹："其实您很爱聂悠悠对吧？却又让我承了您的恩情。您究竟想我怎样？"

无人回答她的话。清亮的水滴从崖壁中沁出，绵绵不绝滴落在浅浅的水潭中。叮咚之声叩在焚天心间，她从未觉得滴水入潭的声音这般烦人。

小境界随她心意而动。她朝窗外吹了口气，空气骤然变冷，鹅毛般的雪飞舞飘落。不到一盏茶工夫，渗水清泉的崖壁就已经结冰，滴落的水凝固了。

世界安静了。焚天静立在房中，盯着那株断掉的艾草出神。

风吹来阵阵寒气。呼吸间她能感觉到圣域方向凝聚着的天地之气。

焚天仿佛看见树棺浮于红城玉台之上的天地之气中，久久没有动静。她叹了口气道："您的心愿，我定替您达成。无论我将来是何身份。"

隔了数千里，红城玉台之上，树棺应声而融。她重燃艾草，一缕青烟孤绝地飘向空中，在半空中散了个干净。

卜艾得出的结果让焚天眼中浮起了一抹水意。从此后，恩断义绝。焚天把脸埋在了掌心，朝着圣域的方向行跪拜大礼："弟子恭送师尊。"

送走聂天虹，焚天认真考虑和秦有桑一起回玄门的事情。上次秦有桑用神识窥探，她关了秦有桑两天，也饿了他两天，以秦有桑的小气程度，他不会轻易低头和解。

如果她想以林小天的身份在玄门混，需要秦有桑给她作保。焚天思忖着，如果再关着饿着秦有桑，救命之恩肯定被他一笔抵消了。这个嘴碎小气的男人，这一次，她要换种方法收拾他。

得到这个小境界的时间不长，焚天试着用过一两次，并没有过多布置。在聂天虹寝宫住了七年，平时用的衣物和修炼的东西都放在腰间储物袋中，以至于进了小境界才发现里面连件衣裳连双鞋都没有。

秦有桑看见她一身囚衣当然会浮想联翩。寻常衣饰倒也罢了，囚衣必须给他一个解释，她被谁囚禁过。焚天想着又觉得心烦，

第三章 大寒

　　为这件衣裳她又要多编一个故事。圣域修混沌之气,并不主张辟谷,她的修为可以辟谷,但林小天这个身份不行。

　　玄门修士未至筑基修为,不能辟谷。林小天连炼气一层都没,绝无可能辟谷。小境界中没有炼丹的材料,连丹炉都没有。她也拿不出辟谷丹。以前放进来的食物最多还能再撑半个月。采点黄精竹笋果子再撑些时日,终究还是会断粮。那时候怎么办?她若辟谷不食,秦有桑就会怀疑她的修为。

　　没有食物,势必要出小境界,杀异兽取食。她炼气一层都没达到,如何杀异兽?靠秦有桑吗?没有真气,他连自己都不如。

　　真是愁人!

　　她都落到这般境界,还要劳神思虑如何去喂饱一个大男人?焚天攥着小拳头,气得捶胸。总之,放秦有桑出来之前,她要想好如何将故事编得合情合理,堵住所有的怀疑。

　　焚天细细回忆当时探查秦有桑的情形,突然想到一事,捂着嘴笑得吭哧吭哧的,像只正在啃板栗的花栗鼠。

第四章　小狐狸和大白兔

自从神识被禁制弹回来，秦有桑直接被关了两天，挨了两天饿。

他不在乎！

清楚自己的状态后，他心如死灰。无须符箓封门，他压根儿没有出门的欲望。

秦公子也是有性格有脾气的，饿死也干不出拍门求饶的事，只将屋里那壶水饮了个水饱。

他在饥饿中清醒着，严肃地思考自己的将来。

青山宗到王城收徒，一眼就相中了他。宗门决定了他的未来要做个名扬无垠大陆的天才修士。失去修为，关于未来的选择权重新回到他手中。他将来做什么？宗门九峰三崖外事堂无数，他去某外事堂当个供奉靠眼力给宗门鉴宝选材料？或者回俗世王城当个万夫莫敌的大将军？滚蛋吧！都是被人指点议论当配茶的点心。还不如待在这避世的小境界里舒心呢。

天气说变就变，鹅毛大雪纷扬飘落，不到一炷香时间，竹舍里就冻得跟冰窖一般。秦有桑冻得直哆嗦，接连打了好几个喷嚏。

再强悍的身体也会感觉寒冷饥饿了，这个认知令他无比伤心。

他怎么会认为待在别人的小境界里会过得舒服，他脑袋也

第四章 小狐狸和大白兔

废了？

他还想什么未来？他该想想那个神秘的林小天究竟是什么来路，她一直关着自己的目的。

焚天进屋的时候看到秦有桑将薄被裹在身上，像个傻乎乎的胖蚕蛹。

曾经的元婴，如今像个普通人一样怕冷。真可怜。

你可怜，我可怜，你比我还可怜，所以我就不可怜了。

焚天幸灾乐祸着，心情顿时好转，莹玉般的脸上绽开了笑容，毫不掩饰她的雀跃与欢喜："下雪了！好大的雪！"

秦有桑气坏了。

这丫头有空间珠，在空间中四季都能随她心意而动。突然异变的天气就是这丫头随心所欲变出来的。她一副惊喜模样装给谁看啊？他又冷又饿还要陪她一起欢呼雪景真好看？当他傻子吗？她欺负他没有真气不能用法术……他除了被欺负还有什么办法？

常言道：人在屋檐下，不得不低头。这句话有两种意思。一种是字面含义，屋檐太矮，人只能低头才不至于碰破头。另一种是寓意，面对困境，暂时避让。

秦有桑不是普通人。他生于王族，拜师于大宗师，修炼至所有修士企盼的元婴境界。他这种人是有傲骨的，哪怕矮于屋檐，也只会往上挺一挺脖子，撞破屋檐顶出个洞来。

所以，在看到焚天的喜悦时，他偏不肯说几句好话顺着她的意，讥讽道："故意弄出这番冰天雪地，装什么天真？想让秦某冻得发抖出去堆雪人逗你开心，别做梦了！"

哎哟！秦道君经脉尽废，还当自己是昔日高高在上的元婴高手呀？在她家白吃白喝白住还傲骄着不给主人好脸色看。如果不是想利用他混进玄门弄点高级功法……就他这骄傲小孔雀的态度,她能花式虐死他!

焚天心里摩拳擦掌把秦有桑蹂躏了一番,脸上依旧一派天真神色。他讥讽她装天真,她就装给他瞧瞧。雪白的脸,水蒙蒙的眼,微微倾着脸,声音细细柔柔的,手指头还绕着一缕发丝转啊转……这一刻她真像极了不谙世事的十七岁少女,娇憨单纯:"我对堆雪人没兴趣呀。"

胸口像被打了一拳,秦有桑心都紧了。她娇嫩的语气和记忆中的娇呼声如此相似,让他没来由得勃然大怒:"戏耍秦某很有趣?"

只要焚天再敢撩拨,他定让她知晓什么叫比元婴之躯还坚硬的拳头。

他冻得苍白的俊脸因为怒意刷上了一层红晕,眼神凶狠,反倒让焚天觉得他比平时顺眼。不过,嘴上逞痛快有什么意思,她是个很实在的人。她不和他斗嘴。

焚天拿出一包皮毛一张驱寒符放在桌上,并不否认是自己改变的天气,声音也不轻柔了:"今日大寒,家里还存着一只戈壁岩羊的羊腿,今晚我想涮锅子吃。涮锅子这种事一定要天寒吃着才舒服痛快。对了,家里没有男人的衣裳,我找到一块毛皮,你将就用吧。"说罢就走了。她不信,饿了两天之后又逢冰天雪地,秦有桑还能靠他的骨气撑着不来。

就为了吃顿热乎的锅子弄出鹅毛大雪来?秦有桑盯着那张驱寒符看了半天,确认对方没有想冻着自己的意思,不由得苦笑着自语:"我这是老了么,猜不透小姑娘的心思了?又白生气了?"

被饿了两天,一句天冷涮羊肉锅子勾销了秦有桑所有的愤怒。

第四章　小狐狸和大白兔

他承认,不该用神识去偷看小姑娘的闺房。小姑娘饿了他两天,如此生气,只能证明当时她一定在洗澡。所以这是他的错,他不该生气。

林小天送来了驱寒符和毛皮,邀请他一起涮岩羊锅子,显然并非有意想冻着他,他更不该生气。

总结完毕,都是他的错。

做好心理建设的秦有桑自如地将驱寒符拍在了腿上。低阶的驱寒符效果也不错。一股暖意从脚上升起,他感觉自己又活过来了。

焚天送来的是一整张硝制好的毛皮。黑色的毛泛着幽蓝的色泽,皮质很软,入手极轻,不知是何种异兽的皮,和她的腰带脚上当鞋的皮毛是同一块皮。秦有桑相信小境界里确实物资贫乏。

他心中一动,看向床上那床薄被。难道这是小境界中唯一的一床被子?林小天可以打坐练功,不需要被子,所以让给他了?

这个念头让秦有桑心里最后的别扭消散了。他看了眼身上都快破成布条的外裳粲然一笑。美人相约,赏雪涮锅子,他怎好一身褴褛?

只要焚天愿意,小境界可以永远阳光明媚,谷中无日月。

山中无日月,世上已千年。焚天不希望自己被看似一成不变的时光麻痹。

如今看似安全地待在小境界中,然而在赤湖中停留的时间越长,圣域对赤湖的封锁力度越大,将来逃出赤湖越难。

她需要日出日落来提醒自己每一天的过去。

日升日落,天地自有法则。是以,沙漏滴落到傍晚时刻,便有明月于湖上升起,耀得湖水如银镜一般。幽蓝的空中,细密的轻雪无声飘落。

面湖的竹亭中悬挂着一盏琉璃宫灯,放在灯中的白萤石吐放出明亮柔和的光。

炭火熊熊,陶锅里的汤水汩汩开滚,热气和香气顺风飘出老远。

焚天微眯着眼嗅着香气,露出了满足的笑。小境界里唯一的一只羊腿,她一直没舍得吃。焚天低声嘟囔:"便宜他了。"舍不得羊肉套不着狼,饭桌上吃得愉快,说话的氛围就不会差。焚天相信,吃过这顿饭,她大概能暂时和秦有桑融洽地相处着。

从竹舍中出来的秦有桑停住了脚步,眼前这一幕让他有些恍惚。

他记得有一年也是这样的寒冬,王城出现大雪灾。那时候他刚刚筑基不久就收到家信,他禀明宗门后回王城帮忙驱雪救助百姓。

对修士而言,清除全城的厚重积雪,重建屋舍也就一两天的事,但在俗世凡人眼中,他便是天神一般的存在。他赢得了百姓仰慕,朝廷的感激,父王母后欣慰不已。

那晚宫中行宴。案上摆放着热腾腾的锅子,殿中坐着他的兄弟小妹,叔伯族亲,热热闹闹地等着他一起用膳。

他坐在父母下首,看着满堂家人深为自己能为王国出力而欣慰。然而包括父母,所有人待他都那样客气尊敬,还有一丝惶恐。他突然意识到,他已经不能融入其中。他有些微嘲地想,自己大概在家人心中,已经与王城瑞兽无异。他下意识说自己已经辟谷,多食俗世食物于修行无益。他错过了那次家宴,将那些想拥有却已经失去的热闹亲情抛在了身后。

失去了修为,元婴之躯没有真气蕴养,只能依靠进食五谷维持身体所需。所以,他现在又成了不吃饭会饿得晕倒的普通人。

再有一次那样的家宴,他定不会错过。

往事不可追忆。雪落在秦有桑肩头,他伸手轻轻拂去。修炼,是自小就刻进了骨头里的信念。信念破灭,秦有桑茫然不知所措。他艰难地去思考另一个问题:不能修炼了,他活着做什么?回俗世做一个强大的国主,娶三宫六院七十二妃,生一堆小崽子继承他的修炼天赋,培养后辈满足自己的心愿。他还没那样做,已经羡慕自己的那些后辈了。

逃离魔界活了下来,他得了这么一副比元婴之躯还坚固的身体。不能修炼了,或许他也能在这世上做一些与修炼同样有意义的事情。虽然他现在还不知道做什么。

不知道秦有桑已经大悟了一回,只看见他静立在长廊上满脸沧桑的模样。焚天暗暗撇了撇嘴。好像就他一个人没有修为似的。他是经脉断了失去了修为,又不是不能修炼了。她呢?有修为不敢用。修炼玄门功法,进度慢得让人生气烦躁。

月光如银。

竹舍前长身玉立的男人轻拂去肩头落雪。

焚天撑着下巴想,男人满脸沧桑模样也蛮好看的。嗯,是她送的那块毛皮挺好看的。

小境界里连她的衣裳鞋袜都没有,更不会有男人的衣裳。这块毛皮是从前铺在她房间里当地毯用的。她不想吃饭时对面坐着个衣裳破烂如乞丐的人,没想到秦有桑心思挺巧。那块毛皮对折后,中间撕开一个洞,秦有桑往头上一套穿上了身,腰间丝绦一系，看起来像穿了件华贵的长坎肩。灯光下，毛皮泛着一层美丽的幽蓝色，衬得他容颜如玉无瑕。

收到焚天炽热的眼神，秦有桑抿唇微笑。这样的眼神他见得多了，不过，能被林小天这样盯着看，秦有桑心里仍然有着淡淡的满足："多谢你送的毛皮。"

"不错不错，很好看。"焚天不吝夸奖，心中已有了主意，"秦公子心灵手巧，有大才啊！"

"林姑娘过奖了。"被夸着，秦有桑还是很高兴。他矜持地笑着，"撕了个洞，系了条腰带罢了。人长得俊俏，穿什么都好看。"

这话说得差点让焚天接不下去，她就没遇到过秦有桑这样自恋的人。她忍了忍，笑道："既然没费什么工夫，秦公子帮我也做一件吧。家里没多的皮毛，拆一挂窗帘做好了。"做裁缝不需要修为，秦有桑定能胜任，能让一位玄门元婴为自己做衣裳，供他吃住也划得来。焚天很满意自己找到了秦有桑的用武之地。

秦有桑微讶，让他一个大男人给她做坎肩，这丫头该不是故意想使唤他吧？

除了想使唤秦有桑，不想让他白吃白喝，焚天有别的顾虑。她的修为已经不畏严寒。现在大雪寒冬只着单衣，秦有桑会以为她也用了驱寒符。他并不知道这是小境界中仅有的一张了。这里并没有制符的材料，以前随手扔进小境界里的符用一张少一张。她能掌控小境界的天气，将来出去怎么办？身为炼气刚入门的低阶修士，没有驱寒的法宝符箓却不畏严寒，一定会惹来怀疑。建立信任需要漫长的时间，毁掉信任往往或许只是因为一件芝麻大小的事。焚天不希望自己的打算毁在这种小事上。

她需要多穿一件衣裳。穿着这件斗兽窟兽奴的囚衣出去遇到

第四章　小狐狸和大白兔

圣域的人就麻烦了。所以，秦有桑必须给她做衣裳。要是他能再做双鞋就更好了。

"明天不涮锅子，说不定明天就烈阳高照热死个人呢，那你这毛皮坎肩就热得穿不住了，只能再穿那件破烂外袍。可惜我家里没有缝补的针线。"焚天盯着他慢吞吞地说道。

拿改变天气威胁他？没衣裳大家都不穿的意思？秦有桑气笑了。这是逼着他非得给她做坎肩不可了。

这坎肩做起来一点也不难，中间撕个洞就成。林小天要的坎肩还得拆了窗帘来做，在布上撕个洞更简单。但她为什么不自己动手做？

秦有桑疑惑的目光和焚天对上了。

男人都是小蚂蚁戴牛角想充象的，焚天不介意让秦有桑获得一个男人的成就感，只要结果如她所愿便成。

于是，一双雾蒙蒙的大眼睛便流露出类似"人家真的好想好想穿件新衣裳"的期盼。眼睛像一盏灯，那点希冀的小火苗飘忽着，轻轻一口气就能吹灭了。这盏灯直接把秦有桑引到通向万丈深渊的岔道上去了。望进她的眼睛，秦有桑感觉到从漆黑的眼瞳深处看到了什么。他的心颤了颤，生出一丝怪怪的感觉。

他想了想，觉得自己看懂了。

困在罡风中不知多少年，小境界连只会叫的虫都没有，寂寞会把一个人逼疯。然后就闯进来一个人，一个男人，一个长得相当好看的男人……他忍不住摸了摸自己的脸，颇有些不好意思地说道："林姑娘既然收留了秦某，想必也想和秦某……和睦相处。这小境界里如今就咱们两人，姑娘有什么话不妨直说。能做到的，秦某定不推辞。"

做个简单版的坎肩都扭扭捏捏，还定不推辞？焚天垂下眼眸，压住了眼里的鄙夷："想必公子也不喜欢每天白吃白喝，只能四处闲逛的生活。"

"闲逛"两字咬得重，显然是指他的神识想进她房间那次。

这是什么意思？不是他想的那个意思？秦有桑老脸都烧得快冒烟了。照理说他该拍案而起拂袖而去，可是他真的很舍不得这锅已经炖好的汤，马上要下锅的羊肉啊。秦有桑难过地说道："承蒙姑娘相救，秦某感怀于心。天明后，秦某便原路离开，不给姑娘添麻烦。"

唉，今晚上吃饱一点吧。明天，还不知道下一餐异兽吃他，还是他手撕异兽……

"我不是想赶你走呀。"焚天见好就收，满脸急切的样子表明她有多么舍不得秦有桑离开。

那就是想翻来覆去折腾他呗。秦有桑想，她如果没有讽刺之意，他就白修炼到元婴了。他倒想看看，这个林小天绕着了十八道弯究竟想做什么："姑娘已说得明白，秦某实在没脸在这白吃白住……"

"我想请你帮着做件衣裳，要是能做双鞋就再好不过。"焚天低下头，声如蚊蚋，羞愧无比。她还要利用他进入玄门地界，该装的一定会装到底，"我不会做针线活，见秦公子做的坎肩还不错……我不想再穿这件囚衣。"

台阶给他搭好了，秦有桑能不顺势下台吗？

进了小境界，林小天说什么都带着理。她好不容易发现他还有做坎肩的天赋，于是请他帮忙做件坎肩，让他为她做点事，就不会生出白吃白喝的愧疚。

第四章 小狐狸和大白兔

这是使唤他吗？分明是绕着弯让他住得心安理得。他非但不能生气，还要心存感激，感谢林小天的善解人意。秦有桑叹了口气，他也是修炼了百年的元婴高手，林小天真如此体贴心细，他就把自个儿的元婴啃来吃了。

他从前怎么没遇到这么能说话这么想使唤他做事的女人？也许不是没遇见，而是遇见他的女子都羞羞地在他面前红着脸埋着头，巴不得被他使唤，上赶着去服侍他。有元婴修为的修士和有元婴体格的壮士，被女人待见的区别就有这么大。也罢，都说他白吃白住无事闲逛了，她想让他做，他就当付饭钱房钱吧。

"撕个口子而已，坎肩做起来倒也简单。"秦有桑抬起手，给她看撕了数个口子的衣袖，"不知还能向姑娘讨一挂窗帘？秦某也不喜欢穿着破布一样的衣裳。"

做一件也是做，多做一件有备无患。要是林小天明天突然想吃冰镇果子，让小境界热如七月流火，他也穿不住这件大毛坎肩。

"好。"

做坎肩简单，做自己的衣裳他也打算照搬身上这件，但女人的衣裳他还真不会做。这不是为难他吗？秦有桑突然反应过来，明白了："你不会做衣裳？连这种简陋的坎肩也不会？"

所以才一直穿着这件写着囚字的衣裳。

"我是修士，平时专注修炼，能弄顿饭吃就不错了，怎么可能去学怎么做衣裳。"焚天理直气壮地答道，又补充了一句，"不用太精致，能裁得长短合适就行。我想法子弄点针线，你方便的话帮我缝下鞋。"

皮毛是绑在脚上的，很容易掉。焚天想起赤着脚站在斗兽窟的雪地里，又给聂悠悠记了一笔账。

修士二字就是他心里的刺啊。秦有桑默默咽下一口被她刺出来的血。一时间他也不知道除了修行还能做什么事情，眼前能让自己穿上新衣是出于体面的需求，大概也算是有意义的事。他点了点头："我试试。"曾经的元婴成了自己做坎肩缝衣裳的裁缝，说出去不要太吓人！

开发出秦有桑的裁缝技能，焚天看他又顺眼了一点："我来削肉。炼气修士放在俗世，以真气驭刀，刀功定是神厨级的。"

秦有桑默默补了一句：炼气一层都没有的修士。

灯光扑在她脸上，肌肤光洁无瑕。那双能滴得出水来的眼睛笑起来时微微眯着，像两弯饱满的月牙儿。很可爱。比刚才那副恶狠狠收租婆的模样可爱一百倍！

"林小天，你有没有觉得，自从我进了这方小境界，你的话就越来越多，脸上的表情也越来越丰富。"

焚天拿出一把竹刀正打算削羊肉片，想了想，歪着头看他："好像是哦。"

秦有桑忍她很久了，终于嘴贱了一回。他哈哈大笑："又一个被本尊的旷世美颜融化的冰雪姑娘呀！"

明明是她不想暴露身份骗他这个二傻子！焚天想用手里的竹刀把他的自恋大笑斩断。

见她恶狠狠的模样，秦有桑笑容顿收，灿烂化为忧伤："我说笑来着，谁会喜欢一个没有修为的废人呢？"

焚天目光微闪："有啊，听说很多女修士不在意男修的修为，只要有旷世美颜，长得好看就行。"

秦有桑攥紧了拳头，漂亮睫毛也挡不住他眼里的凶光。

焚天想，他一定很想一拳打掉她半边牙，好让她闭嘴。

很好，扯平了。

秦有桑瞪着她，胸口气血翻涌。他一遍遍告诉自己林小天是无心的，甭和一个小丫头较真。又一遍遍告诉自己，让林小天看出他生气，岂非意味着他做贼心虚？

他又一次想起那个夜晚。秦有桑想，他一定要找到那个女人，羞辱回来。十倍！

焚天一击中的，马上退走，绝不乘胜追击打落水狗。她怕——狗急跳墙。装作什么都没说过，她挽起衣袖道："我削肉了。"她一手握着粗壮的岩羊腿，一手执竹刀。两个月积攒下来的真气毫不吝啬地用在了削肉片上。

修士比普通人更精于力道的控制，竹刀每一次划出都准确地从羊腿上削下同样厚薄的肉片，落在盘中，边缘微微起卷，煞是好看。

纤细雪白的胳膊挥动着，轻盈优美，渐成一片幻影。

小细胳膊还挺好看的。秦有桑便又想起了那个女子的小手。一个在魔界极有地位的年轻女人，拥有轻羽般的纤细身材，柔嫩的声音，也许并不难找到，难的是他怎么才能报仇。

他需要变强，变得比从前更强！一想到要变强，就会想到他破碎不堪的经脉。秦有桑咳咳清了清嗓子，打断了自己不切实际的遐思。抬头看到焚天脸上挂着的那点小得意，于是他不屑地说道："削肉片嘛，不用修为也行。"

焚天停了手，挂着羊腿，提着竹刀，一只脚踩在凳子上，居高临下用"就凭你"的不屑眼神瞅着他。

拿过她手上的羊腿和竹刀，秦有桑用实际行动回应了她。他将剩下的羊腿同样削出了打着卷能透过灯影的薄肉片。他颇有些自傲地秀了秀有力的胳膊，矜持地说道："修为没了，放在俗世，那也是万夫不能敌的勇士。"

"如此甚好！"焚天唇角含笑。

秦有桑心中生出一丝警惕。她又想做什么？

"我需要专心修炼提升修为，以后劈柴挑水洗菜切肉做饭的粗活就交给你了。菜还是我来做，信不过你的厨艺。"

什么情况，劈柴挑水洗菜切肉做饭全交给他了？在她的空间境界里住着，除了给她做衣裳缝鞋子还要沦为她的长工？

"赶紧吃饭！家里最后一顿肉了。不提升修为，我杀不了异兽，咱俩以后都没肉吃了。"解决了秦有桑在小境界里的用工问题，焚天愉快地将肉片涮进了锅里。

家里最后一顿肉？以后想吃肉需要她出去杀异兽？

听着她说出"咱俩"二字，秦有桑心底有一点柔软意外被触碰到，隐隐泛着酸。林小天再怎么嘴毒欠揍，她也收留了他。炼气一层不到的修为，为了吃肉要冒险出去杀异兽，却也没有忘记他那一份。

秦有桑点头："好。那些粗活我来做。"

偷瞥着秦有桑的焚天正准备用一堆话将他的质疑反驳回去，突然发现不需要了。他居然就这样平静地全部接受了？焚天一时间有点难以接受。

戈壁岩羊在地底峡谷寻找地衣苔藓为食，在异兽的口中挣扎求生，常年跑跳，后腿粗壮有力，肉质富有弹性。削下的肉片上布满了古朴漂亮的雪花纹，在乳白色的汤中一滚，雪花纹变成半透明的琥珀色，散发出诱人的肉香。

第四章 小狐狸和大白兔

两双竹筷如雨般落下。

粉嫩的肉片几乎没有脂肪,却有着膏腴的味感,肥而不腻,入口即化。蘸着切得细细的野葱蒜末茱萸与酱油同时送进嘴中瞬间,味蕾顿时被刺激得嘭嘭炸裂。再喝一碗撒了盐末葱花的汤,浑身毛孔都舒展开来。

雪仍在不知疲倦地洒落,掠起一股清凉的风,恰巧中和了靠着炭炉涮锅子的燥热。

秦有桑下箸如飞,早把元婴的派头风度忘得干干净净。他从来没吃过这么鲜嫩的锅子,他惊奇地发现原来食物带来的满足感并不亚于修炼的舒适感。他不得不承认,吃涮锅,还是天寒地冻的天气更舒服。好像,又一次觉得林小天做得对极了?

活了百岁出头,总被一个十来岁的小姑娘牵着鼻子耍着玩。自己还要夸她各种做得对。修为没了,他脑子也变蠢了?或者她就不止十几岁。秦有桑目光飞速从她身上掠过。依然瞧不出她的真实年龄。他再一次觉得驻颜养颜这类的丹药实在是坑死男修的神药。林小天的声音如春溪解冻,脆冰入口的感觉,嘎嘣脆,无论如何也不像历经沧桑多年的大龄女修士。

共同削过肉在一口锅里抢过食,秦有桑觉得现在正是套问小丫头来历的最好时机。

不巧,焚天也是这样认为。此时正是编故事哄骗秦有桑信任的最好契机。

"饭后喝点茶解腻再好不过。"焚天摸着略鼓的小腹感叹。

秦有桑毫不推辞:"所言甚是。"

心怀鬼胎的两人捞光了锅里最后一片肉,摆出一副赏湖赏月观雪的做派,暗自揣摩如何开口才好。

焚天当然不能竹筒倒豆子，把编好的故事先背出来。讲故事需要抛砖引玉，她希望秦有桑主动做那块砖。

想要打听林小天的来历，先要树立自己前辈高人的形象。秦有桑让焚天如愿以偿，先开了口："秦某经脉未断之前，修为……其实还不错。"秦有桑狡黠地想，谈修为这样的话题，对炼气小修士有着足够的诱惑力。特别是没有师父教导的小修士，特别渴望能有高人指点迷津。

焚天很捧场地上钩了："真的？您筑基了？"

筑……基？筑基修士算个啥！修为不错就只有筑基修士吗？以他的风姿气度，元婴不敢猜，猜个金丹修士也行啊？秦有桑被筑基二字堵得胸闷气短。我是元婴！说出去林小天不会吓死，定会笑死去。堂堂元婴修为尽失为求一容身之地给她当长工干粗活……憋了半晌，秦有桑满脸忧伤地认尿："我筑基很久了。"二十岁筑基，之后修为从未遇上障碍，直至八十二岁结婴。也不算谎话。

如今他哪怕还能重新炼气，该有多好？筑基修士能够驭气飞行能施展很多种法术，能有筑基修为也不错啊。从前他是元婴长老时，对筑基修士都懒得看一眼。如今他失去修为，连筑基都觉得满足了。秦有桑藏着眼底的伤心与唏嘘，斜乜着她："看你岁数也不小了，怎么连炼气一层的修为都没有呢？"

什么叫岁数也不小了？她老吗？她的实际年龄和她的脸一点都不老好吗？焚天养气功夫再好也气得够呛。

许她用言语为刀，割得他鲜血淋漓。就不许他以此为剑，戳她几下？果然年龄是女人的死穴啊，一戳就死。秦有桑吹了吹茶盏上浮着的水汽，仿佛什么都没说过，心头阵阵暗爽。

第四章 小狐狸和大白兔

"修为缓慢,那是功法问题,或许林家的祖传功法并不适合我修炼。"焚天狠狠地瞪了回去,骄傲地说道,"我娘说过,像我这样千载难逢的美玉,无垠大陆没人比得上。"本想说那个青山宗的元婴修士秦有桑连她的脚指头都比不上,那口气被她硬生生压下去了。

秦有桑端茶杯的手不受控制地哆嗦了下,茶水差点漾出来。十几岁了炼气一层都没有达到,还自称千年难出的美玉?真敢说啊!还要脸不要?

他觉得林小天越来越有趣了。

他上下睃着她,神识忍不住又将她探查了一遍,依然是炼气一层都未达到的修为。秦有桑不再怀疑:"行吧,秦某便见识下你林家的祖传功法。"

"好像你见过天底下最强的功法似的。这可是我的家传绝学!轻易不给人看的。"

她越是如此,秦有桑就越不屑:"无垠大陆玄门正宗最顶阶的功法我大概都知晓。其中一种就在我……兄弟的宗门青山宗。"

哎哟,又是你兄弟的宗门……死骗子!焚天下巴一抬:"是吗?无垠大陆排名前十的大宗门里没有青山宗吧?"

秦有桑气得直咬牙:"你困居在这方小境界有多少年了?孤陋寡闻也很正常。"

"我不过在这里住了十年。十年时间青山宗就成了名门大派了?不可能!"焚天和他抬着杠,顺着他的话扔着谎言,一边站了起来,"也罢,我就让你见识一下我林家的家传绝学!"

好啊,快去。本道君一眼就能从功法看出你的身世来历。秦有桑端起茶杯,轻嗅其香,再抿其味,滋味浓郁,回甘,味觉绵长。咦，这茶水的味道很特别，以前好像在哪里喝过？在什么地方呢？

百年经历的事瀚如沧海之沙，秦有桑一时之间想不起来。

不多时，焚天捧了只玉石匣子过来。秦有桑的注意力马上被吸引了："哟，看这匣子倒有些年头了。"

匣子上雕刻着古朴繁复的纹式，整块玉石雕琢而成，放在俗世也能值些银钱。

焚天回他一个得意的笑。

银钱在修士眼中如同土圪垯，小姑娘一看就不懂。秦有桑笑得更开心："看来姑娘家传绝学来头不小啊。"

"那是。"焚天顺着他的话继续骄傲着。她开了匣子，小心地从里面取出一只雪色丝绸的小包袱。

秦有桑眉峰挑起，来了兴趣。雪蚕丝产自冰雪的悬崖峭壁。雪蚕吐丝成茧之前会奋不顾身地爬到悬崖冰壁这种险地，一天吐丝结茧，三天化蝶。破茧化蝶后，茧就破损无用了。产量极少，织成织物后能挡天火。这块雪蚕丝绸包袱皮方方正正，很难得。

"料子不错。"秦有桑想，林家看来还是有点底蕴的人家，家传功法可能有其独到之处。

焚天又是得意一笑。打开雪蚕丝包袱皮，她又从里面拿出一只青色的皮袋。

感觉到皮袋隐约散发出一股神秘而悠远的气息，秦有桑动容地坐直了身。他盯着看了两眼，忍不住出声问道："你知道这是什么皮做的吗？"

暴殄天物啊！如此珍贵的皮竟然被缝成一只袋子拿来装书！他赌她不知道。

第四章　小狐狸和大白兔

焚天面不改色地嗯了声："无支祁的兽皮。听说能防水，我怕功法受潮就用它装着。"

无垠大陆东南西北四方有撑天云柱。孤峰的背面是茫茫虚空云雾，并非被大海包围。在广袤的大陆腹地有着无数的江河深海，无支祁这种水怪喜欢生活在大江之中。它形似猿猴，金目雪牙，白首青身，身达百丈，力大无穷，最爱在水中兴风作浪，令江河两岸百姓受灾。金丹初期修为都难以对付。无支祁的皮炼成的法宝能抵抗深海乱流，令海中异兽难觅行踪。无支祁的皮被坐落在深海大湖旁的宗门视为炼器的至宝，巴掌那么大一块已是奇珍。

数千年来，这种水怪在无垠大陆上只发现过三只。没想到眼前这个林小天不仅知道，手中还有一只尺余大小的无支祁皮袋。

雪蚕丝绸、无支祁的皮袋、连元婴修士都极难拥有的空间小境界，这个十几岁的小姑娘却能轻松拥有。秦有桑对她的来历身世越发好奇。

而这一切，本就是焚天用来当故事引子的。有宝在手，故事更容易被人相信。她顺理成章地告诉秦有桑："这些都是我娘从前留下的。听说我那个爹从前很厉害，灭了很多高手抢了很多宝物。后来在无垠大陆被顶顶厉害的仇家追杀，无路可走，就逃进了赤海。"

秦有桑心里咯噔一下，她父亲是个魔修，这些宝物都是她爹从别人那儿抢来的？他看焚天的眼神渐渐冷了。她珍藏的功法该不会是本魔功吧？

故事不这样编，如何解释她出现在赤海之中，能拥有这方异常珍贵的小境界呢？焚天叹了口气道："我娘为了他众叛亲离。那人却抛弃了她和刚出生的我独自逃了。仇家抓不到他，就擒住了我们,囚禁在矿山做苦力。我七岁那年,终于找到机会逃走,我娘带着我一路躲避追杀,逃进了赤海。她想去魔界找那个人,结果遇到了罡风。"

"后来呢?"

焚天勉强地笑了笑道:"罡风岂是人力可挡。我娘为了救我,用尽手段与罡风对抗,结果尸骨无存。拖延了那么一小会儿时间,让我有机会逃进了这里。"

听到这里秦有桑有些奇怪:"你娘为何不在遇到罡风时,一起带着你逃进来?"

"因为这个空间法宝一直都在我身上啊。"

"你娘亲有一副玲珑心思。"秦有桑马上明白过来。她母亲是修士,对方定然会想尽办法探寻搜走她身上所有的法宝。空间珠被林小天认了主,她只有神识没有修为,对方反而从未疑心过。

"我当时尚小,被罡风吹得连开启空间都艰难。我娘替我挡着罡风,我逃了进来,她却被卷了进去。"焚天满面忧伤,"只是这方小境界也直接被卷进了罡风之中。如果不是你闯进来,我恐怕还没察觉到空间珠裂了条缝,有条路可以绕过罡风团通向外面。我困在这里十年,独自长大,这身衣裳是当年我娘逃走时搁在空间里的,正好方便了我。"

原来如此。

林小天被困在这里十年。长大后幼时的衣裳自然穿不得,于是捡了她娘亲的囚衣穿。十年,小境界没有别的生灵,当初她母亲带着她一路逃亡,斩杀存下的肉食定也不会太多。难怪她说晚上的羊肉锅子是吃的最后一顿肉。

所有的一切都合情合理,连这身囚衣的来历都解释得清清楚楚。

没有人指点教导，只能跟着家传的功法修炼，以至于十几岁连炼气一层都没炼成。说起来，她也是个可怜的小姑娘。

秦有桑咀嚼着她的话，没找到漏洞。但是她的父亲是个魔修！

"现在有机会离开罡风团，你会去魔界找你父亲吧？他毕竟是你唯一的亲人。"

林小天如果想投奔魔界，秦有桑绝不会替魔界教出一个小魔女。

可惜，焚天太了解秦有桑对圣域的痛恨，她冷笑道："会啊。我娘死得惨。他难道还想好好地待在魔界享福？我当然要找到他，然后把他也扔进这处罡风中，全了我娘对他的一片痴情。"

秦有桑最后一个心结完美解开："对，这种祸及妻儿的负心汉就该如此下场。"

"可惜我的修为太低。"焚天忧伤地叹气。

"有我指点，怕什么？将来离开赤海，寻个灵气浓郁的地方修炼，就不再会像现在这般进展缓慢了。"秦有桑大包大揽。凭他修至元婴的经验，他的眼力，他的功法，还怕教不出来？

焚天迟疑地看了他一眼："你连修为都没有，如何能指点我？"

秦有桑敲了敲额头："这里存着无数功法法术。没有修为，也能指点你修炼。"

焚天目的达成，真想仰天大笑。

她打开皮袋，从里面珍而重之地捧出了她的"家传绝学"。里三层外三层，各种珍贵材料包裹收藏隔绝了水火的林氏家传绝学终于出现在秦有桑眼前。

看到封皮的瞬间，秦有桑一巴掌拍在了自己脑门上，脸上的表情扭曲了。百年记忆如大海之沙难以细数，但人们对于幼年的记忆总是最深刻的。秦有桑清楚记得，当自己还是炼气弟子时，师兄们为赚零花钱抄录出这种低阶功法，拿到俗世卖钱。他不差银钱，但是自己挣钱花的感觉不一样。师兄们答应卖掉后给他买零嘴回山，他很是勤快地也抄过几本。

无垠大陆人人都想踏入修行之门，但各大小宗门挑选弟子都有严格的要求。所有人都想试一试，也许就能引气入体，再修炼修炼，等到宗门开收徒时，能够通过考核。高阶的功法都被宗门掌控着，所以这种被大宗门弟子抄录出来的普通修炼入门功法在俗世很畅销。

秦有桑伸出手指，颤抖着挑开了一页。看到上面记录的炼气入门法诀，他再次确认自己没有看错。

这地摊货就是林家的祖传绝学？林小天，你快醒醒吧！你那娘亲骗死你了！还千载难逢的美玉……秦有桑眉心皱得能夹死苍蝇。

"怎么样？没见过这种高阶功法吧？"秦有桑的表情被焚天看在眼底，她添了把柴继续撩拨着。

"确实没见过！秦某眼拙，竟从来没见过买一赠一都会被人嫌弃的地摊货用雪蚕丝绸无支祁皮珍而藏之。"秦有桑一本正经说着，实在没忍住，爆笑出声，"林小天，我看你的家传绝学就是被人当傻子骗了还能自鸣得意吧？"

"呸！"焚天大怒，将功法往匣子里一收，紧紧抱在了怀里，"秦归陌，你想哄我把功法扔了，你捡个大便宜是吧？"

指着自己的鼻子，又指指她怀里的玉石匣子，秦有桑无言以对，哈了声："我堂堂……筑基修士会看得上你这破功法？无垠大陆的天阶功法我不知道看过多少!"

"元婴闯赤海都讨不了好,你一个筑基修士怎么跑到赤海深处来了?你的话能信吗?"

秦有桑在心里哼了声,他正疑惑林小天怎么就不好奇他的来历。果然就被她询问了。

"我虽然没有元婴的修为,却有自己的独门修炼功法,筑基修为都能在赤海中生存。赤海矿产丰富,能被我找到一处矿脉带回无垠大陆,我将来就不愁灵石了。可惜啊,我修为还是太低,误入了兽窟,这才身受重伤,经脉寸断。"

焚天心里冷笑。谎话说得这么利索,看来秦有桑也早有准备。她真有点羡慕他,几句话就能把故事编圆了,不像自己,连编带演的,累死了。

"原来是这样……"焚天满脸同情,又嗫嚅地问道,"我家的功法,真的很烂?"

秦有桑重重地点了点头:"我知道你为何修炼如此缓慢了。"

"功法的问题?"焚天的眼神真实地透露出她的急切。

答案太简单,秦有桑没有隐瞒的必要:"这本入门功法就是本烂大街的地摊货。再加上赤海的灵气比别的地方更为稀薄,在无垠大陆其他地方,灵力浓厚一点。十年时间,练习这本功法大概能让你修炼到炼气三层。如果换成天阶功法,十年大概能修至炼气六层。当然,如果天资出众,又有各种丹药相辅,还能再快一些。"

比如他自己,从四岁拜师修炼到筑基只用了十六年。放在无垠大陆,天资稍出众者,四十岁前能筑基,普通资质五六十年筑基。

灵气再稀薄也不至于修炼十年还不到炼气一层，林小天的资质只能是中等偏下。如果改修他给的天阶功法，受他指点，离开赤海后寻灵气充沛之地修炼，五六十年也许筑基有望。

和她想的情况差不多。换高阶功法，寻灵气充沛之地，再加以丹药灵石相辅，修炼速度就能上去。然而，短时间内想拥有元婴的修为也不可能。不过，她不急，不妨在无垠大陆一边游历一边修炼，寻找取出幽光黑虫的办法。

"你没有骗我？"

"你试试青山宗的功法不就知道了？我那个兄弟，修为蛮不错的。修了一百三十年就金丹后期了。"秦有桑真的很同情她。决定看在救命之恩的分上，将滴水崖珍藏的天阶功法传给她。

费尽心思终于听到秦有桑肯传授天阶功法。焚天没有掩饰她的欢喜，又忍不住故意问秦有桑："偷学别家的功法是会被废除修为的。你确定青山宗和你那位兄弟不会追究？"

秦有桑当然不怕："你可以加入青山宗啊。你救了我的命，我那兄弟肯定愿意收你为弟子。成了青山宗的弟子，自然就不算偷学别家功法。"

一崖崖主，三大长老之一，代大师兄收个弟子不要太简单。

他想当她的师门长辈？焚天看着秦有桑想，收我当弟子的话……呵呵，弟子大逆不道地利用了你，欺师灭祖了哦。

这个念头太喜感，她低着头笑了。

秦有桑以为她欢喜，大手一摆："在外一切从简。明天摆个香案行拜师礼，你就是青山宗滴水崖的弟子了。我传天阶功法给你。"

焚天摇头："我不想拜你的兄弟为师。"

第四章 小狐狸和大白兔

秦有桑不解:"为什么?成了青山宗弟子就可以学青山宗的天阶功法……"

牡丹富贵玉牌出现在焚天手中,狡黠的神情在他眼前一晃一晃的:"我想学天阶功法。拿着这方玉牌去青山宗找你那兄弟,他定会满足我是吧?放着好好的救命恩人不当,自降身份做你的晚辈?救命之恩变成孝敬长辈之举?我看上去有那么傻?既然你有天阶功法,明天抄录给我,就当是……偿还救命之恩前收的利息。"

秦有桑瞠目结舌。

焚天又补了一句:"秦公子传我功法是假,想收我做晚辈抹了救命之恩是真吧?"

"林小天,你这是小人之心……"

"还是说,你的命没那么值钱?"

秦有桑被怼得哑口无言,不由得苦笑道:"我的命怎么也比一部天阶功法贵重!"

焚天收了玉牌,冲他微笑:"不打扰公子品茗赏雪。不过,你也别睡得太晚,明天要干活了。"

她施施然去了,留下秦有桑独自坐在亭中愣神。秦有桑将一盏冷茶水慢慢咽下,从头到尾回味了一遍今晚的涮羊肉。越想吧,他越觉得这顿肉吃贵了。要给她做衣裳,干粗活。还要传授天阶功法。

一顿涮羊肉把他涮得干干净净啊!

秦有桑睨着林小天的竹屋纳闷。他为什么一点也不生气被林小天算计,反而觉得在这里过日子不错?

他自嘲地笑了笑,心里其实是明白的。他不过是在逃避,不愿意以一个废人之姿回到宗门。

第五章　抱团取暖

小境界如春回大地。天空放晴，崖壁凝冻的冰雪融化，水滴从屋檐滑落，交织成帘。

清晨，焚天盘膝于崖顶之上修炼。

秦有桑抱着数根汲满清水的竹筒走进厨房。

日上三竿，焚天依然不动如山，在崖顶静坐修炼。

秦有桑抱着摘下的一簸箕猴果充饥，啃得汁水滴答。

暮归，秦有桑轻松提着两捆柴走出树林。

厨房炊烟袅袅。焚天不耐烦地伸出头来："没柴火了！快点！"

一捆柴从远处掷来，呼啸而至。

焚天哼了声轻松接住，扭头回了厨房。

秦有桑挥动着胳膊，很满意自己的大力气。

月出，清辉将焚天的身影镌刻成优美的剪影嵌进圆月之中。

白萤石把秦有桑手舞足蹈的身影映在窗户上，活像屋里有只不安分的大马猴。他比着换下来的破衣裳，用竹刀依样画葫芦将帷帐裁出同样的布片。竹签打磨成的针穿上旧衣裳裁成的布索，把布片歪歪扭扭缝合在一起。秦有桑愉快地穿上了自己亲手做的第一件衣裳。

背负着双手，秦有桑漫步在长廊上，一步三摇，身影潇洒风流。

第五章　抱团取暖

小境界静谧无声。

秦有桑不死心地在湖边亭中扭脖子伸懒腰，赏够了明月清风，再一步三摇往回走。

月影之中，焚天静如雕像。

神识探去，极淡的灵气如丝雾缠绕着她。

秦有桑伸出手在空中拨了拨，可惜他哪怕能感觉到灵气，却再也无法吸纳一丁半点。新衣裳再也不能维持他的好心情。

眼不见为净。再修炼她也只是个炼气期的小修士罢了，有什么好羡慕的？秦有桑叹着气，脚步沉重地回房。

突然察觉到身后的动静，秦有桑蓦然回头，看到焚天已站在身后。他摆出高人姿态教训她："怎么不修炼了？丫头，我告诉你，修炼枯燥，最忌三心二意，要撑得住寂寞耐得住孤独……"

焚天瞥了他一眼："你一晚上在回廊上走来走去的，羡慕我能修炼？"

秦有桑哪里肯承认，一本正经严肃地说道："我寻思着你资质太差，担心你领悟不了这部天阶功法又不好意思向我请教。说吧，可有什么疑难不解之处？"

"你做的衣裳看起来不错。"焚天懒得应和，盯着他身上的衣裳瞧。她房中有两副梨花白的锦帐，可以拆下来让秦有桑做衣裳。

他以黑色布条为线歪歪扭扭地缝合着布片，瞧上去像掐出来的牙边。腰间束着原来的黑色腰带，黑白相衬，出奇地协调好看。

"给我做的衣裳呢？"

逛了一晚上终于等到这句话了。秦有桑心中大喜，面上却为难至极。他睃着床上那件拆开的破烂外袍解释："我是比着我的衣裳裁剪缝制的。"

他也不能被她白算计。林小天就一件外裳，好意思脱下来给他吗？脱了衣裳她好意思在外面逛吗？秦有桑仿佛已经看到林小天被堵在房间里气急败坏的模样，心情畅快之极。于是他干了件画蛇添足的事，他伸出手高高低低比画了几下。焚天的头顶刚巧挨到他的下巴："你的身高刚好比我矮一头……差不多一尺。"他想说尺寸不同，没她的衣裳比照，他做不了。

"说明你的脸长啊……比我长一尺。"

秦有桑被这句话惹怒，脱口说道："说我脸皮厚？胸无二两肉，谁想看你脱衣裳？"话一出口，他死死地闭上了嘴。

焚天挑起了细细的眉，慢吞吞地说道："我可以脱了外裳让你比着做呀。"

如愿以偿了？不，为什么他的感觉如此奇怪？秦有桑在听到这句话的瞬间差点条件反射地转过身去。他目不转睛盯着她，仿佛移开了，就是他输了。

焚天轻蔑地哼了声，会说话的眼神就表达了一个意思：想得美！

她扭头就出去了。

"秦……归陌！你过来！"差点叫他秦有桑了，焚天忍不住想笑。她脱了外裳从窗户扔给秦有桑道，"明早我要穿新衣裳。记着，是明早。"想让她没衣裳穿只能被迫躲在房间里，趁早打消主意。

真把自己当她的针线丫头使唤了！秦有桑拿着她的外裳嘿嘿冷笑。

第二天清晨，竹窗被支开一半。秦有桑将叠得整齐的衣裳从窗户递了进去。

第五章 抱团取暖

片刻后,房门推开,焚天气急败坏跑出来:"这就是你给我做的新衣?"

还是那件青色外裳,胸口缝了块白色的锦布,方方正正的,刚好将那个囚字遮挡住。真……丑!

"这是什么?荷包?"焚天捏着那块布都要气死了。上面没有缝,胸前像多出了一个兜。

秦有桑扯了扯自己的衣裳。白天看得清楚,布片所有的相连处松松垮垮,缝眼有寸许宽:"姑娘家的衣裳缝成这样不合适吧?能想出这个办法,秦某可谓绞尽脑汁彻夜未眠……"

焚天黑着脸,一声不吭上了崖顶,咬牙切齿道:"我要修炼,别来烦我!"

秦有桑忍着爆笑走开。林小天终于被他恶心了一把还无话可说。他的心情好得如同旭日初升,阴霾尽散。

这天,焚天沉浸在修炼中,足不下崖。

秦有桑三餐皆啃猴果充饥,脸色同果汁一样绿。

东方日出之地飘荡着氤氲紫气。

崖顶之上,焚天领悟着青山宗的天阶功法,诧异地发现清晨那一抹珍贵的东来紫气和圣域珍视的天地之气颇有些相似。

圣域以身体为熔炉,将吸入的天地之气融入血肉之中,以身体为丹田,修炼出的元气随心所欲无所不在。而玄门,则只吸收灵气,炼出的真气只能通过丹田与经脉运行。

小境界灵气稀薄,她的修炼速度就慢了。

她体内充盈的元气能否进入丹田,转化为真气?

如此一想,功法自心间运转,幽光黑虫瞬间苏醒贪婪地噬咬。

焚天如被戳了一刀，痛得哆嗦起来。一片坚毅之色浮上她的脸颊，焚天忍耐着痛苦，瞬间将一丝精纯元气收进了丹田。痛楚瞬间消散，嗅不到元气的动静，幽光黑虫再次沉睡。

她朝身边啐出一口黑血。看着地面被黑火腐蚀出一个凹坑，焚天苍白的脸上浮起了笑容。

调出丹田里的那丝元气，顺着经脉运行，精纯的元气顺着经脉流动，运转玄门功法之后直接转化为真气存在丹田之中。真气暴增的瞬间她感觉到啪的一声，炼气一层的屏障破了。

那么，丹田里的真气能转化为元气吗？或者，用丹田的真气修炼圣域的功法，那些幽光黑虫对真气是否还有反应？

数千年来，圣域与玄门真气元气互通的修炼之法从未出现过，也没有人尝试过。如果不是幽光黑虫逼着焚天另修玄门功法，她也绝不会这样做。

心随意动。一缕真气自丹田中调出，顺着奇经八脉流淌，渐渐散逸在她周身血脉之中。幽光黑虫沉寂着，没有动静。

幽光黑虫只对元气有反应。

焚天睁开眼睛，难以抑制心中的狂喜。她喃喃自语着："难怪圣尊说数千年来，我是无垠大陆最有希望的人！"

炼气一层的修为太低。焚天寻到了方法，忍不住再一次调元气进丹田。

数口黑血喷出，她的脸惨白如纸，疼得满头冷汗。

她知道自己鲁莽了。欲速则不达，那些幽光黑虫不是好惹的。这一次调动元气更多，很久未曾尝到元气美味的黑虫如逢甘霖，直接咬伤了她的心脉。

身体恢复前她不能再调动元气惊动那些邪恶的黑虫。

第五章　抱团取暖

等待着疼痛过去，焚天默转功法，让元气在经脉之中运行，修补着被咬伤的经脉。

这一次置换出的真气直接让她突破了炼气三层的屏障。这样的速度，纵然受伤也是值得的。

焚天停止了修炼。她总算找到了对付幽光黑虫的办法。转换全身的元气不过是时间问题。微笑地沐浴在温暖的朝阳中，焚天望向圣域的方向低语："聂悠悠，其实我也怕过的。现在说出来，因为我不会再害怕了。"

竹林中，秦有桑正在挖笋。

没有工具，他瞧准了一处竹笋冒头的地方，握着笋尖，用力一扭一提，竹笋轻松地破土而出。神识敏锐地察觉到焚天的动静，秦有桑提着竹笋走出了竹林。

朝阳从湖面一跃而出，温暖的阳光将眼前的小境界染得生机勃勃。

焚天微仰着脸，长及腰间的发丝被风吹得柔柔地飘起。她皎洁如雪的脸沐浴在那层光芒之中，浑身上下都流淌着自信、骄傲与睥睨世间的气度。

秦有桑怔怔地看着她，眼里流露出一丝惊艳。他见过的美丽女修太多，此时也觉得沐浴在阳光中的林小天分外好看。

察觉到他的视线，焚天转过脸远远看向他，双手圈在嘴边冲他大喊："喂！我炼气三层了！半个月！炼气三层！我是无垠大陆千载难逢的天才！"

秦有桑的神识闻声而动。她真的炼气三层了！她改练青山宗的天阶功法也才半个月！妖孽！曾经，他也这样被人嫉妒地骂妖

97

孽！吃惊，羡慕，感叹之后，秦有桑黯然神伤。不知不觉手上用了劲，他硬生生捏碎了刚挖出来的嫩笋。他堂堂元婴修士会嫉妒一个炼气修为的小丫头？一股无名火油然而生，秦有桑讥笑起来："得意个什么劲儿啊！最后一根竹笋被我捏碎了。厨房米袋快见底了，炼气三层可以辟谷吗？"

她当然能辟谷！如果不是想瞒着你，本姑娘会饿着？焚天翻了个白眼。圣域不提倡辟谷，五谷生出的混沌之气有益于提升元气。小境界断了吃食，也不利于她休养恢复。

焚天当机立断，要出去杀异兽弄肉食了。半个月不见肉味，她也馋肉。不过，低头就看见胸口那块丑得要死的白布兜。焚天的火气又上来了。想让她拖着带伤的身体去杀异兽，自己坐享其成，那是绝不可能的。

"炼气三层怎么了，还怕我养不起你吗？"她居高临下看着他，细眉轻挑，唇角隐约含笑，风流轻佻。

她养他？他一个大男人要她来养？秦有桑气得想掐死她一百遍！他抬手捏住了身边的竹子。

"啪！"坚韧的竹身在他的掌力下爆裂。秦有桑吹开一片飘落眼前的竹叶，骄傲冷然："我秦归陌还轮不到被女人养！"

这个骗子，被气成这样说假名都不带磕巴的！焚天微眯着眼，冷漠地说道："那就随我一起出去杀异兽！"

隔了十来丈，秦有桑也能看清楚她眼里的蔑视。

他还会怕了不成？小丫头不知天高地厚，异兽一爪子挠下来，他被元婴真气淬炼过的身体连皮都不会破。她嘛，皮开肉绽还是轻的。

第五章　抱团取暖

一根根指头粗细的竹子被放倒。焚天驭真气削出十余根竹矛。

秦有桑叉着胳膊在旁冷笑。自他踏上修行之路，他只知道修士会用符箓符器法宝法术。这种原始得连俗世王国打仗都不会用到的竹矛，能做杀异兽的武器？他拿起一根竹矛，轻轻一拗，竹矛断成了两截。

他们不是去杀异兽，是去扎野兔岩羊的吧？

他认真告诉焚天："裂缝的尽头是座兽窟，每一只异兽都在三阶以上。"

"我自然有用处。"焚天冷淡回他，"符器法宝我都没有，炼气三层的修为，你能指望我施展多厉害的法术？"

风刃火球寒冰锥土墙术都是极普通的法术，打在三阶异兽身上对方只当挠痒痒。炼气三层的修为全力施法，最多发出三轮，就需要打坐恢复真气。威力越大的法术需要的真气也更多，炼气三层的真气也施展不出来。

玄妙高阶的法术秦有桑传给焚天也无法用。她又不方便施展圣域的术法，以免被秦有桑看出端倪，前功尽弃。

"小境界里没有朱砂符纸，制不了符箓，杀伤性的符箓我也只余一张。"说着焚天将那张符箓贴在了其中一根竹矛上，一抹寒光自矛尖流淌而下，翠绿的矛身泛起一层寒芒。她握住了这根竹矛，冷静地说道，"所以，我们只有一次机会。挑一只落单在缝隙出口处的，布下阵法，隔绝它与其他异兽的联系，一击夺命。"

"这些用来做什么的？"

既然伤不了三阶异兽，削这么多竹矛有什么用？

焚天一本正经地说道："总要给你证明能养活自己的机会。你不是力大无穷吗？扔远一点，或许能引走多余的异兽。"

如果他说自己有撕裂异兽之力，且皮糙肉厚，林小天这黑心肝的丫头定会毫不客气地让他去当肉饵。秦有桑摸了摸下巴没有再多嘴。他将那一堆脆弱的竹矛用布条扎好缚在身后，大步朝裂缝走去。

突破炼气三层，体内被噬咬的伤隐隐疼痛着，焚天不想为了一口肉食伤上加伤。秦有桑的身体堪称铜墙铁壁，有他在，当个肉盾绝不夸张。秦有桑敢去杀异兽就是仗着身体强悍。他不明说，她就装作不知道。折了根细竹，雕琢成笛，焚天随手放进了胸前的兜里。运转真气收了阵法，那株硕大的青树重新化为一枚种子落在焚天掌心。回想当时，为了布置阵法害她吐了一口血，焚天都为自己心疼。

"路我熟，我先走。"秦有桑没有被女人挡在身后的习惯，抢先走进了裂缝。

他腰间系着的那块白萤石放出清亮的光，缝隙不再是来时的漆黑一片。秦有桑回想当时把这里当成葬身之地，不胜唏嘘。

焚天走进通道时也在琢磨，这道裂缝是怎么形成的？小境界与她灵魂相契。是当初她冒险钻进罡风中心被割裂的，还是更早时她被聂悠悠送进斗兽窟，伤势过重，影响小境界崩裂？焚天有点担忧，小境界的稳定与她的身体状况息息相关。如果她再受重伤，这方小境界还会再出现裂缝。裂缝多了，罡风会趁势而入，直接让小境界四分五裂。

小境界如果崩塌她就少了一个护身藏匿的法宝。不弄清楚缝隙形成的原因焚天有点烦躁。秦有桑穿上了毛皮坎肩，高大的身影黑熊似的，悬在他腰间的白萤石半点光都没透过来。焚天走在他的阴影中很是不舒服："喂，你能不能把白萤石系在发髻上？我

第五章 抱团取暖

一点光都看不见。"

这叫什么话？谁头上会顶着块发光的白萤石，他是移动烛台吗？秦有桑生气地回头。

刺啦一声，背着的竹矛撞上了岩石。厚重的毛皮坎肩包裹着他，成功将他卡在了缝隙中。秦有桑脸色一僵，想起这里正是自己一条腿一条腿拔出来的那处狭窄地方。他气急败坏地抓向岩壁，想把卡住自己的石头捏碎。

"别！"这是她的空间，被他这么一弄，缝隙越来越大，将来用来修补的矿石就更多。焚天赶紧拦住了他。

白萤石的清辉下，秦有桑板着脸瞪着她。

焚天装作没看见，埋着头去解缚在他身上的竹矛。她挨近时挡住了他腰间系着的那块白萤石。秦有桑眼前一片黑暗，感官顿时变得敏锐起来。

通道里的风极其微弱，一抹淡香就这样若隐若现浮在空中。香味极淡，像极了五月的轻絮，飘忽难以捉摸。他无法形容。

秦有桑清楚地记得，他进来时这里的风带着股潮湿的味道，有点冷。却独独没有香气。他仔细去嗅又没了。

是林小天的味道。

焚天解着布索，弄出窸窸窣窣的声响。她纤细的身体几乎依偎进了他怀里。他垂着手，指尖无意识地触到了她的长发。

他想起了那个夜晚。记忆中那个女人也有着一头极好的长发。掌心触着，像一匹冷清光滑的缎子，发间露出的肌肤又是那样温暖柔软。

林小天冷得像刺手的冰凌，而那个女人热情得像火焰。

那个女人娇媚地散发着馥郁的莲香，不似林小天，体香味极淡。

明明她们完全不同,他却又想起了那个女人。是因为眼前这片同样的黑暗,还是林小天在他身上动来动去的手?

焚天后背一僵,心里没来由地生出一丝惊惧。她敏感地察觉到秦有桑握住了自己的一缕头发,她仿佛看见他的手指轻搓着她的长发,缓慢而温柔。

他的气息从头顶传来,在这狭窄的空间里,她避无可避。

焚天僵着手,总也解不开布索的结。

他认出她来了吗?焚天的头皮阵阵发麻。

焚天想起聂天虹临死前还煞费苦心替她谋划了去玄门修炼的路,想起从小到大身边的那些老人。她选择离开圣域一半是情势所迫,一半却是私心想做一个轻松的自己。这个男人只是她利用的对象。她不能让他发现那天晚上的女人是她。情绪渐渐抽离,她听到自己冷静的声音:"你扯着我的头发了!"

秦有桑一惊,被火烫了似的松开了手指:"不小心钩住了,抱歉。"

将头发扯出来,焚天指尖一缕真气划出,直接将没能解开的布索切断。她退后一步,被身体挡住的萤石重新照亮了空间。

光明让秦有桑回到了现实中,他松了口气。

关于那晚的思绪同时被这束光驱走,重新隐藏在两人心底。

焚天将竹矛一根根抽出放在一旁,蹲下身重新扎成一束提在了手中:"走吧。"

秦有桑动了动,穿上那件厚皮毛坎肩后体形增大,仍卡在缝隙中。他恼火地伸手在身侧一抓,硬生生被他掰掉一块石头,没用多大力气就把通道拓宽了一倍。

焚天又有点心疼，这一次却没再吭声了。

五六个时辰后，秦有桑停了下来。神识铺开，他感觉到了外面的异兽："清理掉前面的石头就是出口。外面有异兽。我来的时候是清晨，巢穴里的异兽还没出去觅食，等到近午时，巢穴应该就空了。"

焚天挤到他身边，脸贴在了岩壁上。她没有动用神识，也能隐隐听到外面异兽的动静。她也赞同秦有桑的话："在这里歇一晚吧。等异兽出洞窟觅食时，再找落单的异兽下手。"

通道狭窄，两人只能并肩坐着。这是赤海一年之中最冷的季节，入夜之后，气温更低。寒气顺着岩壁渗进了通道中，潮湿的石壁上渐渐结出一层霜花。这里应该是小境界的界壁所在，焚天也不能让这里变得温暖。穿着厚实的毛皮坎肩，秦有桑也能感觉到刺骨的寒冷。他心中一动，小境界里没有符箓了，林小天没用驱寒符。她才炼气三层的修为，不冷吗？

白萤石放在他身边的石头上，将这处狭窄的空间照得如同白昼。

焚天伤势未愈，细看之下肌肤白得失去了血色。秦有桑又觉得她像是冻着了。

"你嘴上不饶人，其实心底柔软善良。小境界里唯一的皮毛都给我做了衣裳，自己冻着也不吭声。"秦有桑看着她，露出了笑容，"否则我怎肯拿天阶功法当报恩的利息。"

他夸她的时候笑容特别真诚，眼睛里闪动着感激，让人难以质疑他的话。

这个笑容在哪里见过……焚天很快就想起来了。第一次和秦有桑吃饭，他说他想唱歌给她听的时候。

秦有桑想要引人进圈套时，必定以为他那张挂着笑容的脸能当诱饵使。他打哪儿培养出来的自信？

焚天瞬间警醒。

清晨决定出来杀异兽时，小境界里还春光明媚着。常年住在冰峰之上的圣宫中，她不惧寒冷，一时疏忽忘记了这是赤海最冷的时节。

很明显秦有桑起了疑心。如果不是她警觉，顺嘴答一句不冷，他就能看出破绽。焚天暗道一声好险，环抱着自己的胳膊，声音镇定异常："我虽然只有炼气三层的修为，毕竟也是修士。这块毛皮给了你，怎么好意思再拿回来？撑不住的时候我自会运功驱寒。"

听不出丝毫破绽，是他想多了吧？小姑娘蜷缩成一团，看起来格外单薄。秦有桑的大男人心态让他再也穿不住那件皮毛坎肩。他脱下坎肩铺开，像毯子一样搭在了两人身上："这里灵气稀薄，运功驱寒神识容易疲倦。分你一半，睡吧。"

毛皮上还带着他的体温。焚天看了他一眼。两人之间有着尺余的空隙。秦有桑身材高大，毛皮将焚天盖得实在，自己只搭了大半身子。

焚天伸手一招，那块白萤石落进了掌心。她顺手放进胸口那个兜里，将毛皮直拉到下巴处，蹭了蹭，闭上了眼睛。

脱了坎肩，靠在岩壁上的后背像贴在一块寒冰上，寒气让秦有桑难以入睡。百年修炼，他早已习惯打坐入定。闭上眼睛放松，不去想袭来的寒冷，他的思绪在安静的夜里飘散开去。

不知过了多久，焚天注意到秦有桑一直保持着绵长有韵律的呼吸。她动了动，调整了下睡姿。

秦有桑的呼吸心跳丝毫没变。黑暗中焚天的唇角扬起一抹笑。那副毛皮被真气轻轻托起无声无息地移了过去，将秦有桑露在外面的半边身体都盖住了。

她不需要他照顾，他也休想让她心软。

焚天一动，秦有桑就睁开了眼睛。元婴之躯早能暗中视物。他惊奇地看着那张毛皮被她的真气托着，悄无声息地移了大半到他身上，林小天只搭了一个角。

他没有动，继续保持着绵长的呼吸与不变的心跳。

那个蜷缩成一团的小姑娘就在他眼皮底下，蜗牛一样朝他身边挪过来，然后挨着小半副皮毛睡了。

他真没看出来啊，林小天这丫头嘴不饶人，竟然暗中对他动了心思。看在她对自己细心体贴的分上，秦有桑决定原谅林小天说过的那些刺他心窝子的话。他往她的身边挪了过去。小姑娘没有动静，似乎睡得沉了。秦有桑笑了笑，轻轻抬起了胳膊，揽住了她。

焚天浑身一僵。什么情况？

她醒了？秦有桑有点尴尬，又想到她对自己的心意，信心又足了。毛皮一扯，将两人裹住了："你真聪明。坐过来挤着就都能盖着了。"

他竟然没有睡着？她竟然没有发现？

他自己挪过来抱住她，怎么就成她的主意了？

在他眼里，还是她投怀送抱？

焚天大怒。明明是不想欠他的情，在他眼中居然变成她心疼他了！

头顶传来秦有桑幽幽的声音："没有修为之后，我不能御寒不能辟谷。还要一个小姑娘照顾……睡吧，天明杀异兽去。"

也许是这黑暗，秦有桑难得透出他的颓然与苦涩。

岩石缝隙中传来异兽的低吼声。

焚天想起了在斗兽窟中与异兽斗命的自己。她的怒气渐渐消散了。嗅着他的气息，焚天想，且让他误会一次，仅此一次。

天亮之后，睡醒的异兽成群结队离开，足音与吼声同时惊醒了两人。

焚天从秦有桑怀里一跃而起，趴在岩壁上听着外面的动静。

白萤石自她手中飞出，挂在了岩石上。柔和的光洒满了通道，照亮了秦有桑布满困惑的脸。毛皮坎肩被她掀到一旁，秦有桑就想起昨天晚上林小天悄悄将它移到自己身上。这个牙尖嘴利又冷漠无情的小姑娘竟然暗暗对他生出了情意，秦有桑一时之间不知道怎么办才好。

昨天晚上自己怜惜小丫头的举动是否已经让她误会了？他慢吞吞地穿上坎肩，决定好好和林小天聊一聊。秦有桑拒绝过很多女修，从不给对方任何机会。修为低的，直接无视。听得厌烦的，一个冰冷眼神外加元婴威压，能把爱慕他的女修吓出全身冷汗，欲哭无泪。

修为越高的人，一般都顾及颜面，秦有桑也自有办法应付。比如那位上元宗风光无限的元婴修士净仙子。

无垠大陆最近二百年很出了不少天才修士，上元宗净仙子的名气并不比秦有桑低。过了元婴中期，修为每往后递增一线都极难。元婴的寿元长达一千六百年，一百四十多岁就成功进阶中期的净仙子难免会觉得孤独。净仙子想寻个与自己相配的男人携手度过漫长的岁月,她看中了只比自己小三十多岁的秦有桑。

上元宗为顺利进阶的净仙子举办了声势浩大的庆典,秦有桑代表青山宗应邀前往。

净仙子以交流晋升心得为由,将秦有桑独自邀到了自己的洞府。

仗着修为比他高,所以无须掩饰对他的欲望,秦有桑从净仙子待自己与众不同的眼神中看出了端倪。对方修为比他高,又在上元宗地盘上,他只能将一肚子嘲讽按下,满面笑容抢在对方开口前道:"与仙子交流心得,秦某收获甚丰,定不会忘了仙子的心意,回去就闭关试试冲击元婴中期。"

他要闭关,又口称记得她的心意,净仙子娇羞无限把话咽了回去,一心等他出关后再提。

殊不知秦有桑离开上元宗第一件事就是赶赴位于大陆中部的星星海,也不管深海中独产的玉净花是否盛开,连根全刨了。他恶狠狠地骂道:"你当我没见过你服易容丹之前的脸?那张丹方还是爷爷觉得没用才让你拿到的。没了玉净花配药,丑死吧你!"

女修一般会在年轻貌美时服下定颜丹,从此容颜不改。净仙子年轻时就不美,熬到五十多岁终于在一处上古遗境中得到张易容丹方。易容后再服定颜丹保持着美貌。定颜丹终身服一粒即可。易容丹却需要二十年服一次。每次的丹药都需要新鲜的玉净花入药。

秦有桑一边说着模棱两可的话稳住净仙子,转身就把玉净花来了个绝户计。净仙子再怎么服定颜丹,时间一到,那张脸终会变回她真实的模样。

是以,像仰慕心仪秦有桑的梁秋怡,觉得他待自己客气,已是与众不同了。

　　然而，秦有桑却不知如何拒绝林小天。她对他有救命之恩，在他最难的时候收留了他。想着昨天晚上悄无声息移来的毛皮，想着怀里像搂了只柔软的小兔子，他就说不出让小姑娘伤心的话。寻思良久之后，秦有桑极其委婉地开了口："林小天，你改换天阶功法，半个月突破炼气三层。我觉得你很适合修炼青山宗的功法。等离开赤海，你总要寻个宗门，不如去青山宗吧。我……那兄弟定会好好照顾你。"

　　正在观察异兽离开的焚天诧异地回头："怎么又想起劝我进青山宗？等平安离开赤海再说吧。"

　　秦有桑腹诽，还不知道何时才能平安离开赤海。小境界里孤男寡女相处着，万一对我情根深种怎么办？他深吸了口气，用最真挚最诚恳最柔和的语气说道："青山宗有很多年轻俊俏的弟子。我以前就认识好几个真传弟子，英俊潇洒，资质上等，前途无量，只要你看得入眼，我都能想办法让你如愿以偿。"

　　"你的意思是……青山宗有大把好男人随我挑？"

　　"对！随你挑！"

　　秦大长老的救命恩人，生得这般清灵毓秀。被她看中的弟子还敢不乐意？在青山宗绝对没有前途！

　　焚天拢起了细眉，眉心深深地蹙出一道褶皱。一大早睡醒突然对她说这个？她试探地说道："你这么急于给我介绍出色的男弟子，是怕我对你起了心思？"

　　聪明人呐。摊了摊手，秦有桑似是极为无奈："我是个废人。普通人与修士之间隔着天堑……"

　　焚天眼神意味深长："你拒绝我？因为自卑？"

他会自卑？秦有桑差点又被她激出火气来。他忍着脾气道："你看啊，我今年一百零九岁。你才十七还是十八？无论从修为，年龄……"

"我不嫌弃你老，也不嫌弃你没有修为。"焚天笑了。她眼里闪动着暧昧不明的光，像星星般闪亮。

秦有桑有些感动。她能雪中送炭，他怎么拒绝才好？

焚天上前一步挨近了他，气息扑到了他脸上："还有别的理由说服我吗？"

秦有桑下意识地退后了一步。通道狭窄，他立时撞到了山壁。

不等他再躲，焚天又逼近了一步："你直说无妨，比如不喜欢我。你瞧，你都被我逼得没了退路，又何必拐弯抹角？"

比他矮一个头，纤细得像草。不，她像根刺，无时无刻不扎着他的痛处，就没有柔顺的时候。如果不是瞧在你救我性命，待我体贴细心的分上……秦有桑忍了又忍，满脸无奈："林小天，你真看不出来我在委婉地拒绝你？"

委婉，懂么？

"别呀，千万别委婉。我一直误会下去，才会受伤难过呀。"焚天把手放在了他胸口上，轻轻抚摸着黑色的毛皮。

秦有桑起了一身鸡皮疙瘩。现在的小姑娘怎么如此厚脸皮？他一把捉住了她的手扔开："林小天，这可是你逼我直说的。"

"说吧。"焚天退后了一步，慢条斯理道，"我很讨厌别人骗我。这种事情总得你情我愿，对吧？"

"好吧，我有喜欢的女人了。"

焚天还是那副漫不经心的模样："哦，比我年轻漂亮，还是比我温柔体贴呀？她也不嫌弃你是个废人？"

109

别提他再不能修炼的事情好吗？秦有桑又被戳着痛处，气呼呼地转开了脸："我不知道。"

焚天拿眼神斜乜着他，脸上的表情就一个意思："不是吧，你这么蠢？连人家什么样都不知道就喜欢了？"

百岁出头的大男人竟然被一个小丫头逼得这么狼狈！秦有桑瞬间又想起了那个女人。也许是闷得太久，太想倾诉，他的表情变得很奇怪，眼神深邃得看不到底。他盯着挂在石头上的白萤石出着神。

焚天等得不耐烦时，秦有桑终于开口了。他说得极慢极认真："我不知道她是谁，但我从来没去想念过一个女人。我想，可能我真的喜欢上她了吧。喜欢到不管她怎么对我，我还是会常常想起她，想起和她相处时的美好。"

那晚最后，他没有察觉到自己已经能够出声说话。喑哑低沉的声音在她耳边如同诅咒："只要我还活着，我就会找到你，灭了你的圣域，废了你的魔功……"

喜欢她？常想着和她在一起时的美好？这个骗子！焚天脸一沉："听着我都被感动了。秦归陌，你听好了，你喜欢自作多情，我也拦不住。刚才不过是逗你玩呢，昨天晚上咱们两个不过是抱团取暖罢了，你想多了。"

刚才她在逗他？他想多了？他硬是没从焚天脸上看出半点伤心难过，连半分惆怅之意都没有。她坦坦荡荡地站着任他打量，水蒙蒙的眼睛里只有淡淡的嘲弄。他竟然又被她涮了！他还对她说心里话！秦有桑的脸顿时黑如锅底。

焚天睨了他一眼，讥讽道："哟，一副受了天大打击的模样。难不成是个女人就该喜欢你？没见过这么自恋的男人！"

第五章 抱团取暖

　　秦有桑气得脸都红了,硬撑着摆出一副轻松表情:"原来你说的是真话呀。这不是皆大欢喜么?异兽走了,赶紧出去瞧瞧。弄点肉食改善生活!"

　　焚天忍着笑双手一招,一枚火球浮现在掌心。

第六章　以命相护

轰的一声,堵塞通道口的碎石被焚天用真气击开,外面的光与腥臭味同时涌了进来。

将那颗青树种子种在通道口,布好幻阵。焚天这才观察起眼前的兽窟。岩壁所在的位置是一座极大的洞窟底部。天气太冷,四周石壁上结满了厚厚一层冰霜。头顶隐隐现出一线青天,正是秦有桑爬下来的那处地缝。不远是洞窟出口,光线明亮,露出一片波光粼粼的水面。

"没想到这里别有洞天。"秦有桑感叹自己的运气不是一般的好。再走远一点顺着洞口那边爬下来,要么落进湖水里冻死,上岸就成了异兽口中肉食。他正巧爬进了这座兽窟的底部,正巧被异兽一脚踹进了小境界的裂缝。命中注定他大难不死,必有后福。这么一想,秦有桑对焚天的气恼又消了。没准就是自己想多了呢?就算是林小天面子上过不去,故意强撑着嘴硬否认对他起了心思。她不承认他就当不知道好了。

其实他对焚天说起和他共度一晚的女人时,秦有桑第一次知晓了自己的心意。那么多倾慕他的美貌女修,能让他念念不忘的,只有那个黑夜里的女人。他发誓要灭了她,她回他不过一声轻笑。

"小王八蛋!"秦有桑咬着牙轻骂了声。

第六章 以命相护

洞窟里留着几枚足有她半人高的蛋，焚天细看蛋上的斑纹，心里隐隐冒着寒气："这些可不是王八蛋！这窟异兽叫血蝎豺狗，是赤海中最凶狠的异兽之一。"

壮牛一样大，脸似豺狗，皮硬如蝎壳，长尾如鞭，发怒时全身的皮会变成深红色。背上有一对肉翅，能驭风。五阶以上能口吐风刃。嗜血好斗，凶残狠戾。六阶生灵智。刚生下的蛋其液汁清亮如清漆，以其为墨画下的符箓制出的阵法能抵御罡风。是以，血蝎豺狗是圣域兽窟中饲养最多的一种异兽。低阶的为斗兽，高阶的用来采制材料。

"你怎么知道？"秦有桑诧异地问道。不等焚天回答，他秒懂，"你娘告诉你的呗。你们娘俩当时闯进赤海，遇到过这种异兽。"

替她都答了。

焚天"嗯"了声。

终于被他猜中一回。一个从囚禁之地带着七岁女儿逃脱的玄门女修士，从没到过赤海，竟然认得这里最凶残的血蝎豺狗。当年上元宗那位道君和他师父凌山子闯赤海，也只是形容过遇到的这种异兽，并不知其名字。她又从何得知？只有长年生活在魔界的人才会对赤海异兽了如指掌。林小天，被你涮来涮去，总算逮到你的破绽了！不过，秦有桑却并不高兴。他不愿意再细想深究，他和魔界不共戴天，却被一个与魔界有瓜葛的人救了，脸往哪儿搁？气恼之下，秦有桑一脚踹向身边的那只蛋。

劲风拂过，秦有桑被推了个趔趄，差点没站稳，俊脸随即浮上两团羞怒的红晕。百年来他就没被人这样狼狈地推搡过！

焚天仿若没有瞧见，平静地说道："血蝎豺狗嗅觉灵敏，报复心重。踢碎它的蛋，沾着一点蛋液，哪怕洗脚换鞋袜，气味在三

113

天内不会消退。"

秦有桑气极扭开脸："你那位娘亲可真是见多识广！"

谁知焚天竟然点头同意："我娘亲阅尽天下典籍书册，过目不忘。"

当她不晓得填补破绽？总之我就有一个掠过无数宝物的爹，一个万事通的娘亲，死无对证，你能奈我何？焚天瞥他一眼，"血蝎豺狗喜欢群体出动觅食，夜深才会归巢。此地现在安全，出去看看吧。"

秦有桑气急败坏跟上去，故作好奇："你娘亲定然出身不凡吧？"否则哪有机会阅尽天下典藏书籍。

只要她敢报出家门来历，他就能查个清楚明白。

"我那时不过是个几岁的稚童，哪里能记得太多。我娘好像说过，当时我年纪太小，忘了。"

推得干干净净。看着焚天的背影，秦有桑气得直咬牙。她的脸皮也太厚了！什么事情都能推到她死去的母亲身上。她不愿意说的，就理直气壮地说自己忘了！

秦有桑微眯着眼，在这一刻他的心境发生了变化。他发现自己绝不能指望林小天说实话。他不想以怨报德恶意揣测自己的救命恩人。难道他傻吗？跟在她身边，他还不能自己找出真相？不过几息工夫，秦有桑不生气了，悠悠然跟上了焚天。这时，他才发现焚天脚步奇快，小脸紧绷着，一刻都不想留在兽窟里似的，难道这些血蝎豺狗带给她很深的印象？

巢穴中熟悉的腥臭味道勾起了焚天记忆深处的恐惧与对伤痛的记忆。

圣域被赤海隔离如孤岛。圣尊每年只能召唤一次珍贵的天地

第六章 以命相护

之气。总需要一些别的娱乐让圣域中人发泄情绪。除了七大殿会不定期举行的各种竞技赛,圣域中人最喜欢的是逛妓楼和赌斗兽。

红城中有三大妓楼,来源不一。圣域生出的男女孩童,相貌上等又不能感应天地之气的,往往从小就被送进妓楼。家中地位低的子女,为给长辈赚元玉,被卖进妓楼。自身修为低,皮相好的人,自卖自身赚取元玉。

圣域是一方孤独的王国,同样弱肉强食。

除了七大殿掌控的斗兽场,红城中还有被大家族控制的六个斗兽场。

这里是斗兽士的天堂和地狱。赢了能赚取大量元玉。输了,则以被撕裂的身体和鲜血供人观赏。

焚天的客人只有一个:聂悠悠。

她从昏迷中醒来,穿着青色的囚衣,躺在一只血蝎豺狗的蛋壳中。

四周铺满了洁白的雪,下了禁制的穹顶仿佛星辉灿烂。

聂悠悠站在高处那圈用白玉围成的栏杆处,白衣胜雪,柔婉清雅。她扶栏微笑,声音怯怯,像极了被人偷走了心爱的东西,可怜巴巴地想要回来:"焚天,我没有找到母亲藏起来的幻影赤莲。你能不能帮我找找?"

"圣尊死了,只有我知道它的下落。"焚天只一瞬恍惚便清醒过来,抬腿出了蛋壳冷淡回道。风吹过,带来了阵阵腥味与沉沉足音。

"母亲真是疼爱你,不知道的,还以为你是她的儿子。"聂悠悠抚心难过,"如此,我又心安几分,谁叫母亲如此伤我的心呢。"

焚天帮她接着说道:"把幻影赤莲给你,留我一条命?"

聂悠悠摇头:"全尸。你杀死圣尊,死罪难逃呢。"

"那没什么可谈的了。"

"有的。养育你长大,将送你进圣宫的骆家族人共有二百四十口。你不为他们想想?"

焚天不答。

地面上升,送来一只六阶血蝎豺狗。看到破碎的蛋壳,它仰天悲吼。这时焚天才发现动用元气带来的噬心痛楚。但她不得不运用元气和发狂的血蝎豺狗斗命,血将白雪染尽,疼痛永无止境。直到她再无力气,以为下一瞬将被撕裂,聂悠悠才出手制止。她俯瞰着躺在血泊中的焚天,笑着说下一次再来听她的答案。

焚天打了个寒战,狠狠摇头将那些关于疼痛的记忆甩开。她按住胸口,摸到出来时做的短竹笛。但愿,不要遇上这窟血蝎豺狗,不要再动元气了。

"你在害怕?"默默观察着她的秦有桑看出来了,又抢着帮她回答,"当时你那娘亲也遇到了一只血蝎豺狗,所以你年幼的心灵受到了伤害。我懂!"嘲讽毫不掩饰,挑衅也不加掩饰。他等着看她还有什么新鲜解释。他一定会抓住她的小尾巴。

他想听她解释,她就必须解释给他听?真是可笑!焚天顶着秦有桑的炯炯目光,视他为无物,自顾自地观察着四周。

头顶的岩石仿若天穹般倒扣着。阳光从石缝中透下来,形成数道极清美的光柱洒在湖泊。地下湖的一端靠着座幽深的峡谷,上方露出一线明亮的天际。另一半水面则隐没于洞窟的岩石深处。湖岸边足迹杂乱,异兽群朝峡谷上方去了。

不理他没关系,证明她心虚。为什么心虚?她的身份来历肯定有问题!秦有桑的思维自从拐了个弯后,反倒不恼了。

他看了眼洞口的环境，感叹道："这窟异兽倒是寻了好巢穴。"

洞窟深藏地底，洞口外又是一座更大的天然岩洞，地下河露出地表形成地下湖。隐秘又靠近水源，确实是处好地方。

焚天冷冷说道："六阶生灵智，能找到这里当巢穴。证明这窟血蝎豺狗中至少有一只六阶以上的头领。"

"嗯，肉好吃吗？"

问出这句话后，秦有桑被焚天的眼神冻得汗毛直竖，吓了一跳："我们不是出来打猎吗？"

焚天气乐了："我才炼气三层，你吧，现在只是个有把蛮力气的废人，不被这窟血蝎豺狗弄死就不错了，还想着它们的肉是否好吃。你以为自己还是从前那个有修为防身的高阶修士？"

秦有桑讪讪地摸了摸下巴。他的确忘了……犹自嘴硬："想当年道爷我也杀过些六阶异兽，轻松得很。"

六阶异兽相当于玄门的金丹修为。筑基修士杀六阶异兽，还轻松得很？说漏嘴了吧！谎言的漏洞都成筛子，当别人都是傻子听不出来？焚天讥讽地白了他一眼道："走吧，它们回巢之前我们必须赶回来。"

"等等。"秦有桑叫住了她。

见他把坎肩脱了，焚天拒绝："我有真气护体，用不着。"

秦有桑用力撕下一长条皮毛，围在了她脖子上，慢腾腾地说道："免得你冻着了又想抱着我取暖……我不想再自作多情。"

明明是他主动抱她！说得她多么不要脸皮似的。焚天扯了扯嘴角，笑了。

这一笑如冰河解冻。幽蓝色的毛锋映衬下，她的肌肤白得几乎透明，两颊透出淡淡的桃花粉，水嫩得令人心怜。

秦有桑忍不住多看了两眼。

"是不是觉得我比你喜欢的那个女人长得好看?"

秦有桑嗤笑:"井底之蛙。玄门女修士个个貌若天仙,你的容貌极为普通,别太自恋了。"

焚天此时心情颇好:"是啊,我长得不怎么样,你却也盯着我移不开眼……无垠大陆倾慕你的女修得丑成什么样啊?让你这般没见过世面似的。"说罢哈哈大笑,步法一变,风似的从他身边一掠而过。

"林小天,我告诉你,仰慕道爷我的美貌女子能从无垠大陆排到魔界去,道爷不屑一顾罢了!"秦有桑气得拔腿就追。

爬了盏茶工夫,两人斗着嘴攀上了峡谷。

几里外,那个异常巨大的罡风团在空旷的戈壁滩上异常醒目。太阳高挂在空中几乎没带来丝毫温度。戈壁滩上的寒风小刀子似的刺得脸疼。赤海无雪,严寒将地面的水汽凝结成了厚厚的一层霜冰。放眼望去,像撒了一地碎银。那窟血蝎豺狗不知跑哪儿觅食去了。眼前的赤海一望无垠,南面有结团成卷呼啸而过的罡风,东西北三面荒凉看不到半点生机。

观察着四周的环境,焚天喜忧参半。

原来洞窟中那座地下湖是莫干河的地下河。

莫干河从西至东横亘整个赤海,河床一线也是赤海罡风最烈的地段,像一座天然屏障,将圣域保护在内。

每当莫干河出现在地面,罡风会奇异地消失。

当荧惑之星出现时,这条河会在子夜时分突然出现在戈壁沙漠中。水浪冒出地面,填满整个干涸的河床,寅时天明之前又以眼见的速度消失无踪。如此反复,长达一月之久。

第六章 以命相护

七年前圣尊观天象,看见了赤红的荧惑之星。虽为不祥,却能让圣域修士避开暴戾的罡风,顺利越过赤海。

圣域对赤海的掌控以莫干河为界。过了河,圣域的力量就弱了。

她逃离圣域后忍着疼痛驭气飞了数天,实在没力气跑了,才想办法钻进了罡风团的风眼扔出了空间珠藏身其中。没想到无意中她已经跑到了莫干河。

她并不畏惧河岸南边的罡风地带。她能躲进罡风团中心,自然有办法平安度过。令焚天烦恼的是,圣域为了抓她,定会加强莫干河一带的守卫。

莫干河是圣域最重要的一条防线,常年都有七殿护卫轮流沿河岸巡逻。这些护卫的实力都在五到六阶左右,相当于玄门的金丹中后期修为。

没有人巡逻的地界,不知布下了多少阵法。

遇到圣域的高手,除非她动用元气,否则带着秦有桑绝无可能逃脱。

辨认着地上的足迹,秦有桑指向了东面:"那群异兽往东去了。我们跟上看看能否捡点便宜。"

焚天计算了下时辰道:"冬季天黑得快。最多两个时辰,找不到猎物,我们必须返回。"

两个时辰中,如果遇到巡逻的殿卫,往回跑,还有躲进小境界的可能。秦有桑也赞同。他们不能走得太远,万一被回巢的异兽堵了门,只能在戈壁滩过夜……真有这么个万一,这丫头肯定又想来个相互取暖,他定要义正词严地拒绝她!

往东走了一个时辰左右。秦有桑伸手拦住了焚天:"前面有打斗……三个人与数十只异兽。"

他的神识铺开,察觉到十里外的动静。

焚天已经发现了,她握紧了手里唯一贴上了符箓的竹矛。

"过去瞧瞧?"

焚天没有回答。莫干河出现了三个人,极大概率是圣域沿河巡逻的殿卫。她伏在了地面,手掌贴地,似乎在用耳朵认真地"听"着。

秦有桑负手望天,嘲讽道:"这不靠谱的方法是你娘亲教你的?趴地上能听清楚十里外的情形?"

他逃进赤海,仗着元婴的神识才屡次避开撞见异兽,他不信她的耳力能胜过自己的神识。

焚天用的是圣域的术法,只不过装模作样掩饰罢了。神识顺着她的掌心一波波传向远方。这个术法太过耗神,焚天脸上渐渐失去了血色,但她仍然毫不顾忌地催发着神识。

渐渐地,戈壁、石山、浅丘如同影像般清楚投映在她的识海之中。十里外,三十几只血蝎豺狗围攻着三名身穿红色箭袖束腰长袍的年轻男人。

她猛地中断了术法,阖上了双眼。遇上熟人了!焚天疲倦不堪,又不能让秦有桑发现她动用神识术法,只得伏在地上假装还在听动静,阖目恢复。

纤细的身体在轻轻颤抖,像一只受伤落在地上的鸟儿。她怎么了?秦有桑看到地面凝成的冰霜时恍然大悟,一把将焚天扯了起来。脸颊上那抹淡淡的桃花粉褪尽,她的脸色苍白得吓人。秦有桑真觉得她蠢呆了:"说了我的神识能感觉到十里外的动静。你

第六章　以命相护

这丫头怎么这般固执？打坐运转心法，别冻病了。"他脱下坎肩铺在了地上。寒风顿时吹透了单薄的衣衫。秦有桑缩着脖子搓着胳膊，"赶紧着，用完还我！"

焚天瞥了眼铺在地上的坎肩，就想起昨晚上他分她一半盖着的事，心里有一处地方禁不住柔软了几分。

她盘膝而坐，真气在经脉运转一周，脸色渐渐好转。捡起坎肩扔给他，焚天斟酌着道："我听到有异兽践踏地面的声响。"

"废话！此地静寂无人。俗世斥候隔着二十里地还能听马蹄声呢！趴地上半天就听到这个？"秦有桑哭笑不得。这丫头性情太倔强了。还想和他比？元婴的神识强大到她这种低阶弟子难以想象的地步。他叹了口气速度穿上坎肩，"走，过去看看。"

焚天心里挣扎不已："能在赤海中活动的，多半是魔界的人。发现我们怎么办？"

秦有桑自信地说道："他们运气不好，撞上了那窟血蝎豺狗。那三个人气息不稳，其中两个应该受了重伤，只有一个人还有一战之力。被几十只异兽围攻，多半凶多吉少。他们身上肯定有储物袋，我们去捡个便宜，说不定辟谷丹法宝符箓兵器都有了，还用不着为了一口肉食冒险。"能围观魔界中人被异兽撕拆入腹，自己还能捡走储物袋解决生计问题，秦有桑表现出强烈的积极性。见焚天仍在犹豫，他不耐烦地说道，"我能清楚感知十里外的动静，就能让咱们躲过他们的察觉。以你炼气三层的修为，几根破竹矛，异兽是那么好杀的吗？"

"也是，杀人夺宝方便。走吧。"焚天望着远处，眼里一片唏嘘。她愿意跟秦有桑去，是她的神识看到了赤鲤。

那个她叫着大哥的男人，敦厚真诚朴实，从不因自己是金宫

121

殿主之子骄横淫奢。他照顾着所有的赤队翼卫。她十岁进圣宫入赤翼，就成了他照顾的小兄弟。随圣尊闭关七年中，他总会趁着值守时偷偷给她送一些好吃的。他眼里没有嫉妒，只有温暖的关心。焚天毫不怀疑，如果自己继位圣尊，赤鲤会用他的性命守护她。

如果秦有桑同意不去冒险，那是赤鲤的命，她也不可能用自己的性命与安危去救他，然而秦有桑怂恿着她，瞬间又让她改变了主意。

她的心，还不够冷硬啊。她心底深处依然不愿意冷漠无情地走开，任由赤鲤被血蝎豺狗撕成碎片。

可现在的问题是，秦有桑是去围观捡便宜的，她怎样才能出手救了赤鲤又不引起他的怀疑？

赤海神出鬼没的罡风将坚硬的岩石雕琢出千奇百怪的形状。秦有桑带着焚天从背风处爬上了一处状似城垣的岩石。两人躲在被风犁出来的石沟中藏得严严实实。石墙上正好有数个蜂窝似的洞可以窥视外面。巨岩下方是一片石林，地上躺着七八只被杀死的低阶异兽。两个身穿红色箭袖束腰长袍的年轻男子正被数只异兽争抢着撕扯咬食，残肢鲜血洒了一地。只有一个人还借着石林的地形在苦苦支撑着，身法随着元气的枯竭渐渐变得缓慢。

看清楚那人的脸，焚天没来由地松了口气。赤鲤还活着。

有只血蝎豺狗被同类的尸体诱惑着，低头撕扯着肉食。一声高昂的吼声后，风刃狠狠地划过它的身体，将它驱离。

二十几只血蝎豺狗被一只六阶的头领驱赶着，放弃了眼前同类的尸体，在石林中横冲直撞，围攻赤鲤。被罡风侵蚀仍没有化

第六章 以命相护

为齑粉，形成高大石笋的石头坚硬异常。赤鲤终于被逼进了一丛石笋之中。

为首那只六阶血蝎豺狗，已生灵智。它高昂一声，所有的血蝎豺狗发动了主攻。数枚青色的风刃从七八只五阶异兽嘴中吐出，划出尖啸的破空声，击在石笋上，碎石横飞，扬起漫天粉尘。

"金丹修为敌不过这么多只血蝎豺狗围攻，他死定了。"秦有桑盯着下面的三人，冷冷说道，"那人是圣宫翼卫。"

焚天一惊："你怎么知道？"难道秦有桑还认得赤鲤？

被掳来的路上有名翼卫想折磨他，那人的腰带中间镶着一块很特别的牌子，图案是一对羽翼。秦有桑在这三人腰带上也看到了同样的牌子。

你有万事通的亲娘，我也有师傅嘛。秦有桑觉得这个理由真好："我师傅说的，魔尊有自己单独的护卫，称为翼卫。他们在腰间佩有那种羽翼标志。"

焚天松了口气，他并不认识赤鲤，应该是他被掳去圣域的路上见过翼卫。

石林中，血蝎豺狗将赤鲤堵在石笋里。数根石笋密集林立，缝隙太小，血蝎豺狗无法钻进去。风刃密集地从石笋间的空隙朝里面飞射，在赤鲤身上掠出一道道伤口，也让他看出风刃的路线，寻到了一个死角躲藏着。

"吼！"六阶头领发出一声巨吼。血蝎豺狗纷纷退后了五六丈，然后排着队冲着石笋狂奔而去。

焚天的瞳孔霎时收缩了下，这一招她太熟悉。

沙地被踏出阵阵沙雾，足音如雷如鼓点，犹如行军号令。一只只血蝎异兽在空中跳跃着，在空中转身，粗壮的尾巴狠狠拍打在同一根石笋上。闷响声此起彼伏,石笋不停地晃动。

"聪明呀,果然是生了灵智的异兽。撞毁那根石笋,魔界小崽子就是口中的肉食了。"秦有桑看戏不怕台高,悠悠然点评着。

再不出手,赤鲤就危险了。

"光顾着看戏啊?你往那边找一找。那两人的储物袋还在不在。等异兽吃了那个人咱们反倒不好脱身了。"焚天的手轻搭在石洞上,看起来像是扒着孔洞往外看。

秦有桑一听,转过视线往一旁看去:"差点忘了正事。"

他的注意力移开的瞬间,焚天指尖轻弹,精纯元气凝化出一根无色的小箭射进了那只六阶血蝎豺狗嘴中。心像被刀子削去了一块,焚天一口黑血从洞口喷了出去,正落在下方一只血蝎豺狗身上,瞬间烧熔出一个洞来。

那只血蝎豺狗正跃在半空中,被黑血烧熔的疼痛让它哆嗦着,从空中坠下,压在了同伴身上。排队击打石笋的队伍被打乱了节奏。

六阶头领张开大嘴吼叫着指挥进攻时,嘴里微凉,像吸了口寒气。

元气凝化的小箭钉在了它下颚左边最有力的大臼齿上。它听到"咔嚓"一声,和它嚼碎人骨的声音一样。紧接着一股令它想飙眼泪的酸意自牙根泛起,整个左腮剧烈地抖了抖。牙龈的神经被元气轻轻弹了弹,这只六阶血蝎豺狗半边脑袋都痛得晃动起来,仰天发出一声凄厉的大吼,嘴里喷出了数枚带血的白齿碎片。

痛苦的吼叫声震耳欲聋。血蝎豺狗几乎同时中止了对赤鲤的围攻,硕大的头整齐划一地转过了方向,齐齐看向旁边的巨石。

六阶头领全身的皮以肉眼可见的速度变成了愤怒的赤红色。

第六章　以命相护

硕大的头摆动着，嘴里吐出一连串风刃，朝着两人藏身之地射来。

所有的血蝎豺狗朝着巨石发动了进攻。

秦有桑刚移开视线，挡在两人和异兽之间的石壁就轰地塌了。

"当心！"秦有桑吼了声，纵身将焚天扑在了地上。她的唇印在了他脸颊上，柔软清凉。秦有桑猛地抬起头，一枚风刃掠过他头顶。他下意识地又埋下头，触到了她的唇。

一切都发生在刹那之间。焚天被扑倒被吻住，只来得及瞪着他。

她的眼睛像一泓碧湖，清澈倒映着他的脸。秦有桑恼火地抬起了脸，看到她双瞳深处似有一圈红焰在燃烧："我不是故意的！"

"嗯。"

他真是恨极了她回答时用这个嗯字！仿佛他就是故意的！

青色的风刃不停从两人头顶削过，石屑横飞。躲着射来的风刃，秦有桑艰难地在石沟里翻过身，腹诽着好心被狗吃了。他就不该想着保护她。焚天偏还在伤口上撒了把盐，盯着他闲闲地说道："你不是打包票说异兽绝对不会发现咱们？"

"小姑奶奶，等我们逃出去再问罪好吗？"秦有桑飞快地解开腰带，将那件厚重的毛皮坎肩握在手里，"你顺着沟爬出去往回跑。我来拖住它们。"

"就靠一把蛮力气？你这是找死。"焚天猜到他的想法，心里又一阵叹息。

秦有桑推了她一把："你修为太低，但是还有希望逃脱。我本是将死之人，意外捡回条命。总不能叫个小姑娘替我这个大男人挡着吧？听话，快走。"

"行啊。我替你挡着。"焚天从他手中扯过了坎肩，将那根附

125

了符箓的竹矛塞进他手里,"给你路上防身。"

一股血直冲进头顶,秦有桑木然地握住了竹矛。就算他知道自己经脉寸断修为尽失时,也没有这般憋屈难受过。这算什么?

焚天拍了拍他的脸:"听话,快走!"

一张俊脸顿时涨得通红。

没等他反应过来,焚天一跃而起朝岩石另一边跑去。那件坎肩在她手中飞舞旋转着,灌注着真气的坎肩如同一面黑色的盾牌,射来的风刃扎在皮毛上,噗噗有声,割裂了皮毛却没伤到她分毫。

看到岩石上跳出来的人,那群血蝎豺狗顿时改变了方向,成群结队朝焚天追去。

但愿引开异兽,赤鲤能趁机逃脱。但愿秦有桑赶紧跑开,她才方便施术脱身。焚天掠下巨岩,奔进了下面的石林。黑色的皮毛坎肩遮住了她的身形,像一面醒目的黑色旗帜吸引着血蝎异兽追逐不停。

赤鲤惊诧地望着突然出现的人。是谁帮他引走了血蝎豺狗?他伤势太重,元气已然耗尽。最后一枚讯号从指间弹向空中。他踉跄着从藏身地奔出,寻了根粗壮的石笋默念法诀,人慢慢陷进了沙地之中。

鹰鸣声划破长空。一只鹰从石林方向冲天飞起。

"不好,魔界小崽子发讯号了。"秦有桑反应快,扬手掷出了竹矛。

贴着符箓的竹矛像一道白色的光,轻松将那只鹰穿透。

鹰变回原形纸鹰被竹矛穿着落到了地上。秦有桑啐了口骂道:"这点小把戏还想瞒过道爷的眼睛?"他捡起那束普通的竹矛往四周看去。焚天提着坎肩穿梭在岩石林中,身后跟着一群发狂的血

第六章　以命相护

蝎豺狗，纤瘦的身影像根草飘来飘去，数次险险避过被啃食入嘴。瞧着惊险万分，可怜得不行。秦有桑豪气顿生，大吼出声："林小天，我来救你！"

炼气三层的真气实在不够用，她铺开神识才堪堪从风刃编织的网中险险避开。焚天体内的真气马上就要耗尽，连番惊动幽光黑虫，受损的心脉隐隐疼痛着。等逃脱回到小境界，她定要长长地休养一段时间了。听到秦有桑的喊声，焚天气得朝他看过去。

秦有桑还站在那块巨岩上，梨花白的锦衣飘飘，潇洒得似要随风而去。焚天郁闷得想破口大骂。为了让他跑远点看不见，她当了半天肉饵，他竟然还在原地看戏？

她不能当着秦有桑的面动用元气法术，无奈之下又兜了回去。只有方才赤鲤躲避的地方能暂时抵挡体形庞大的血蝎豺狗。

跑回来了？正好！秦有桑攀着石缝爬了下去。

一落地，他便加快了速度穿插过去，迎头碰上了那群血蝎豺狗。他扬手扔出了手中的竹矛。竹矛没能刺穿血蝎豺狗的皮，扎在身上碎成了竹片。强大的冲击力将一只血蝎豺狗打翻在地。

"吼！"那只血蝎豺狗弹跳起来，粗壮的尾巴狠狠拍向他。

秦有桑也跳了起来，双手准确地握住了长尾。血蝎豺狗庞大的身躯被他甩起，砸向前方的兽群。

秦有桑惊喜地发现自己速度力量都相当不错，直接拎着那只低阶血蝎豺狗当流星锤使，一番狠砸之后，他冲到了焚天身边。

数道风刃如网撒下。秦有桑手中一轻，只剩下一条尾巴。

"你跑来干吗？"焚天气血上涌。

秦有桑将断尾往后面一扔，笑容灿烂地和她一起跑进先前赤鲤躲藏的地方："要死就一起死。"

谁要和他一起死,她怎么摊上了这个二货?

血蝎豺狗瞬息间围合过来,撞击得石笋摇晃不已。两人先前观察得仔细,直接躲在了赤鲤曾躲过的地方。

"魔界小崽子倒跑得快,把锅甩给了咱们,真奸诈!"方才看戏看得高兴,如今却置身于赤鲤同样的处境,秦有桑愤愤不平。

救赤鲤一命是她来这里的目的。焚天斜眼睃着秦有桑,该怎么弄晕这傻子呢?

血蝎豺狗的身影在石笋间出没,瞧着密密一片。

受伤的六阶头领大吼一声,兽群分开一条路来。它踏着地面靠近石笋丛,慢吞吞地围着转悠了一圈。甩了甩头,舌头舔着空空的牙床,血腥味让这只头领的愤怒升到了顶点。已生灵智的头领用尾巴挨个敲打着外围的石笋,寻找着最薄弱的地方。先前群攻的那根石笋晃了晃。头领一扭身,粗壮的尾巴又击打了下。形如战鼓击响,血蝎豺狗们开始了进攻。

"我突然想到一个问题。"秦有桑好奇地问焚天,"小境界与你血脉相溶。你现在能不能将它收了,然后……"

"它在罡风的风眼中,固定住了罡风团。收了它,罡风会在瞬间迅速移动。或许没等它回到我手中,空间珠就被罡风切碎。我没有十足的把握。"当她傻吗?如果可以收了空间珠,她早就在这里收了,重新躲进去。

"那没有办法了。别怕,我陪你一起死。"秦有桑放弃了。

谁要你这个二货陪着一起死?焚天无语得很,眼神四下瞟着,寻思着实在不行,直接动手算了。

秦有桑还在碎碎念:"除了去魔界替你娘亲杀了那个负心汉。你还有别的心愿吗?"

第六章 以命相护

有。等你保我进玄门拜师学艺后,大路朝天,各走一边。

"你救我之后,我一直在想,天无绝人之路,我定不会这样窝囊地死去,我一定能找到办法重拾修为踏平魔界……"

碎碎念还没完,那根石笋在轮番攻击下发出一声巨响轰隆隆地倒了,砸起了漫天沙尘。缺口处血蝎豻狗喷出的风刃朝着两人袭来。

机会啊!焚天大喊:"躲开!"

秦有桑比她动作还快,又一次扑倒了她。

风刃切割开他背心的衣裳,却无法割伤他坚韧的肌肤。一波波密如急雨打在他后背上噗噗作响。柔嫩的内腑如被石锤狠砸,秦有桑咳嗽着,血喷了一地。

他用力地抱着她,眼前的景象慢慢模糊:"闭上眼睛,别怕。"

焚天的脸贴在他胸口,如同那晚一样温暖。

石笋打开了缺口。

六阶头领冰冷的褐黄色眼珠转了转,停止了口吐风刃。它玩味地看着躺在地上的人类,上前踏出了一步。晃了晃头颅,六阶头领决定将伤害到它的两个人踏成肉泥。

焚天推开晕倒的秦有桑站了起来,从胸前的白布兜里拿出了那支短短的竹笛。

竟然还有一个活着的人?六阶头领鼻翼翕动,嗅到了甜美的人肉香气。它发出了快乐的吼叫声。它喜欢吃鲜活的肉!它张开嘴朝着焚天咬了下去。

一缕笛音响起。笛音尖锐干涩,像一只鸟活生生被扯落着羽毛,叫声凄厉无比。

六阶头领眼中闪过一丝惊惧,下意识地抬头望向天空。

129

物竞天择。它听见了天敌戈壁枭鹰的鸣叫声。

焚天冷漠地转过身来，笛声更急。神识如剑，夹杂在令血蝎豺狗恐惧的枭鹰鸣叫声中刺进它们的头颅。几只低阶的血蝎豺狗发出数声悲鸣，如同饮醉了一般，四肢酸软倒在地上，就此死去。

"吼吼！"六阶头领发出刺耳的尖吼，扭头就跑。

地面轰隆隆地震动着。不过弹指工夫，这群血蝎豺狗就跑得无影无踪。

放下竹笛，焚天脸上血色褪尽。调用神识攻击让她疲倦地想阖眼睡去。她跪坐在地上，把住了秦有桑的脉。

上一次救他时，他的经脉沧海桑田。这一次却是五脏六腑破损，体内血肉模糊一片。

第一次没有杀他，是不知其身份，想从他嘴里探查圣域的消息。

后来没有杀他，是想利用他替自己弄到玄门的功法，担保她来历清白。

这一次，她早知他的身份，也拿到了青山宗的天阶功法，能够避开幽光黑虫修炼。他死了，无人知她来自赤海，她依然可以用林小天的身份出现在无垠大陆，再无后患。

冰冷的理智告诉她不要救秦有桑。可是，为什么她如此不舍得对他下手？焚天轻抚着秦有桑惨白的脸颊，望着沙地上凝固的血迹怔怔出神。他没有抛下她独自离开。都快死了，他还想着让她少受点罪。

焚天的手渐渐移到他的背心："你临死前的愿望是重拾修为踏平魔界来找我报仇。我成全你呀……"

不远处的沙地渐渐突起。焚天细眉一挑，移开了手，扯过那

第六章 以命相护

块被割成筛子似的毛皮坎肩将秦有桑盖住了。

寒风吹拂起一层沙尘。她似乎有点怕冷,用围在脖子上的皮毛将头脸遮住了,只露出一双眼睛。

第七章　故人重逢

察觉到血蝎豺狗离开，赤鲤狼狈地从沙地中爬了出来。他扶着石笋喘息着，看向了焚天所在。

十丈开外的地上躺着三只死去的低阶血蝎豺狗。鲜血染红的石笋丛中坐着一个伶仃单薄的女人。她脚下躺着一个昏迷不醒的男子，是她的同伴？

赤鲤转过身，看到沙地上仅余下同行翼卫被撕碎的衣物，尸体已被撕拆入腹吃了个干净。他的眼睛渐渐红了。他踉跄走过去，捡起散落在地上的腰牌，储物袋和带血的织锦抹额。再也寻不到更多的东西。收拢兄弟的遗物，赤鲤提着长剑朝焚天走了过去。

目光落在盖在秦有桑身上的黑色毛皮上，脑中闪过岩石上挥动皮毛跳跃的身影。赤鲤肯定是这一男一女替他引开了兽群。

焚天望着赤鲤熟悉的面容，心里已转过数种心思。她伏在地上，带着一丝哽咽："求翼卫大人救我兄长性命！"

少女跪伏在地上，青丝从单薄的脊背披散及地。身体颤抖着，不知是伤心同伴的伤重死亡还是逃过一劫后的恐惧。

他在红城出现时，不知被多少身份卑微的人跪拜过。焚天的称谓，低至尘埃的跪拜让赤鲤并没有怀疑她的身份。玄门修士目前还没有渡过莫干河，更不会帮他引走那群血蝎豺狗。

第七章 故人重逢

圣域与玄门大战在即,赤鲤仍然没有放松警惕:"我要看看你的元气。"

焚天心头一紧。她不能动用真气。无论她如何易容改面,都无法掩饰她精纯至无色的元气。焚天是先天混沌之体,元气精纯至无色。见过她施术的人寥寥可数,赤鲤是其中一个,所以他坚认焚天没有弑杀圣尊聂天虹的理由。元气精纯至斯,被圣尊选中一同闭关亲自授艺,她是理所当然的圣尊继位者。

"不要告诉我你不会使用元气。"赤鲤的剑指向了她。

焚天的手掌贴在地面,随时可以一跃而起。是瞒天过海,还是主动出击打伤赤鲤逃走?

他的剑尖轻颤,显露出他已是强弩之末,犹自强撑。圣宫七载相处,她再了解赤鲤不过,他虽然淳厚,一旦交手,就一往直前不死不休。她神识疲惫,动用元气必惊醒幽光黑虫。两败俱伤罢了。

一念至此,焚天心里暗叹,手掌一翻,轻拍着沙地。

一层沙轻浮于地面数息后,沙沙落下。这是圣域极普遍的一阶控沙术。常年在赤海寻异兽采矿石,圣域研制出的控沙术能隔绝异兽嗅觉。修至高阶,便能如赤鲤刚才那样轻松钻进沙下。

无色的元气让赤鲤心头一动。精纯至无色的元气,他只在一个人身上见过。赤鲤听到自己干涩的声音:"焚天!"

焚天像受了惊吓,抬头四顾。毛皮裹住了她的脸,露出水盈盈雾蒙蒙的一双眼睛。四目相对,赤鲤从她眼中看出了惊惶、怯弱,还有完全的陌生。只对视一眼,焚天就低下了头,不敢与他正视。

与红城中那些卑微的奴没有两样。

印象中的焚天瘦弱得像根草，也这样单薄，却没有这样漂亮的眼睛。赤鲤浓眉紧蹙，长剑指向她道："解开你的围巾！"

就算是当年易了容，圣域中也没几个人见过她，何况是她此时的真容。不再服食药物，她的声音也恢复了女子的清越。焚天解开了毛皮，低着头卑微地说道："奴身份低微，不敢污了大人的眼睛。"

调用一丝元气拍出一掌，心脉又被黑虫咬了一口。痛多了，便习惯了，她硬生生地受了。没有呕血，脸色却因为疼痛与疲倦苍白如纸，羸弱得风吹过都能把她带走。

不是焚天。除了身形，除了精纯至无色的元气，眼前的少女与焚天再无一丝相像之处。赤鲤有一丝失望，又有一丝高兴。胸口一口气泄了，剑插在了地上，支撑着他的身体："修为这么低，为何还要冒险救我？"

"奴……是林家的兽奴。曾经见过大人。"焚天早想好说辞，状作惶恐地看了眼被毛皮盖住的秦有桑，颤声道："奴跟随兄长来擒捉幼兽。兄长说，救了大人能领些赏赐……家里长辈想送奴进千鹤楼……"

浑身沾满血污尘土也难掩她的清丽。赤鲤明白了，眼前的兄妹二人想捉幼兽赚元玉讨好长辈，避免被送进千鹤楼为妓。

"原来是林家的兽奴，怪不得你会吹驭兽枭笛。"懂神识音攻术法，元气精纯，赤鲤顿生惜才之意，但是一想少女的年龄，便又摇头打消了主意。十几岁才一阶，元气再精纯也无太大前途。

焚天了解赤鲤。少女兄妹来历可查，身世凄惨可怜，又曾替他引开异兽，赤鲤打消疑心后会出手相助。

"圣域有点修为的人冲着圣宫的悬赏都进了赤海寻人。赤海的

第七章　故人重逢

异兽会回巢躲避，幼兽难以捕捉。带着你兄长回城去吧。"想到新圣尊的悬赏令，赤鲤焦灼不安。整个圣域的人撒进赤海，焚天能躲过这天罗地网吗？

他故意带着手下避开玄门修士集结的西方，希望能先找到焚天。至少他会问个清楚，给焚天一个解释的机会。

赤鲤着急去找焚天，打算离开。

"不敢求大人赏赐……救救我兄长罢！"焚天哀求着。

如果赤鲤能用元气相救，再好不过。如果他不行，也能收些好处。秦有桑经脉与血肉相融，她并不担心会被赤鲤看出端倪。

赤鲤上前，掀开毛皮又是一愣。妹妹清丽无双，哥哥的容貌也是俊俏如美玉一般。秦有桑身上不见丝毫伤痕，唇边挂着血迹。他探了探脉便明白了，秦有桑体内没有丝毫元气。像他这样的人，每年大寒经过天地之气淬体，肌肤如铁，力大无穷。修炼不出元气只能在圣域做最低等的活儿养活自己。为了他的赏赐，兄妹二人冒险引走血蝎豺狗。哥哥因此身受重伤，赤鲤顿起恻隐之心。

掌心催吐出白色的元气游走在秦有桑体内。赤鲤苦笑道："我亦带伤在身，耗尽元气只能暂时保住他的性命。速带你兄长回城医治方为上策。"

储物袋里能用的法宝符箓丹药元玉早已用干净。赤鲤想了想，将地上的三只血蝎豺狗收进了储物袋，扔到了焚天面前："变卖异兽，买些丹药治伤去吧。如果你家长辈再为难你，拿着这只储物袋去山门的值事殿寻我。"

"谢谢大人。奴这就带兄长回城。"血蝎豺狗的尸体、储物袋都是她急需的东西。赤鲤用元气护住秦有桑，省得她又动用元气吐血。焚天捡起储物袋，感激地朝赤鲤磕头。

目送赤鲤离开，她用毛皮裹住秦有桑，提起他朝着那处巨大的罡风团所在狂奔而去。

走出风蚀石林不远，赤鲤听到了鹰鸣声。空中黑色的小点数息后在眼前放大，九只铁青色的巨鹰载着十八名翼卫落在了他面前。

"大哥！"瞧见赤鲤，赤翼卫们欢喜地迎了上来。

想起死在血蝎豺狗口中的那两名兄弟，赤鲤神色黯然："遇到了一群血蝎豺狗，他们死了。"

遇到成群异兽，生死太过平常，翼卫们难过了一会儿便放下了。一名翼卫庆幸不已："好在大哥成功脱险。"

赤鲤有些埋怨："怎么来得这般迟？遇到血蝎豺狗后，我就放出了鹰讯。"

赤翼卫们面面相觑。

"我们收到最后一只鹰讯是在河床沙丘一带。没见到大哥，这才坐巨鹰四处寻找。"一名翼卫说道。

赤鲤微眯了下眼："你们没有收到此处发出的鹰讯？"

半天前赤鲤带着两个兄弟发出鹰讯后就离开了河床地带。来到风蚀地遭遇血蝎豺狗躲进石林之中，根本没有时间发出讯号。直到那兄妹二人引开血蝎豺狗后，他才发出了最后一只鹰讯，施展控沙术躲进沙土中。

看到下属们摇头，赤鲤站上一只鹰："回去！"

巨鹰展翅，一刻钟便赶回了风蚀地。十几个人搜遍了风蚀地，再没见到那兄妹二人。

"大哥，你看这个。"

第七章 故人重逢

细细的竹矛上贴着一张用过的风雷符,上面穿着一只纸鹰。

赤鲤深吸了口气,手指用力,竹矛断成了两截。一个小小的兽奴,能许她不进千鹤楼,已是莫大的恩典。所以,他连她的姓名都不曾问过。帮他引开了血蝎豺狗,却又射下他传讯的鹰,行为怎么如此怪异?那兄妹二人身上另有秘密。赤鲤将疑惑埋在心底,决定回圣域后亲自去林家打探。

巨大的罡风团给焚天指明了方向,她带着秦有桑轻松找到了出来时的那座峡谷。神识探下去,那窟受到惊吓的血蝎豺狗已经回到了巢穴。再吹一次御兽枭音赶走它们?更大的可能是把血蝎豺狗吓得缩在巢中不出来。她今天已经异常疲惫,再用神识攻击会受伤。焚天举棋不定。

秦有桑的脸从毛皮中露出来,脸色白如金纸,鼻孔和嘴里同时往外渗着血。这是内腑破裂而致。

她不能动用元气,炼气三层那点真气用不了多久就耗尽。边恢复边赶路耽搁了不少时间,虽然赤鲤的元气暂时保住了秦有桑的性命,却不能阻止他伤势恶化。除非自己用元气给他治伤,否则秦有桑性命难保。

还是要用元气呀。焚天习惯性地按住心脉。疼痛是有记忆的,幽光黑虫沉睡着,她却已经感觉到了被噬咬的锉心痛楚。

焚天做事果决,她就只问了自己一个问题:想不想秦有桑死?

脑中跳出的第一个念头是不想,她要他活着。

她很怕疼,却很能忍。

焚天拿出那支竹笛,轻轻一捏,竹笛爆开,化为六枚竹签。元气自指尖倾泻而出,青色的竹签泛起一层白光。她转头啐出一口黑血,带着对幽光黑虫的切齿痛恨扯开了衣襟,一掌将六枚竹签拍进了胸口。六芒星的光芒闪了闪，将幽光黑虫暂时困在了心窍之中。

"六天，应该差不多吧。"焚天计算着六芒星阵的效果和治好秦有桑的时间。封住心窍，整个心脉的元气无法调用。不过，对付这窟血蝎豺狗足够了。

焚天气势一变，扛麻袋似的轻松将秦有桑扛下了峡谷。还没走到洞口，血蝎豺狗已嗅到了她的味道。二十几只异兽倾巢而出。被打断大臼齿的六阶头领愤怒地望着她。这个人类竟然还敢踏进它的巢穴？

吼声不再高昂，喉咙里气息流动发出一声声沉闷的威胁。所有的异兽几乎在见到焚天出现在巢穴外的瞬间，全身的皮变成了赤红色。

这是异兽最愤怒的时刻。

"我家的门恰好开在你家的洞窟墙上。我知道你已生灵智能听懂我的话。彼此相邻，相安无事则罢。否则我让你和你的子孙今日悉数毙命于此。"焚天冷冷地望着六阶头领的眼睛。

六阶头领独自往前缓慢踏出两步，与焚天相距不过一丈。这个年轻的小姑娘怎么敢威胁自己？凭什么威胁自己？这里是它的巢穴，枭鹰也难以攻下来，它凭什么退让？它只要跃起，就能将这个狂妄自大的人类踏成肉泥！六阶头领昂起了头颅，决定教训一下这个渺小的人类。正要发出进攻的命令，对危险的敏感令六阶头领冰冷的褐黄色眼瞳收缩了下，它的爪子不安地刨了刨地面。

一缕缕红雾从焚天身上飘逸而出，连绵不绝。清澈如碧湖的双瞳深处一朵小小的红莲缓缓绽放。与此同时，那些飘荡的红色雾气在她身周结成了同样的莲花形状。她就站在雾莲之中，白得

第七章　故人重逢

近乎透明的脸颊映上了一层娇艳的绯色，清丽的容颜散发出极艳入骨的美丽。

如果凌山子活着，他一定会发现，这和他看到琉璃珠中红莲绽放的景象一般无二。

如果秦有桑清醒着，必会认出来，这朵红莲和师傅凌山子本命飞剑嵌着的那枚琉璃莲珠中的红莲一模一样。

如果聂悠悠在此，定会因嫉妒而发狂。这就是她百般折磨焚天而得不到的幻影赤莲。

能让凌山子敢独自面对整座红城的修士劫宝，让圣尊打破圣域与玄门数千年不往来的规矩，闯过赤海，大举深入无垠大陆，拼着身受重伤进攻一个大型宗门也要夺回来的宝物，自有它的不凡之处。

圣洁之息与毁天灭地的气息同时散放。离她最近的六阶头领并不知道这是什么，但本能让它以前所未有的速度往后跳开，庞大的体形直接撞翻了身后的几只血蝎豺狗。

一朵如红翡雕成的精美红莲出现在焚天的指间。她随手一弹，红莲落进了湖中，水面凭空出现一大团浓雾。那朵红莲浮在水面上，于雾中若隐若现。白色的水汽从它四周冒出弥漫开去，转眼间已看不清整片湖面。

不过几息，这片水雾被风吹散，红莲消失无踪。湖中却仿佛曾经出现一条鲸鱼，狠狠吸了一口。鲸吞之下，偌大的一片湖水瞬间少了三分之一，露出湿漉漉的一长截湖岸。

焚天往前走去。六阶头领掉头就跑，感觉迟一点，自己就会被她手中的莲花熔为一摊血水。整窟异兽被烧了屁股似的紧随其后。然而前面没有了去路，二十几只血蝎豺狗蜷缩在岩壁处瑟瑟发抖。

"你,过来。"焚天看向头领。

六阶头领屈着腿爬到了她面前,壮牛般的身躯矮了一大截。

"五天后的午时送二十只黄兔,二十只岩羊到洞口。"焚天头也不回进了巢穴,收走青树种子,自缝隙中掠去。

再不是来时慢吞吞地行走。通道中红色的光影闪过,碰到的山岩如被熔化。一刻钟后焚天便出了通道回到小境界中。

足不停歇,她带着秦有桑跳进了那泓湖水中。

水无风起浪,一件又一件衣物浮上水面,被细浪推到了沙洲之上。

清澈如蓝的湖中生出一缕又一缕的红雾,娉婷袅袅,摇曳多姿。雾影结成一朵硕大的红莲,莲瓣舒展,如丝绸般在空中轻轻飘动。

焚天与秦有桑飘在红莲碧水之间。她掐着法诀,红莲陡然收拢了花瓣,将两人拢在了花苞之中。

与此同时,小境界发生了变化。苍穹之上漫天星辰替代了阳光。

夜色清冷,湖水如镜,湖面雾气如潮生。一株硕大的赤色莲花亭亭玉立,含苞待放。

朦胧光影下,秦有桑沉睡如婴孩。焚天仿佛第一次见到他,手轻抚过他的眉骨、鼻翼、嘴唇。指尖勾勒过线条优美的脸颊,下巴。

她嘟着嘴小心地亲了亲他的唇。薄而有棱角的唇居然很柔软。她嘴里嘟哝出声:"秦有桑,秦归陌。你记着,你是我的。"

秦有桑没有回应她,焚天有点失望。她低下头,那方羊脂玉的花开富贵玉牌坠在他的胸口,随着呼吸微微起伏。她轻轻一笑,抱住了他。心跳声渐而合一的瞬间,焚天体内的元气散逸而出,丝丝缕缕从他的肌肤潜了进去。

星光照耀下,赤色花苞轻轻颤抖着,红影之中隐隐透出两人的身影。

秦有桑舒服地伸展开四肢。

青山宗掌教所在的千瀑峰有一处温泉瀑布,热气腾腾的水自山缝中喷涌而出,热气氤氲,像一道流动的云。瀑布所在的小峡谷里种满了掌教辛苦种植的药草。年复一年,那口温泉池变成了药汤。据说汤浴一次就能长一层修为,因此掌教道君看得甚紧,谁都不肯相借。

趁着掌教在大殿议事之机,他和一群师兄如同山间的野猴儿窜进小峡谷,欢呼着一头扎进了瀑布下的温泉池子里。

温暖的水冲洗着他的身体,他浑身的毛孔舒张开来。温泉水根本没有传说中神奇,却满足了他们的玩心。

梁师妹和其他师妹的笑声脆如银铃。她带头指挥着师妹们偷走了他们的衣裳,大喊"掌门回来了",吓得所有人缩进池子里不敢动弹……不,是他听错了。他分明听到她在得意地笑。

他又嗅到了她的莲香。

她在他怀里蹭着,小狗似的闻着嗅着,小手挠着他。他极痒,却动弹不得,只能恨恨地瞪着她,哪怕瞧不见。

她轻轻笑着。

他很想告诉她,他不恨她。他那样说,不过是恨极了不知道她是谁,不知道该如何找到她。

他爱上了黑夜里素未谋面的她,喜欢她身上馥郁的莲香。

这是一种极其玄妙的感觉,他实在喜欢极了和她在一起。

元气一点点渡进秦有桑的身体,借助幻影赤莲的力量修复着他破损的五脏六腑。他体内重要的窍穴被她的元气打通,如空中的星子,一点点明亮,连缀成完整的星图。

焚天情不自禁地感叹,秦有桑天才之名并非浪得虚名。

人身体的大小窍穴有一千零八个,重要的窍穴三百六十五个。圣域修炼的资质以第一次通窍的数量来定,以后,每通一处窍穴,形如玄门提升一点修为。

窍穴如水桶,打通的窍穴越多,身体能储存的元气就越多,和玄门金丹能储藏的真气远超筑基修为是同样的道理。

数千年来,圣域之中仅有她这样的先天混沌之体,生下来便诸窍全通,元气运转全身大小窍穴毫无阻碍,是以元气精纯至无色。每年大寒,别人的窍穴平时已储满了元气,吸纳精纯的天地之气更多是用于冲击打通新的窍穴,而焚天则是直接存于窍穴之中。是以十几年下来,她体内积攒的元气已经不输给圣域的七位殿信。

一次元气引渡,便能将三百六十五个重要窍穴全部打通的,除了前任圣尊聂天虹,便是秦有桑了。至于其他次要窍穴,则需要他将来自己去修炼打通。

打通最后一个重要窍穴之后,焚天才罢了手。

天地间的混沌之气吸入他的体内,下意识地顺着她元气运行的路线沿窍穴运转,转化为元气存于窍穴之中。焚天轻声说道:"恭喜秦道君,你已经学会了魔功,还是个资质超人的天才。"

想到秦有桑那般痛恨圣域,焚天忍不住大笑出声。她捏了捏他的脸,很期待他知晓真相后的反应。

第七章 故人重逢

莲花花苞已然淡得只剩下一点影子。焚天伸手一拂，便消散无痕。

小境界随她心意而变，天空重新变得明亮，朝阳正从湖中升起。掐指一算，正是五天后。

焚天将秦有桑带回竹楼后便掠出了通道。

正探头往里窥探的六阶血蝎豺狗猛地缩回了脑袋。洞口，黄兔与岩羊堆成了一座小山。异兽流着涎水，却不敢觊觎。

将黄兔与岩羊收进储物袋，焚天很满意："明天午时之前，带着你的子子孙孙离开巢穴百里，寻个地方躲着吧。"

六阶头领有点舍不得地看了眼巢穴。

"看在这些猎物的分上，我不会毁了这里。"

一抹惊喜出现在六阶头领眼中。它感激地朝焚天低低地吼了声，表示明白了。

心脉里的幽光黑虫早就蠢蠢欲动，不甘被压制封锁。截断心脉的竹签从心口冒出来，焚天一掌拍了回去，疼得她额头青筋暴起。

六芒星阵用一次，心穴会受重创。本就被幽光黑虫噬咬得伤重，不取出这些虫子，短时间里她不能再用此阵了。体内还有丹田中炼气三层的真气，一滴元气不剩。取出黑虫前，她只能靠玄门功法慢慢积攒真气增强修为。

秦有桑四天后会苏醒，会发现自己身体的异常。在他醒来之前，焚天要谋划好一切。

她盘膝而坐，眉心浮出真实的幻影赤莲。赤红如血的莲花看上去无精打采。焚天知道，这是耗费元气修复秦有桑体内伤势所致。

她掐着法诀，幻影赤莲缓缓转动。小境界的天空露出一片径窗，灰白色的罡气被莲花的力量逼开。天空如同破了个洞，天地混沌之气倒灌而下，自焚天头顶的神庭穴狂泄入她体内，沿着体内的窍穴运行被转化为精纯元气。

时间有限，能攒多少是多少吧。

第二天正午，赤海戈壁上的风突然停了，空气如同凝固了一般。游弋在赤海中的圣域修士停下了脚步。集结在莫干河南岸扎营的玄门高手吃惊地察觉到了异样，开启了防御阵法。

赤海之东，莫干河南岸，寻找结婴机缘的青山宗金丹修士于剑生正兴致勃勃地与一道小罡风斗剑。数月来，与罡风斗剑之中他感觉自己离元婴的距离越来越近，近到能一剑捅破屏障。然而，这道罡风突然消失了。

于剑生讶异地仗剑四顾，这片地区肉眼所见的罡风竟然全部消失了。他暗生警惕，在身边布下了防御阵法。

百里开外的另一条狭窄的地缝之中，六阶血蝎豺狗与一家大小瑟缩地挤在一起，不敢露头。

戈壁沙海中那团状如城池的巨型罡风突然停止了旋转。静静地停滞了半个时辰后，沉雷般的声响从灰色的气团中响起。雷鸣般的声音轰隆隆响个不停。刹那间，罡风气团突然炸裂，一枚小若弹丸晶亮的琉璃珠从中弹射而出。

风乍起，百丈高的沙暴翻腾滚动遮天蔽日。天昏暗如墨，整个赤海陷入了黑夜。

无人知晓沙暴从何而来，何时而终。

异象足足持续了五个时辰。赤海又恢复了往常的情形。赤海

第七章　故人重逢

么，本就该惊险万分。在所有人眼中，都极为正常。沙暴停止之后，赤海上空露出湛蓝澄静的夜空，星辰点点聚集成河。

莫干河南岸的一处沙丘上，焚天奋力地将埋在沙里的秦有桑拖了出来。

一摊摊黑血在干燥的沙地上燃烧着，熔出一个个浅浅的沙坑。焚天趴在沙丘上，觉得自己连心肝都要吐出来了。好不容易攒了一天的元气全部用来脱离罡风团。限制幽光黑虫的六芒星阵已经碎裂，被激怒的幽光差点将她的心脉咬断。

等着幽光重新蛰伏沉睡，她虚弱地摊开了手掌。掌心浮现的琉璃珠依然剔透，只是多了数道更粗的裂痕。这个空间法宝没有修补好之前暂时也用不得了。

收了琉璃珠，焚天转头看身边躺着的秦有桑，心里不平衡了。

秦有桑面色红润，唇带浅笑，睡得正香。焚天恨恨地朝他挥了挥拳头。行吧，她付出如此大的代价，心脉还不知道要将养多久才能补好，以后，就指望秦有桑报恩孝敬自己了。戈壁荒凉，四顾无人，她寻了个舒服的位置，拉过秦有桑的胳膊当枕头就此昏睡过去。

一缕清晨的阳光翻过沙丘移到了秦有桑脸上。俊美如玉的容颜被阳光映得生机勃勃。长而微翘的睫毛动了动，似乎觉得光有些刺眼，他翻了个身，胳膊自然而然地搭在了焚天腰间，胸前不再空荡荡的。他很满意这只"软绵绵长枕头"的大小，腿也搭了过去，彻底将她圈在了怀里。

睡着睡着，秦有桑觉得不对劲了。被窥视的直觉让他头皮发麻，他睁开了眼睛。

阳光将沙丘耀得金灿灿一片,一个人蹲在三尺开外的沙丘之上。长剑插在沙地之中,那人的双手按着剑柄,下巴搁在手背上,眼神惊奇地好像在看公鸡产崽儿。

又是幻觉吗?秦有桑慢慢放松了身体,眨了眨眼睛,直愣愣地盯着对方。他越看越觉得中年儒生眼熟,看见阳光从那人身上拖出的影子发生了变化,秦有桑试探地喊了声:"二师兄?"

于剑生掏了掏耳朵,抬头看了看天,风和日丽,晴天无雨,更无雷劈下。又低头将下巴搁在了手上,风度翩翩地微笑:"好久不见。小师弟。"

"二师兄!"秦有桑的声音拔高了几度,从沙地上坐了起来,眼里盈满了欢喜惊奇激动。不是幻觉,蹲在沙丘上的人真的是二师兄于剑生啊!

"师弟以天为被以地为床揽美入怀,睡得甚是香甜。师兄实不忍惊扰。"于剑生说着睃了眼被秦有桑推到一旁的少女。啧啧,想不到啊想不到,瞅着一线光芒自北方而来落在此处,觅迹而至竟然观赏到如此香艳的一幕。

于剑生细细端详七年多未见的小师弟,俊颜依旧如故,面色红润眉染春意,过得甚是滋润哪。他心中油然生出一番踏破铁鞋无觅处得来全不费工夫,冥冥中自有天意的玄妙之感。敢情他数月前心血来潮不是因为结婴的机缘而是落在了此处?

师兄在说什么?他怎么听不懂?秦有桑最后一个记忆是在风蚀地那片石林之中,可如今四周黄沙漫漫一望无垠,别说石林,石头都不见一块。再低头,他看到了昏睡不醒的焚天。

"林小天!"秦有桑顾不得和久别重逢的二师兄叙旧,一把将人捞到了怀里。

第七章　故人重逢

　　他记得自己失去了修为，无法查看她的经脉。见她没有外伤，却又叫不醒，他急得不知如何是好。

　　于剑生兴致勃勃地维持着在沙丘上蹲坐看戏的姿势，眼里的惊奇渐渐变成了同情，长声叹道："师弟呀，这七年来你受苦了。"

　　小师弟的脑子定是被折磨得坏掉了，真气一探便知，他着急啥啊！

　　这一出声，秦有桑反应过来了："师兄你快来瞧瞧她。"

　　小师弟的修为明明比自己高啊？这是什么状况？度人不度己医者不自医吗？于剑生深深看了他一眼，也不看戏了，起身过去，把住了焚天的脉。

　　容貌清妍，皮肤似润泽的羊脂玉，身材纤细得像根草似的……啧啧，原来小师弟喜欢这样的。于剑生腹诽着，认认真真将焚天的经脉探了个遍。不知来历，他总得替小师弟把把关才是。

　　他的眉梢微微一扬。

　　秦有桑急切地问道："如何？"

　　她是哪家门派的弟子，才炼气三层的修为怎么敢来赤海？小师弟和她又是怎么回事？于剑生心里的疑问挨个儿冒着泡。

　　"究竟怎样了？"

　　这个叫林小天的小姑娘对小师弟很重要啊。于剑生眉眼耷下斥道："急什么。"

　　小师弟素来沉稳内敛，闻风雷而色不变，难得见他着急，就多急会儿吧。于剑生磨蹭了半天看够了秦有桑急得团团转的傻样，才慢吞吞地说道："她的心经似有些损伤，体力耗尽，累极而昏睡。"于剑生颇为遗憾，他来得太迟，没看到大戏。掏出一枚丹药喂进焚天口中，于剑生道，"我给她服了扶元丹，休养两天便好。"

心经受损,体力耗尽?之前发生过什么?他们怎么逃离异兽来到了这里?秦有桑按下了心中疑问,坐在了沙丘上:"多谢二师兄的药。让她睡吧。归陌与师兄久别重逢,正有无数疑虑请师兄解惑。"他掸了掸衣袍上的沙尘,坐得四平八稳,语气也变得沉稳斯文,"七年未见,不知师父他老人家身体可好?大师兄结婴可有机缘?二师兄又为何深入赤海?"

总算找到了往昔熟悉的感觉。可是小师弟呀,你为一个小姑娘情急色变,对七年未见的二师兄就不能表现得激动一点?于剑生腹诽着,盘膝坐在了秦有桑对面。四下无人,回北沙城前正好将小师弟的情况打听清楚。他想起了陨落前还惦记着秦有桑的师父凌山子,有意先回避了这个问题,开口反问道:"师弟落入魔尊之手被带到魔界七年,为何会同一个炼气弟子出现在赤海?"

秦有桑横了他一眼。他现在关心的是师父!

好吧,你是崖主,修为比我高,开口就问师父,尚有孝心,二师兄我便忍你一回。于剑生叹了口气,拿出一只玉盒打开,取出一枚玉符弹至空中。玉符徐徐燃烧,出现凌山子盘膝而坐的影像:"剑儿。为师已现油尽灯枯之象,这便要去了。为师放心你和石南,独牵挂你的小师弟。为宗门颜面计对归陌被魔界掳走一事秘而不宣,自不会遣人营救。寻找归陌一事为师便托付给你与石南。不必回转宗门,就此叩别吧。"

话尽,凌山子影像消失,玉符坠落在盒中,被于剑生收起:"只能用三次,最后一次留给肖师兄出关后看。"

师父竟然陨落了。秦有桑呆若木鸡,脑子乱成一团。当初他筑基之后被凌山子收徒。第一次去滴水崖拜见,秦有桑吓了一跳。太上老祖凌山子如同一具人皮骷髅,露在衣衫外的肌肤是新长出

第七章 故人重逢

的皮肉，红白夹杂，望之狰狞恐怖。那张脸无鼻无唇无耳，只剩下几个洞，空空的眼眶里仅有的一粒眼珠子黑漆发光。

秦有桑被凌山子那只黑漆漆的独眼盯着就浑身汗毛竖直。他宁肯缠着二师兄讨教也不肯面对师父。为了少见师父，他发狠勤练，接宗门外勤任务跑得比兔子还快。直到有一次他下山游历，救了翠微派掌门的大小姐萧牡嫣，没过多久萧大掌门便亲至青山宗提亲。当时的青山宗不如翠微派势大。萧大掌门为了满足爱女的心愿备了一份厚礼，许诺两人成亲便亲自将翠微派的绝技传授给秦有桑。那份厚礼连掌教道君都心动不已。特别是那株三千年份的九转还魂草，服下立时便能长肉生肌，正是凌山子所需。

凌山子却将自己最需要的灵草退了回去，翻着那只幽亮的独眼说："我徒儿不愿。"

秦有桑虽有天才之名，当年到底不过才筑基修为。

掌教道君连叹可惜，却拗不过凌山子，只好把秦有桑单独叫到一旁直言相劝："萧大小姐人美如娇艳牡丹，修行上也颇有天资，配你足矣。更遑论做了翠微派掌门唯一的女婿，好处不少。若是换了本座，不论是为自己考虑还是徒弟的自身前程，本座都会点头同意。你师父就为了你一句不喜便拒了。唉，好生孝敬你的师父吧。"

他越想越觉得自己不肖，惶恐去谢师父。讷讷提及那株九转还魂草，凌山子鼻孔朝天道："只有我的弟子挑人，还轮不到翠微派摆出一副讨人入赘的架势。"

私底下，二师兄悄悄告诉他，师父曾自语道："归陌美玉良材，岂能为了本座一身皮相委屈娶个不喜的女子。"

秦有桑回顾往事，眼睛渐红，不由得伏地痛哭："师父，徒儿不肖！"他连为师父报仇的话都说不出口。他已无能耐，是个废人了。他对不起惦记他的师父！他怎么有脸回青山宗？怎么有脸回去继续做滴水崖崖主，青山宗长老、师兄们若是知道他不能再修炼了，该有多心痛？秦有桑将脸埋在沙地上，恨不得死在异兽手中，不再见到二师兄。

"师父知你平安逃出魔界，便心安了。"于剑生唏嘘不已，眼里浮起阵阵氤氲，"七年前师父重创魔尊后新伤未愈旧伤复发。五年前陨落时传音于我。大师兄闭关结婴。是以，这七年来，为兄一直在赤海，伺机去魔界寻你。你是怎么逃出来的？"

秦有桑良久才收拾好情绪，起身又拜于剑生："这七年辛苦师兄了。归陌无能……"

于剑生一把扶住他，叹道："是师兄无能，不能早日去魔界救你。"

"不怪师兄。其实……魔界尊主当年被师父飞剑重伤，掳走我后就无暇管我，一直将我关在牢中。前些时日，魔尊死了，我便趁乱逃了出来。"秦有桑瞥了眼昏睡中的焚天，"路上遇到了这丫头，就结伴一起。"

"原来如此。"

青山宗隐瞒秦有桑被魔界掳走的事，对秦有桑而言，亦是奇耻大辱。于剑生不想再提，转开了话题："难怪魔界中人近日大举出现在赤海，定是为了追捕师弟。此地亦非久留之地，师弟与我不如先回玄门驻地，路上我再告知师弟驻地详情。"

秦有桑也觉得此地非久留之地，当即同意。

于剑生警觉起来，说走就走。他招来长剑浮于空中，轻巧踏了上去飞至半空，低头看向秦有桑，示意他带上焚天一起飞离此地。

师恩如山。二师兄在赤海寻他七年。他该如何告诉他自己修为尽失已成废人？秦有桑难以启齿，话到嘴边换成了另外一个意思："师兄，能否先让我换身衣裳？"

还是那个爱洁好面子的小师弟呀。于剑生失笑驭剑落下，这才注意到秦有桑身上那件用布索连缀成片的宽袍。

"啧啧，这小姑娘的手艺实在太差了。这手针线活难找婆家哦。"于剑生感叹出声，猛地看到秦有桑气冲冲地别开脸。他摸着下巴呵呵笑道，"心意难得，心意难得。"

修士的衣袍有宗门的，大都由宗门提供，无宗门的散修自会去坊市购买，会自己缝衣裳的确实也少。不过，那般好洁重颜面的小师弟肯穿上这么一身破烂布片，对这小姑娘确实与众不同。

扔给秦有桑一套新衣，于剑生见小姑娘躺在沙丘上还没醒来，一头长发铺在了沙地上，满身沙土。他没有适合小姑娘的衣袍。心想到了驻地，被人瞧见她蓬头垢面，小师弟会很没面子的。他便多了句嘴："归陌，你施个清洁术与她罢。"

这种事，自然无须他这个师兄代劳。

秦有桑又傻了，他半点真气也施展不出来呀，但他更不想让师兄探脉看到自己体内断裂溶化的经脉。怎么办呢？

"清洁术……你不会忘了吧？"于剑生翻了个白眼。又不是叫他给小姑娘脱衣裳洗澡。清洁术这种炼气一层就能施展的法术他怎么会忘？可惜，他连这个都施展不出来。秦有桑只得垂头丧气地掐了个法诀随手往焚天身上一扔。看我连低阶法术都施展不出来师兄才会真的伤心难过——一团白光柔和包裹着焚天，如水般流过她全身，沙尘尽去。

"走吧。"于剑生踏上飞剑率先往玄门驻地飞去,留下秦有桑傻乎乎地愣在原地。他的身影已上了半空,秦有桑才恍惚地抱起了焚天。

百年修炼至元婴,飞驰于空中如同呼吸般自然。身法一动,已与于剑生并肩而行。秦有桑浑浑噩噩,如坠梦中。他哪来的真气?

第八章　明着敲诈

两人飞了大半个时辰，于剑生絮絮叨叨讲述七年来玄门建立北沙城的情况。玄门修士一路探查深入赤海，并在沿路一带设置临时驻地。最近察觉到魔界中人大举进入赤海，更有大批魔界修士在赤海中部玄门最前沿驻地的对面集结。双方对峙近一个多月了，不知何时就会开战。玄门大为紧张，紧急调人增援，如今赤海中的临时驻地已扩成一片连营。

秦有桑左耳进去右耳出去，满脑子都在想他莫名其妙出现的"真气"。

"方才还没问你。这位姑娘是哪个宗门的？炼气三层的修为怎么敢进赤海深处？"于剑生连问了两遍，秦有桑才回过神来。

魔界生变，他逃了出来，意外被异兽逼进了林小天的小境界……他记得自己经脉与血肉相融从此失去修为成了个废人！秦有桑一个筋斗从半空中栽下，不等于剑生惊呼出声，一个翻身又飞了上来。

"说来话长。"秦有桑目无表情。

"方才师弟是……"

"归陌太过欢喜。"

于剑生瞠目。飞剑随着他的心情在空中颠簸了下。他险些也没站稳翻个筋斗——小师弟呀，堂堂青山宗长老滴水崖崖主元婴道君欢喜起来翻筋斗玩？形象呢？威仪呢？

秦有桑板着脸道："师兄不是外人。"

一句话令于剑生险些泪目，顿觉七年长驻望海城苦有所值。不过，可怜的小师弟哟，被折磨得多惨啊。一朝脱困欢喜成这样……啧啧。

这时，秦有桑板着一张脸又道："师兄为何不将那艘七宝船拿出来？"

于剑生恍悟，小师弟抱着个姑娘出现在营地实在有损他的身份与威严。不过，听小师弟语气，似有些不满？于剑生摇头叹息好人难当。自己驭剑飞行，创造机会让你多抱一会儿心爱的小姑娘，你还不领情？扔出七宝船，于剑生也不驭剑了，站上船头甲板掀袍盘膝而坐："如此正好方便与师弟叙旧。"

"师兄稍等片刻。"

"师兄明白，不急不急。"于剑生笑得意味深长。望着秦有桑抱着小姑娘近乎飞进了船舱，于剑生颇有种吾家男儿已长成的感慨。

小师弟进滴水崖八十多年，自己替他挡了多少桃花，拒了多少女修，收了若华道君多少好处……哎呀，于剑生一巴掌拍自己的脑门上。想起若华道君，他就想起了梁秋怡。

他记得最近千瀑峰换防弟子就是由金丹真人梁秋怡领队到来的。这么说，一回营地，小师弟就要见到对他相思已久的梁秋怡。梁秋怡见到小师弟如此细心体贴恋恋不舍地对待别的小姑娘，闹起来怎么收场？

他不是外人，小师弟与那林小天当着他的面卿卿我我便罢了，

第八章 明着敲诈

到了营地可不行,他一定要劝劝小师弟收敛一点。小姑娘才炼气三层的修为,以小师弟招桃花的体质,一个护不住,被弄死弄残都有可能。

秦有桑哪知二师兄的猥琐心思。他将焚天抱进舱室扔上床迅速关上了房门,立时盘膝而坐,神识探进了体内。他要坐七宝船,是因为这种飞行法宝的舱室一般都有着隔断神识查探的禁制。他一路上挖心挠肺地太想知道自己哪来的真气。和二师兄"叙旧"之前,他也需要先了解自己的情况,才知道怎么叙这个旧。

断溶掉的经脉并没有重新续上。秦有桑意外发现身体里多出了很多类似于丹田的地方,储蓄着真气。神识一数,足足有三百六十五个。秦有桑在舱室内连用了好几个法术。真气充盈,运转毫无凝滞之感。他阖目入定,吸纳灵气。灵气入体后,秦有桑又发现灵气自主顺着身体内的一些地方运行。这些通道并非经脉,而是像丝线一样将那些类似于丹田的地方串了起来。灵气从一个小"丹田"流向另一个小"丹田",游走完所有的"丹田"之后,和以前在经脉中循环一个周天一样,吸入体内的灵气就变成了真气,储进了那些真气未满的"丹田"。他细细观察,灵气流经的这些"经脉"和"丹田"遍布全身,如同一张网。

其中还有一些未亮的地方。小"丹田"里的真气如臂使指,心所念动。秦有桑一催动,便朝着一处未亮的地方涌去。突然,他隐约感觉到啪的一声,像捅破一层灯笼纸,光投射而出,那处地方亮了。真气又多了一个储存的地方。

"啧啧。"秦有桑睁开眼睛,满脸震惊。

他的身体像是天穹,身体内的几百个小"丹田"和那些还未被捅破的灯笼则像遍布于穹顶的繁星,而且他细细察看过,并无任何隐忧。

和从前比较，虽然没有了元婴，可是这些小丹田能存储的真气更多。他的修为好像比从前还高了一点点，隐约已经有了元婴中期的实力。

如果将那些灯笼都戳破，他的修为会到元婴后期，甚至超过元婴后期吧？那又是什么修为？无垠大陆还没有出现过。感觉一个全新的修炼世界在眼前打开了大门，秦有桑越想越沉迷。

"小师弟，为兄等你叙旧已等了四个时辰。"于剑生听着舱房中似有动静，又归于平静。

稍等片刻能变成四个时辰。于剑生忧伤地想，素来不近女色的小师弟如今也会为了小姑娘信口雌黄胡说八道了。

已经过去了四个时辰吗？秦有桑这才想起二师兄还等着与自己叙旧。

他起身时看了眼焚天。大概床榻比沙地舒服，她的睡颜隐隐带着笑意。

从血蝎豺狗口中逃脱到他体内发生的怪事，林小天是否知道，又知道多少呢？这一切都只能等她睡醒后私下再问了。

虽然还没弄明白是怎么回事，重获修为，秦有桑心情愉悦之极。

这番满面红光神清气爽之态落在于剑生眼中，就别有一番滋味了："小师弟呀，那位林姑娘年纪尚小，不宜再过劳累了。"

"嗯。她一直都没醒。"

于剑生险些被噎着。小姑娘不就是被你折腾得体力透支累极昏睡？人家一直没醒，你竟然还……禽兽呀！思想教育问题先放一边，于剑生更关心秦有桑这七年的遭遇。他摆出一套茶具，行云流水地煮了一壶热茶："这七年你在魔界如何？"

秦有桑拣能说的简单说了，把被迫当了回炉鼎又失去修为的事瞒了下来。他原本已经闭关冲击元婴中期屏障。以他的修为地位，整个无垠大陆也无人敢伸手探他经脉。他的真气也与从前一般无二，无人看得出来。只要林小天不说，无人知道他经脉断裂修为尽失。身体内那些如同经脉与丹田的奇怪存在，没弄明白之前，他不想让任何人知道。

"她只是你的救命恩人？"于剑生差点把手里的茶泼了出去，手颤得厉害。小师弟，吃干抹净还不想认账？真是禽兽不如呀！

秦有桑奇怪地反问道："师兄为何如此吃惊？"

于剑生深吸一口气："你和她不是已经……"

"二师兄！"秦有桑恼怒之下便叫出了排行，"我与她清清白白。方才沙丘……我不过是昏睡未醒，以为是个长枕才抱在怀里。"

小师弟睡觉是有抱枕头的习惯。难道他真的误会了？于剑生好奇地问道："那方才师兄听到舱中的动静是？"

"我试了下修为，用了几个法术。二师兄想多了。"秦有桑板着脸道。

于剑生仍不死心地追问道："真的不是喜欢那小姑娘？"

秦有桑的回答让他彻底死心了："我对阳春面没胃口。"

俗世里的阳春面指的是没有肉臊子浇头的清汤素面。原来小师弟觉得小姑娘寡盐少味啊。那个林小天容貌倒是清美，不过身材太过单薄平板。于剑生秒懂。能这样毒舌形容林小天，小师弟还是原来那个不近女色的小师弟呀。于剑生顿觉省了太多麻烦，至少玄门驻地中倾慕秦有桑的女修不会因为嫉妒打打杀杀了。所谓不患寡而患不均。小师弟谁也不喜欢，大家心里都平衡。他突然喜欢哪一个,其他人就要打烂醋坛子了。

于剑生便道:"林小天身世如此可怜,修为太低,又拥有空间至宝,流落在外难免受人欺负,不如纳入宗门传授其功法,回报她的救命之恩。"

"我也是这样想的。只有留她在青山宗,我方能护她周全。"除了报恩照顾她,还因为她知晓他的情形。秦有桑下定决心要把林小天留在青山宗,放在自己眼皮子底下看着。

两人又讨论猜测了一番当天秦有桑逃脱时魔界圣宫变故与如今魔修大举进入赤海是否有关。于剑生看了眼周围地形道:"前方那片山脉便是前线营地所在。"

秦有桑起身道:"师兄,我去叫醒林小天。"

总不能抱着她进营地去。在到达之前,他也需要和林小天好好谈一谈互相保守秘密的问题。

推开舱房的门,焚天坐在床边,怀里抱着一只条形锦枕,似笑非笑地望着他。

秦有桑瞥了眼那只枕头,心里有点别扭。他装作若无其事,上前"随手"将枕头从她手里拿走扔到了床上:"睡得可好?"

焚天伸手又将枕头捡了回来,抱在怀里摸啊摸:"睡得很舒服。"

摸得秦有桑后颈汗毛直竖。

她什么时候醒的?难道她偷听到他和二师兄叙旧?

他和师兄都没有觉察到异样,林小天如果偷听,应该瞒不过两人的神识。这么一想,秦有桑告诉自己不过是巧合罢了,又镇定下来:"师兄给你服了扶元丹补身,说你累极了。那天……"

"秦归陌,我饿了,吃过饭再说吧。这是什么地方?"焚天终于把枕头扔开,站起身来。

第八章　明着敲诈

　　二师兄也早已辟谷，不会携带食物和辟谷丹。秦有桑道："在我师兄飞行宝船上。再过一会儿等到了营地……"

　　焚天揉着肚子又打断了他的话，一脸馋样："我很想吃碗热气腾腾的面。牛肉面、兔子面、脆哨面，哪怕只是一碗清汤寡水的阳春面也行呀。"

　　听到阳春面三个字，秦有桑才吸进去的一口气噎在嗓子眼，差点背过气去。睡醒抱个枕头是巧合，她想吃阳春面难不成也是巧合？秦有桑想到林小天的古怪之处，下意识觉得她一定是在装睡。她是怎么避开自己和二师兄察觉的？她的神识总不可能比他们还强大吧？秦有桑缓过气来，心里惊疑不定。

　　看见秦有桑变幻不定的脸色，焚天不生气了。反正不管他是碗什么面，早就被她吃干抹净了。她抢先问道："说吧，那天你为什么要装重伤昏迷，为什么趁我不备弄晕我？你和你师兄究竟是什么人，要带我去哪里？"

　　倒打一耙！这些都是他想问她的问题！

　　那天他为了护着她，被血蝎豺狗的风刃打得吐血昏迷，到她嘴里就变成装神弄鬼，还把她给弄晕了？秦有桑气极："我没事吐血好玩吗？"

　　你还"欢喜地"在空中翻过筋斗，差点把我扔下去呢！焚天腹诽。她猜测着："难不成是你师兄躲在暗处出手打昏我的？"

　　两人互相瞪着对方，都没能从对方眼中看出丝毫端倪。

　　秦有桑深吸口气："好，我先说。我只记得当时在风蚀石林中昏倒，醒来后已在沙漠之中。师兄意外出现在我面前，于是带着你一起上船回玄门营地。"

　　"我那天以为必死无疑。空中突然飞来了戈壁枭鹰，正是血蝎豺狗的天敌。它们顾不上吃了我，四散逃离。我瞧着地上有只储物袋便跑出去捡了。正打算带着你逃回小境界结果被人打晕了。醒来后，我就在这里了。"两人话里唯一出现的人只有那位二师兄。焚天理所当然地下了结论，"所以，偷袭我的人只能是你师兄，是他把我们带走了。"

绝无可能是二师兄。秦有桑信任于剑生，林小天的话他半点都不相信。他讥讽道："你又认得戈壁枭鹰了？还晓得是血蝎豺狗的天敌。也是你娘亲告诉你的吧？"

"可惜，我娘亲没有教会我如何辨识人心。我也不知道你说的话是真是假呀。"焚天悠悠叹道。

她的腰带上果然挂着只绣着羽翼的储物袋，秦有桑道："给我看看。"

焚天大方地把储物袋给了他。

神识一扫。里面只有小山堆似的黄兔、岩羊还有三只血蝎豺狗的尸体。秦有桑看得两眼发直。魔界小崽子不会辟谷吗？装这么多肉食在里面。除了这些，储物袋中没有其他东西。

"看过了？还我！这可是宝贝。能装好多东西。"

焚天的珍惜让秦有桑莫名地想起小境界里的清贫日子。她仍然穿着那件胸前缝了块白布的旧衣裳，全身上下就这只捡来的储物袋值点灵石。

那块白布兜是他亲手缝的。他现在都记得她气急败坏的模样。

秦有桑又想起了那天她把唯一贴有符箓的竹矛给他防身，自己跑出去引开那些血蝎豺狗。他心里顿时涩成一片。就算那天她做过什么，她也没有伤害他。不仅如此，他的伤势痊愈，还有了修为。秦有桑不想再逼问下去了。他把储物袋收了："回头另外给你一个更好的。这上面有圣宫翼卫标志,不能用了。"

焚天舍不得里面的兔羊:"黄兔的肉比岩羊肉嫩,烤来吃最美味不过,出了赤海就吃不着了。"

那晚雪落,她和他一起抢锅子里的岩羊肉。她生怕抢不过他,鼓着腮帮子使劲吹凉羊肉,狼吞虎咽生机勃勃,很可爱。把他涮得干干净净,他半点都不生气。

"换了储物袋再给你。"他保证不扔掉。突然想起师兄说过,她心脉受损的事,秦有桑一把握住了她的手。

焚天吃惊地看着他:"你做什么?"她心里异常紧张。知道秦有桑是想探查自己的经脉。他现在体内拥有的不是真气而是元气。元气只侵入她的经脉便罢,一旦游出奇经八脉与丹田,立时便会惊动幽光黑虫,她受不住。

一缕元气探进了她的经脉。在他的"真气"探查之下,熟悉的奇经八脉、丹田、炼气三层的修为一目了然。感觉到他的元气流动,焚天不能让他的元气离开经脉查下去,像是震惊至极刚刚反应过来,瞪圆了眼睛尖叫:"你怎么会有……"

秦有桑忘了舱房能隔绝神识查探,下意识地将她扯进了怀里,捂住了她的嘴:"别嚷嚷!"

一抱入怀,秦有桑便生出种熟悉的感觉。难道是抱"枕头"抱久了?柔软的唇瓣抵在他掌心。她仿佛想挣扎着说话,嘴唇嘟起"亲吻"了下他的手掌。秦有桑烫了手似的松开了她,脸也转到了一边:"我经脉寸断废了修为的事,你不能说出去。"

焚天舔了舔嘴唇,唇角不经意地弯起:"嗯?"带着点鼻音,余音袅袅。

听得秦有桑的心颤了颤。他突然很生气,恶狠狠地说道:"你想让我杀你灭口吗?"

焚天抬起了脸,脖颈的曲线纤细而优美:"好吧。我不说出去。所以除了救命之恩。你又欠上我一个大大的人情?"

这次,她休想再算计他。秦有桑板着脸道:"救命之恩是另一回事。这次是交换!无支祁的皮袋、空间珠,消息传开,林小天,你修为这么低,能保住吗?"

焚天摊开手掌,琉璃珠自掌心浮现出来:"不知为何,它自动回到了我体内,但是变成了这个样子。"

剔透的琉璃珠子上面出现了好几条肉眼可见的裂纹。

秦有桑马上许愿:"我会帮你修好它。"

收了琉璃珠,焚天气定神闲地走到案几旁坐下:"我自己可以卖掉无支祁的皮袋,买材料修好它。这个条件不够。你经脉都没了却还能有真气,啧啧。你得付出更多的报酬才能让我帮你保守秘密。"

果然是以退为进想和他谈条件。狡猾的丫头!他还不信了,比她多活几十岁还谈不过她。秦有桑坐了过去:"你孤身一人出现在赤海。你的身世来历又有多少人会相信?"他循循善诱,"其实我真实身份是青山宗的长老,滴水崖崖主,修为已至元婴中期,无人会质疑我的话。只要我说你和魔界有瓜葛,林小天,你立时便会成为众矢之的。"

"原来你不是筑基而是位元婴道君呀。青山宗滴水崖的那位也不是你的兄弟,而是你的某位师兄弟。"焚天的大眼睛里噙满了伤心,"秦归陌,你的名字是真的吗,我还能信你几分?"

秦有桑被她的眼神看得恼羞成怒:"秦某名有桑,字归陌。不过是隐瞒了身份。什么筑基……那是你见识浅薄自己猜的,我可

第八章 明着敲诈

没说过！"

焚天见好就收："这么说，以后你都会护着我？"

"只要你加入青山宗，我自然能护你周全。"在他眼皮子底下，不怕她作妖。

加入青山宗眼下成了她最好的选择。焚天点头同意："除此之外，我还要修炼的功法丹药灵石法宝。"

原本就打算给她的，秦有桑爽快地应下："成交。"

这时，他装作才想起一事来："除了保守我修为的秘密，对外也不能说你救了我，而是说我救了你。"

这是他的耻辱，也是青山宗的隐秘。

令焚天熟悉的那种忽悠人的笑容又出现秦有桑脸上。他一副替她着想的模样："你是个跟随散修长辈进赤海挖矿的弟子，唯一的姑姑死在了异兽手中，我恰巧路过救了你。没有人知道你在赤海里生活过，你从前的身世说出来会让玄门修士骂你是魔界小崽子。"

怕她说出去丢人呗！焚天撇了下嘴，同意了。

秦有桑愉快地起身："如此便说定了。随我去见我二师兄吧。"

去见那位眼神灼灼的二师兄呀！焚天微眯了下眼睛。

又在外等候了极长时间的"片刻"，于剑生终于等到两人出来。

"林姑娘，这是我二师兄于剑生。他已是金丹后期修为。"秦有桑不想让师兄再误会，语气疏离。

在别人面前她不过是被误抱的长枕头，而且还是称呼都陌生的林姑娘。焚天羞涩一笑，斯文极了："二师兄，小天有礼了。"

没有叫前辈，也没有叫于真人。这声自来熟的二师兄把师兄弟二人雷成了两只呆瓜。于剑生微张着嘴，眼神偷偷瞟向秦有桑。

小师弟呀，林小天真的只是你的救命恩人？

秦有桑也微张着嘴。一个炼气弟子对金丹修士不称前辈也要尊称一声真人。她呢，直接叫二师兄？小天？她还真不拿自己当外人啊！

焚天暗暗撇了撇嘴。不过叫了声二师兄，就一副她大占便宜的模样，瞧不起她只有炼气三层的修为。照此推想，将来进了青山宗，她见着秦有桑这个元婴修士得喊祖宗？

想得美哦！

"那是什么地方？"她要提升修为，少不得依靠两人。时间长着呢，有的是收拾他们的机会。

焚天朝下方看去，飞船下方出现了一座褐红色的石山。石山不算高，连绵起伏数百里。山岭之间有一条宽达百丈的沟壑地带。隔着沟壑，两边在同一处石山垭口的宽敞空地上隔着建起了营帐。北方魔界圣域的大营建成了一座坚固的城池。就地从戈壁石山上取红石建造，如同红城的翻版。城头一面黑金底织着红色火焰的大旗被风吹得猎猎飘扬。南面山垭口的大营外用炼器建造的坚实栅栏围合，只要启动阵法，立时就是一座护山大阵。中间的营帐五花八门，各大小宗门各自圈地而建。建筑虽杂，胜在数量远超对方，密密麻麻一眼望不到边。

"没想到两方对峙的阵势已经这般庞大。针锋相对，势同水火啊。"有段时间没有来过这里，于剑生被眼前双方营地的规模吓了一跳，油然生出大战在即的兴奋感，"小师弟，你应该是最早到达营地的元婴道君了。"说罢退后一步看秦有桑的仪容。

青山宗三崖地位超脱九峰，服饰也与九峰不同。滴水崖的法衣是深蓝如海的宽袖大袍，衣襟上以银线绣花暗藏精致符文。秦有桑头插白玉簪，穿出了清雅如修竹的气质。

于剑生满脸可惜："师弟如果能穿上长老的道袍出现就更好了。黑色更显威严庄重。"

二师兄，你家威严庄重的长老道袍撕成布条给我缝衣裳和鞋了。焚天低头看胸前那块白布兜，再看看脚上的粗制皮毛一体鞋，又看看面前的师兄弟二人。她穿得像个山野猎户。

"我也是滴水崖崖主，这身道袍倒也合适。师兄，你的丝绦打结了。"秦有桑整理好衣袍，出声提醒于剑生。

两人从头到脚整理一番，最后使了个清洁术，顿时衣饰如新，光鲜灿烂。师兄弟腰背挺直翩然立于船头，唇边噙着疏离含蓄的浅笑，看下方的大营，下巴都没降低高度，眼神斜斜一瞟做威严状。

好一对道貌岸然的师兄弟哟，焚天暗道机会来了。她扯了扯嘴角，慢悠悠地走到了秦有桑身旁，感叹道："可惜了，秦归陌，我在你身边站着，好比那锦衣上添了块补丁，湖水里倒了盆墨汁呀。"

话音才落，师兄俩同时转头看她。

"师兄，她这身……"秦有桑觉得她胸前黑布索缝成的白布兜刺目得紧。

"哎呀，想起来了。"于剑生高兴地找出一件自己用的斗篷，不偏不斜扔到了焚天身上，从头裹到脚——还长了一截拖在了地上，正好连脚也遮住了，"林姑娘，等会儿你不要开口，跟着我与师弟便好。"

两人再次转身，继续维持前辈高人的姿态。

焚天扯了扯身上的斗篷道："这款式颜色我不喜欢，拖在地上扫沙土么？"

秦有桑转身割破斗篷,撕掉一截下摆,动作一气呵成。

焚天只来得及眨巴下眼睛,秦有桑已转过身继续和二师兄保持同样站姿了。

"秦归陌,你给我缝这块白布兜时就想看我笑话。现在又撕破我的斗篷,是见不得我穿得漂亮好看是吧?我这鞋露出来了!很难看啊!"她略提高了声量。

秦有桑脸色暴红,恨不得封住她的嘴。他以神识传音给她:"我缝衣裳的事也不能告诉别人。"

焚天细眉微扬满脸不解:"为什么你缝衣裳的事不能告诉二师兄?二师兄又不是外人。"

二师兄要笑话他一辈子!秦有桑脑袋嗡的一声。那双雾蒙蒙水灵灵的大眼睛清楚明白地告诉他,小丫头早就听到他和二师兄说的话。她的心情很不好,很不高兴,她在报复!

她胸口那块丑死的白布兜是小师弟缝的?那小师弟穿的那件破布片呢?回想当时秦有桑的脸色,于剑生震惊无比。小师弟,你都给她做针线活了,还好意思说她只是个救命恩人?

秦有桑顾不得摆仙风道骨前辈高人的造型,一把攥着焚天的胳膊将她拉到旁边:"我当时迷迷糊糊的,真的以为抱了只枕头,不是故意要轻薄你。林小天,咱俩也算患过难……就当又抱团取暖了行吗?"

枕头也罢阳春面也罢,没有关系的,有生气的必要吗?焚天把斗篷翻下来遮住了脸,哼了一声:"记住你的话,将来也莫要自作多情。"

大善!秦有桑心头一块石头落地:"到了营地必有坊市,衣裳鞋袜首饰喜欢什么都给你买。"

第八章 明着敲诈

怕她多嘴坏事堵她的嘴呗。死要面子！焚天不置可否地嗯了一声。

于剑生这艘七宝船相当奢华。六阶鳌鱼龙骨炼就，嵌有金银琉璃砗磲、赤珠、玛瑙奇宝。正值赤海夕落，七宝生晕，光华璀璨。

青山宗无人不知。

远远见到宝船缓缓而来，青山宗各峰弟子都出了营地相迎。

宝船的珠光宝晕笼罩下的秦有桑，额如明月，剑眉秀目，丰神俊朗，宽大的袍袖被风吹得微扬，气度不凡，仿若神祇。

"快，快看！于师叔前面站的是有桑道君！"有眼尖的一眼认出来了。

"啊，有桑道君赶来前线支援了！"

"青山宗的有桑道君！"

面对魔界速度建造的石城，驻扎在此的玄门修士嘴里叫着一决死战，私下都暗暗制订出一套撤离方案。如果开战前宗门元婴修士没赶到的话，就先走为上。秦有桑的到来轰动了整个玄门营地，各宗各派金丹筑基炼气修士欢呼声如海潮。

焚天注意到于剑生悄无声息往后退了一步，让秦有桑独自站在船首。她不由得感慨，二师兄也太知情识趣了。

"有桑道君出关了？"

"还是那么俊美啊！"

"他身边那个裹着斗篷的女人是谁啊？竟然和有桑道君并肩站着！"

"懂不懂规矩啊！"

"闭嘴！说不定是哪家宗门的元婴道君。"

"啊，难道是净仙子？"

秦师兄竟然逃出魔界回来了！青山宗翘首以待的修士中，梁秋怡握紧了手中的剑，激动不已，她紧盯着船首玉立的秦有桑，一双美目泛起了坚定的光。哪怕是修为高出自己一大截的净仙子，她也不会相让！

七宝船在青山宗驻地缓缓降下。

"小天姑娘，你往后站站可好？"

听到于剑生的声音，焚天一只手从斗篷中伸出："二师兄，你忘给我见面礼了。我瞧着你手上的储物戒指挺好看。"

于剑生瞟瞟自己的手，心疼地撸下尾指上最小的那枚笑眯眯地递了过去："是二师兄思虑不周。小天姑娘，你过来和二师兄说说还缺些什么？"

焚天将那枚炼成银质雕花嵌黑珍珠的戒指戴在手上看了看，看到黑珍珠就想到幽光黑虫，她有些厌恶："这只不好看。"

于剑生只求她消停，眉眼不动地许诺："将就用着可好？二师兄回头给你寻只好看的。"

焚天不仅退后，还退到了他身后："二师兄你真好。"

这丫头什么都明白，趁机敲竹杠啊。于剑生只能苦笑着夸她："小天乖。"

三人刚下船，梁秋怡与诸峰真人一起迎了上来，她忍不住上前一步，未开口，她的眼圈就忍不住泛起了泪影："秦师兄，七年多了。能见到你……太好了！"

秦有桑心里得意万分的仰慕者之一？一身束腰窄袖黄衫，胸大腰细面如芙蓉———一只恨不得钻进花里采蜜的小蜜蜂啊。焚天腹诽着。

"梁师妹修为又进一步,恭喜。"秦有桑淡然回道,目光掠过九峰领队的真人道,"大战在即,进殿叙话吧。"

众真人躬身应了,引他前去大殿。

对秦有桑的不舍让梁秋怡忘记了焚天的存在。她紧紧跟在秦有桑身边,不忍离开半步。

"小天姑娘,我寻个女弟子先带你去休息可好?"于剑生落在后面寻了个女弟子带林小天去安置。他满面笑容,生怕林小天不依硬跟着秦有桑闯进大殿作妖。

焚天并不想初来乍到就成为靶子:"给我点灵石,我要去坊市买东西。"

于剑生马上给了她三千灵石。

焚天想了想,轻笑道:"于真人,你这么大方,真是我的救命恩人呢。"说罢跟着女弟子走了。

"聪明!"于剑生脑中一转就明白了。她被小师弟救了,就和小师弟有了瓜葛。众美环伺,林小天并不想引人瞩目。难怪她一直用斗篷遮住头脸。她改了称呼,摆明不会再折腾生事了。于剑生瞬间体会到了幸福的感觉。

"这里是千瀑峰的院子,北屋住的是梁师叔,筑基师姐也单独住一间。炼气弟子少,大都是四人一间。"

各家宗门都在此扎营。青山宗哪怕如今位列名门大派,又曾与魔界交过手,分到的营地地盘也不大。

女弟子带焚天进了自己的房间:"姑娘是和有桑道君于真人同来的客人,本该单独给你一间。只是人多房间少,委屈你先和我们挤一挤。我叫刘采采,你叫什么名字?炼气几层了?喂,你还裹着斗篷作甚,看不起我?"她长了张小巧的瓜子脸,细眉长眼,蜂腰长腿。明明是个清秀美人,一开口就知道是个急性子,连珠炮似的问题从薄薄的嘴皮里吐出来气都不喘一下。

焚天觉得有趣,将斗篷帽子掀起,浅浅笑着:"我叫林小天,炼气三层修为。"

不是特别美丽,但是黑发白肤,竟如冰山雪莲般清雅。刘采采哎呀叫了声:"我懂!"不等焚天开口问她,她便压低声音道,"难怪你要以斗篷遮面。众目睽睽下站在有桑道君身边,又生得这般雪肤花貌,会挨揍的!"

焚天忍俊不禁:"小天的小心思瞒不过姐姐。"

"哎,珍爱生命,远离有桑道君呀。青山宗的低阶女弟子进宗门第一件事就是记牢这句话。姐姐太理解你了。"刘采采自顾自坐了,"我跟你讲吧……"

梁秋怡与秦有桑筑基前一起修行,以师兄妹相称。外人瞅着他俩像是一对,结果梁秋怡只要出宗门游历,没有一次不被揍成猪头哭着回来。

啧啧,小蜜蜂还有那样凄惨的过往。焚天长这么大从未听说过这种奇事,竟有些同情小蜜蜂了。这哪是想采花蜜呀,分明是钻进了猪笼草,蜜没采到险些丧命呀。

"足足三十年,梁师叔都没敢下山,直到结成金丹。"对面少女吃惊的表情让刘采采找到了说书人的成就感,语调抑扬顿挫,感慨万千,"梁师叔是掌教道君的亲传弟子都这么惨,我们这种炼气小弟子和有桑道君亲近岂不是找死?"

"谁干的?"敢揍梁秋怡的人,权势修为也不低吧?

"那些个'谁'加在一起能从青山宗排到魔界去！"

仿佛听到秦有桑又在耳边说了一遍，焚天不觉失笑："有桑道君应该很是骄傲吧？"

刘采采鄙夷地看她一眼道："有桑道君明月谪仙般的人，这种事让他听见都会污了他的耳朵。那些个谁也不想让他知道厌恶了自己啊，都偷偷干的。"

你家谪仙明月般的道君不仅知道，还很自豪很得意呢。焚天暗叹着。

刘采采下意识地看了眼窗外，同情地说道："林小天，你运气不好，住进了咱们千瀑峰的院子。船上的情形大家都看在眼里，梁师叔回来见着你这般容貌，定会找你麻烦。"

焚天很好奇："采采姐姐生得比小天好看，梁师叔也会找你麻烦吗？"

"我？"刘采采摸着脸被夸得心花怒放，她哈哈大笑，"小天你这张嘴真是乖巧！姐姐喜欢你。有桑道君醉心修炼，听说他才筑基修为时拒绝了翠微派的大小姐牡丹仙子，怎么可能看得上我这种炼气小弟子。梁师叔风光霁月何等骄傲。她和那些谁一样，只针对有桑道君亲近的女修。离道君远一点，没事的。"

哎哟，才见着一只小蜜蜂，又来个牡丹仙子。无垠大陆就没有其他美男子了？焚天很不明白："有桑道君不过容貌尚可，也不至于……"

"天呐，你竟然觉得只是尚可？"刘采采惊呼一声打断了她的话，"有桑道君出身王族容貌俊美，气度非凡，百岁出头修为已至元婴中期。又是本宗门崖主长老地位。他还有缺点吗？"

焚天低头看胸前的白布兜，扯了扯嘴角："权钱色都占齐了还年轻修为高?"

"太对了!我给你讲哦……"

刘采采特别有倾诉的欲望。她只是个炼气六层的小弟子,人勤快活泼嘴又甜,常干跑腿的活儿赚外快。梁秋怡喜欢收集秦有桑所有情报。她常去滴水崖送东西,某天观察到秦有桑多吃了颗猴果,就额外多赚了十来块灵石。

她很遗憾:"有桑道君太冷漠了,大多时候就只嗯一声。回去后我向梁师叔学他嗯,什么语调都学遍了再翻新来一回梁师叔还想听。他若开口多说几句话,我能得到的赏赐说不定修炼到筑基都够了。"

道貌岸然表里不一,还是个移动的灵石矿脉。

"所以,小天啊,你是怎么认识有桑师叔和于师叔的?你今天站在有桑道君旁边呢,他为什么没有嫌弃你?他认识你家长辈?你是哪个宗门的?"刘采采眼中爆发出对灵石的强烈渴望。

"有桑道君没有嫌弃我大概是因为……天上的苍鹰懒得理会地上的小蚂蚁吧。多谢姐姐告知,我不懂规矩,以后再不敢靠近有桑道君了。"珍爱生命,远离秦有桑。焚天心道,现在是她嫌弃他。不想因为他被那些"谁"列为打黑拳的目标。充分理解了刘采采为何如此热情多话。焚天心想,初来乍到,也能多了解青山宗的情况。她站起身道,"营地宗门聚集应该有坊市吧?我想买点东西。"

刘采采想了解更多消息,聪明地领会了焚天的意思,主动说道:"左右无事,我陪你去。"

各宗门聚集扎营,在东南角辟出一片空地开了坊市。

第八章　明着敲诈

天已经黑下来了，坊市才热闹起来。焚天很快就买了身衣裳鞋袜换了，又买了平常需要的物品。她看到坊市中有特意为炼气弟子开设的酒楼眼睛一亮。她还从来没有去酒楼吃过饭。焚天拉着刘采采去了酒楼，顺便将于剑生救了自己的故事编圆了。

"原来你认识有桑道君不过几个时辰呀。"刘采采很遗憾。

焚天认真地点头："我和有桑道君一点都不熟。这几个时辰我一直当他是座冰雕来着。"

"是呀，有桑道君素来沉默寡言。整个青山宗都找不到比他更冷的人了。"刘采采找到了知己，又一番讲述。

正说得起劲，北面传来沉闷的号角声与鼓声。圣域营地里的动静惊动了所有的修士。

焚天眸色一沉。

"妈呀，今晚魔界不会发起进攻吧？咱们赶紧回去。"刘采采拉起焚天就跑。

号声再起，雄浑低沉。鼓声更急，一声声似敲在焚天心上。

"采采姐姐，我肚子有点不舒服，你先回去，我去下茅厕。"甩脱刘采采的手，焚天直奔向酒楼的茅厕。

"你赶紧回来啊！"反正是在玄门大营内，刘采采并不担心焚天的安全，撒脚朝青山宗驻地狂奔而去。

圣域动静一起，各宗门弟子都收摊回营帐，坊市瞬间空无一人。轰隆隆的声响不断，玄门大阵启动了。一道道光幕自栅栏处升起。巨大的球形光罩瞬间将营地护得严严实实。对面圣域城池的墙头挂满了一盏盏白萤石灯笼，将城墙耀得雪亮。

焚天在坊市里寻了个无人的角落，盘膝阖目。百丈开外的圣域大城清楚投映于她的识海之中。

第九章　红莲焚城

北面魔界城池的动静惊动了玄门修士。数道遁光自玄门营地飞向空中，各宗门的金丹真人筑基修士纷纷施法升空北望。秦有桑是玄门赶到的唯一元婴修士，独自站在了队伍的最前方。

玄门，已经做好了开战的准备。

第三遍鼓声擂响。城墙上突然抛出了密集的锁链。每一条黝黑发亮的锁链上都吊着一个人，密密挂满了一大段城墙。修士们凝目望去，只见吊着的二百来人里有男有女还有白发老妪和几岁大的孩子。

"魔界果然惨无人道。开战前要用活人祭旗！"有修士愤愤地骂道。

一声婴啼传来。众人凝目一看，却见一根铁链末端竟然绑着一只襁褓。

"连婴儿都不放过！丧尽天良！"

"哼，那也是魔界小崽子！该杀！"

这时，一个傲慢的声音从对面传来："我骆氏子孙，死就死了！决不附逆求活！聂天虹，谁杀你又有何关系？千年前你篡位时就注定了这场报应！"

焚天浑身一震。

第九章 红莲焚城

老人披散下来的花白头发被风吹起，露出如鹰隼般的面容。哪怕穿着青色的囚衣，被悬吊在城门楼正中，他仿佛仍像是坐在王座上的王。他望向南方，深沉的眼神似乎能望穿这沉沉夜色，找寻着什么。

焚天觉得他就在自己面前，正盯着自己。她轻轻叹了口气，想起了和聂悠悠的对话。

"把幻影赤莲给你，留我一条命？"

"全尸。你杀死圣尊，死罪难逃呢。"

"那没什么可谈的了。"

"有的。养育你长大，将送你进圣宫的骆家族人共有二百四十口，你不为他们想想？"

原来是在这里等着她！

赤海太大，聂悠悠知道抓她如同大海捞针。但她一直是个聪明人。焚天自嘲地想，若论心狠手辣，她还是比不上聂悠悠。但是焚天知道，聂悠悠每杀死一个她的人，她的心就会冷上一点，狠上一分。

七年时间，玄门进入赤海后也搜集到不少圣域的情报。

"有桑道君，今年大寒之日，北方魔界红城有异。据打探的消息，魔界的老魔尊死了，他们另奉了位新魔尊。新魔尊发布悬赏，擒拿刺杀老魔尊的叛徒焚天，有大批魔修进了赤海。"说话的修士迟疑了下，才又说道，"打探的消息称刺杀老魔尊的焚天是受有桑道君的指使，所以魔修们疯狂地报复，越过莫干河的玄门修士见一个杀一个……"

"胡说八道！"有人当即反驳道，"定是他们那位新魔尊担心老魔尊死了魔界人心不稳，咱们会趁机踏平他们的圣域故意令魔界上下同仇敌忾齐心的阴招！你看看，老魔尊在位时，这里是这般阵仗吗？"

四周竖直耳朵听着的修士们连连点头。有修士哈哈大笑："就算是有桑道君指使，也指使得好啊！这口锅咱们玄门背了就是，还怕了魔界不成！"

"就是，他们敢进攻，咱们就先挑了他们的营地，杀过莫干河去！"

"若是有桑道君指使，这份功劳就大了。"

"有桑道君在此，事实如何，一问便知。"

众人议论时，于剑生也在向秦有桑传音："师弟，两边开战，当年的事……可能瞒不住了。到时就说是你故意装作被擒，欲打探魔界消息为师父报仇。我马上向宗门传讯。"

秦有桑脸色难看之极："师兄，直说无妨。我修为更甚从前，还怕被人看轻？"

"小师弟，宗门要顾及颜面。反正魔界说你杀了他们的老魔尊，就这么定了。"传完音，于剑生就转身向众人笑道，"诸位，大敌当前，莫要用杂事分了有桑道君的心神。待此战之后，本教掌门会给大家一个圆满的答复。眼下，诸位关注魔界动向要紧，咱们营中还有不少前来历练的低阶弟子需要守护。"

众人心头一凛，再不议论，死死盯着魔界的动静。

鼓声骤停。翼卫们簇拥着一个身着白色素裙的人登上了城墙。她脸上戴了只面具，长发如瀑，全身上下没有露出半点肌肤，衫裙上缀以银绣，走动间如流萤飞舞，极为美丽。

楼墙上的殿卫纷纷向她叩胸行礼。

"该不会是魔界的新圣尊来了吧？"

第九章 红莲焚城

"看身段是个年轻女子。"

"不看脸也定是个美人!"

纤纤身影和披散及腰的长发却让秦有桑心里咯噔了下。他凝目望着她,那晚的女子会是她吗?

识海如镜。焚天也看得清清楚楚,那双藏在面具里的眼睛生得很美,带着睥睨众生的骄傲。是聂悠悠!她来了。焚天情不自禁地深吸了一口气。

走到城墙一处,聂悠悠戴着白色手套的手轻轻搁在黑亮的铁链上。她抚摸着铁链,像抚摸着一只心爱的宠物。

她打量着南方站在空中的玄门修士。队伍最前的男子看上去不过二十出头,大袖宽袍,极为英俊。

察觉到她视线的同时,秦有桑神识一动。

两方不过隔了一条莫干河河道,元婴的威压轻而易举席卷而来。

大城的护城大阵无声启动。城墙上的符字亮了,将秦有桑的威压弹了回去。

玄门修士看得分明,激动得欢呼起来。

"有桑道君刚才出手了!"

"元婴的神识好强大!引发了魔界的护城大阵!"

玄门竟有如此俊俏年轻的元婴修士?聂悠悠略感诧异。秦有桑当年被掳至圣域后直接被聂天虹带走扔进了观天大牢。聂悠悠知道这件事,却从未见过秦有桑,所以并没有认出他。

她挑衅地望着秦有桑,手抓住铁链用力一抖。

吊着的人如同纸鸢般被扯得飞起。

177

一把刀从她手中飞了出去。夜空中刀光划出一道优美的弧线,掠过铁链尽头的那个人。干净利落地斩下人头,又回到聂悠悠手中。

城墙上顿时响起几声悲怆凄厉的哭叫声。

聂悠悠先是执刀指向秦有桑,然后回刀做了一个从自己喉间缓缓划过的姿势。

"太嚣张!分明是向有桑道君挑衅!"玄门修士们看得清楚,禁不住气红了脸大骂出声。

秦有桑瞳孔一缩。她,就这样轻描淡写砍下了一个人的人头?那个夜晚的她柔若春水,声音嫩得如出壳的稚鸟……他不会喜欢上一个魔鬼般的女人吧?秦有桑心烦意乱。

"有桑道君,下令出击吧!"

对方的挑衅蔑视激怒了玄门修士,纷纷请命。

"小师弟?"于剑生也被聂悠悠的动作气着了,恨不得飞过去杀个痛快。见秦有桑沉默着,便喊了他一声。

"这里是赤海,魔界的地盘。不知对方虚实如何,是否设有埋伏。"

听秦有桑这么一说,玄门修士又骂上了:"设下埋伏想激我们上钩,真是卑鄙!"

"无耻!"

"有桑道君何等身份,才不会上妖女的当!"

摆手止住众人议论,秦有桑严肃地说道:"诸位,本座先行试探后再决定是否开战。"他说完运足真气,并指朝前方点去。真气凝聚成一柄白色长剑,嗖地刺向聂悠悠。

黑夜里,圣域大城外升起一面符字形成的墙,光华闪烁。飞

第九章 红莲焚城

剑瞬息便至,狠狠扎在这面"墙"上。半空中如同炸开了一朵绚丽的烟花,将整片夜空映得刺眼明亮。

圣域的护城符罩在巨大的威力下颤抖着。万千符箓杂乱飞舞,与剑交战在一起。

又是一声巨响,剑化为无形,魔界的护城大阵被击出一个黑洞。

玄门爆发出阵阵欢呼声。

秦有桑微蹙起了眉。

不过几息,新的符箓又重新显现,迅速将黑洞补上。玄修们顿时哑然。

秦有桑一试便收,沉声道:"没有十名元婴合力,无法攻破对方护城大阵。城中尚不知晓魔界来了多少堪比元婴的高手。即刻起,后援未至前,所有弟子不得擅自出营。"

玄门大营中只有他一个元婴修士。如果对方集结大批高手倾力进攻,玄门的大阵被破,进赤海历练的筑基炼气弟子绝无生还可能。各宗门金丹修士心中明白,纷纷应下。

聂悠悠深深看了秦有桑一眼,走到了又一根锁链处。她没有再杀人,而是拿出了一只沙漏放在了城墙上。她笑了笑。一只手轻轻拍了拍沙漏,转身带着人离开。

一个时辰一颗人头。

她知道,焚天会明白。

消息传到焚天耳中需要时间,骆家阖族二百四十人。她要焚天在四十天内出现。焚天能忍着不来,她就杀了这些"助叛徒谋反弑杀圣尊"的人立威。

这是什么意思?那个看起来在魔界地位极为尊贵的女人走了?

179

放下的沙漏又是什么意思？魔界现在不开战？玄门修士面面相觑。

这时一名翼卫站上楼提气喝道："圣域骆氏一族参与谋反弑杀老圣尊，全族尽诛！圣尊有令，一个时辰诛杀一人！"

原来摆沙漏是这个意思啊。玄门恍然大悟，又七嘴八舌议论起来："魔界内斗好啊，咱们看热闹就是！"

"杀吧，都不是好东西！"

"对，狗咬狗罢了！"

"散了散了，回营休息了。白天再来看杀了几个魔头。"

聚在空中的修士们四下散开回营。秦有桑仍站在半空中没有离开。

于剑生啧啧两声："看来魔界也不是铁板一块。倒是咱们的机会。"

秦有桑嗯了一声，目光盯着对面城墙上吊着的人，眉心紧蹙。

城墙阴影中，赤鲤紧盯着对面空中，一双手紧紧捏成了拳头。月色明亮，那一指成剑爆发的光芒让他看清了秦有桑的脸。认出他是风蚀地里重伤昏迷的俊俏兄长。

如此年轻的元婴修士，半个月前却伤重昏倒在赤海深处的风蚀地。一个名字在他心里呼之而出："青山宗秦有桑。"明明那天自己亲自探过他的伤。他体内明明没有经脉丹田也无元气窍穴，千疮百孔险些性命不保，这么快就恢复了元婴修为？是同一个人还是容貌太像？

那么她呢？赤鲤脑中浮现出少女的脸，她单薄的背脊，无色的元气。他打了个寒战。他的目光掠过城墙上悬吊着的骆氏族长，赤鲤心头升起一丝明悟。是了，骆家，擅长千面化形术的骆家。

第九章 红莲焚城

被骆家送进圣宫的翼卫焚天为何不能是个女人？当年焚天进宫时不过十岁，正是雌雄难辨的年纪。圣尊又马上将焚天带进了寝宫，所以他们这些同为赤翼卫的兄弟根本没有机会分辨焚天的性别。如果他在风蚀地遇到的少女是焚天，就能解释她为何引开血蝎豺狗救自己了，也能解释她为何射下传讯的纸鹰。当时在她身边的男子应该就是玄门的囚犯，她带着他一起逃了。秦有桑出现在玄门大营，焚天呢，此时她也在玄门营中吗？赤鲤的思路越理越顺，又越理越乱。照他的猜测，老圣尊和焚天相处七年定然是知情的。或许老圣尊也不想让人知道焚天的真实性别和容貌。老圣尊这般爱护，焚天为什么会对老圣尊下手？赤鲤心乱如麻，恨不得马上冲过去找到焚天问个清楚明白。

这时，骆氏族长苍老的声音再次响起，沉沉唱起了一支歌："夏有日，冬有日，皆为虚妄。天有穹，地无垠，深坐樊笼。"

"问天剑破四方符，红莲火烧尽夜鬼路……"吊在城墙上的骆氏族人随之附和起唱。月色如水，赤海静寂。苍凉的歌声悠悠荡荡。

老者的声音蓦然放大："天不公！吾必焚天！"

族人们齐声呐喊："天不公！吾必焚天！"

刚走下城楼的聂悠悠蓦然回首："焚天？她的名字是这个意思？"

玄门大营中，焚天缓缓站了起来。术法太耗神识，她脑袋有点晕，白着一张脸摇摇晃晃走向青山宗营地。

秦有桑等了很久没有再等到戴面具的女子出现，只得和于剑生飞离。神识铺开，他轻而易举找到了走向青山宗驻地的焚天。

"秦师兄,你在找谁?"一直紧跟着在秦有桑身边的梁秋怡诧异地问道。

林小天脚步虚浮。"无事。"秦有桑说罢扔下梁秋怡飞向了焚天。

梁秋怡气恼地立在半空,看着秦有桑落在了一个少女身边。

月光明亮,那个少女穿着件杏色的衫裙,黑发雪肌,纤弱娇美。她抬头和秦有桑说着什么,仰起的脖颈线条优美而纤细。梁秋怡生出一种想折断它的欲望。这个小丫头在飞船上和秦有桑并肩而立,师兄却没有呵斥她。师兄对她好像很不一般。梁秋怡轻轻咬了咬唇,却又舍不得转身离开。

"救我的是于真人,有桑道君最好离我远一点。"焚天将手背在了身后。开什么玩笑,如果让秦有桑再探她的脉,一个不慎就会惊动幽光黑虫。

"你的神识消耗过度。"秦有桑现在不用探脉也知道她脸色这么差的原因。他冷笑道,"修为低,神识却高得离谱。你装睡偷听我和二师兄叙旧!林小天,我没说错吧?"

焚天仰着脸翻了个白眼。她眼睛很大,雾蒙蒙水灵灵的,翻白眼的效果也极好。

"呵,在赤海你趴在地上'听'动静,也是神识消耗过度吧?亏我还以为你是冻着了!"秦有桑越说越生气,"你刚才是不是又用神识去窥探对面的动静了?"

"我好奇不行?谁叫你不带我飞上去看热闹?你难道没有向我隐瞒你的修为来历?事后是我主动让你知道,你还气什么?"焚天伸手揉着额头,神识用多了,现在她头疼得厉害,懒得和他说话。

秦有桑被噎得回不了嘴,但这个不是他想知道的重点:"好,

第九章 红莲焚城

这事就当扯平了。林小天，如今你知道我的身份，是不是也该告诉我你的真实身份？"

"我就是林小天呀。我没吃定颜丹，今年十七，虚岁十八。炼气三层修为，功法是你给我的。"

秦有桑握着她的肩将她转了个方向，面北而立。他在她耳边轻声说道："林小天，知道我怎么看出破绽的吗？你穿的那件囚衣款式和吊在城墙上的那些人一模一样。那件衣裳估计还在你的储物戒指里。要不要我搜出来比对一下？你和你那万事皆晓的娘亲是被囚在魔界赤海挖矿吧？"

原来是那件衣裳露出了破绽。实打实的证据，她无法抵赖。焚天沉默了。

难得把她说得哑口无言，秦有桑满心舒畅："现在要不要告诉我，那天在风蚀地石林中发生了什么事？你在我身上动了什么手脚？"

从后面看去，秦有桑像是亲亲热热地抱住了那个少女。梁秋怡气得眼睛都红了。她满心恓惶，从来没见过师兄和一个女子这般亲密，想也不想就飞了过去，脱口喊出了声："师兄！"

小蜜蜂来得真快！她可不想被一个金丹真人惦记着揍成猪头！焚天低声说道："你说过，你会保护我照顾我。我不想被你的仰慕者大卸八块。你想办法吧！"说罢眼睛一闭，身子一软，靠在他怀里装晕了。

眼看他马上就要逼问出那天发生了什么事……秦有桑恨不得一脚将梁秋怡踹走。他低头看怀里的焚天，煞白的一张脸，装晕装得比真的还真！就这样放过她？做梦吧！他顺势抱起她，看都没看梁秋怡，身影一晃飞出了营地。

183

师兄就这样走了？从前待她还算客气，七年不见，他竟然为了那个小丫头连看都不看她一眼。梁秋怡的眼泪扑簌簌落了满怀，大口大口喘着气，气得浑身发颤。

"哎呀，小师弟为了我真是……"

梁秋怡迅速地抬起胳膊擦掉了泪，转身看到于剑生站在一旁唉声叹气。她心中一动："于师兄知道什么？"

"唉。此事事关小师弟……"于剑生左右看了眼，示意梁秋怡随他走到偏僻无人处，布下隔音结界后才说道，"梁师妹也不是外人。想必若华道君将七年前那件事私底下告诉了梁师妹。"

轮到梁秋怡急了："老祖宗早已叮嘱过我。事关师兄与宗门颜面，我绝不敢吐露半字。"

"我与师弟是绝对信任梁师妹的。他趁老魔尊去世，魔界混乱时逃走的。那天我在赤海遇到师弟时，他正和追来的魔修苦战。"

于剑生满脸感慨地编着故事。把林小天姑侄说成了机智引来异兽干扰魔修让他二人成功脱险的恩人，"……小丫头不过炼气三层修为被打伤了心脉。唯一的姑姑为了救我又死在魔修手中。小师弟这个人师妹最了解不过，他对我这个师兄是情深义重，照顾林小天比我还上心。唉！小师弟就是块不解风情的木头，方才见林小天晕倒，又不愿被人瞧见误会，定是带她进山找处偏僻之地疗伤去了。他哪晓得无意中竟然伤了师妹的心啊。他来营地时还特意问我，七年了，不知道梁师妹修为如何呢。"

听见秦有桑单独惦记着自己，梁秋怡面颊顿生红晕："秦师兄真的这般关心我？"

于剑生挺直了背，一本正经地回道："师妹若是不相信，等他回来，亲口问他好了。小师弟听说你已破境至金丹后期修为，倒没说别的，只是笑了。"

梁秋怡也羞涩地笑了："我才不要去问他……于师兄放心，林小天住在千瀑峰营帐里，我会好好照顾她的。"说罢高高兴兴回去了。

把人哄走后，于剑生摇头晃脑吟道："怕相思，已相思，轮到相思没处辞，眉间露一丝！小师弟，你情急之下露出的不是一丝儿啊！"转念又愁容满面，前八十年替小师弟挡桃花，以后好像还要哄桃花，师兄真是命苦啊。

"秦归陌，你这个二货！"焚天发现被他抱出营地在半空中就骂了起来，"你让我回去被小蜜蜂蜇死？"

小蜜蜂？梁秋怡胸大腰细臀肥，一身金丹真人的束腰黄衫，还真是形象。秦有桑笑出声来马上又黑了脸，大怒道："林小天，你不说实话，我让你死得更惨！"

焚天望着石山某处目光微闪。她的运气似乎不错："行啊，寻个清静的地方，我告诉你便是。那边有个小山坳。"

秦有桑落在山坳中，随手布下隔音结界："说！"

"我是你的救命恩人，你竟然想让我死？你还是不是人！"焚天说话都累，干脆坐在了一块石头上，"我不说你真的会弄死我？"

耍无赖？秦有桑指着她怒道："证据确凿，你还想抵赖？"

焚天揉着印堂穴疲倦得不行："让我喘口气歇会行吗？神识消耗过度，我现在头痛得要命。"

秦有桑在她对面盘膝坐下，冷笑道："我等得起。"

除非现在魔界进攻玄门营地，他想不出还有什么事情比知道自己体内异变的原因更重要。

玄门进赤海在沿途设有临时驻地，圣域也一样。这片石山绵延数千里，罡风强烈。这处山坳的地形方便驻扎。她很幸运地在身下这块石头上见到了标记。

焚天的手摸到石头下方某处，悄无声息地按下了机关，然后一本正经地阖目打坐。

月色静谧，山上偶尔有罡风呼啸卷过。小山坳正位于两面石峰之间，正好避过。两人盘膝而坐，各想着心事。

几乎是同时，两人的神识微动，同时睁开了眼睛。

一片雾气无声无息从十丈开外的地面升起。速度奇快，转眼间封住了整片山坳。秦有桑神识散开，在触到雾气时再也无法延伸出去。他大惊之下一把将焚天扯起来，将她推到了身后："莫怕。"

他怀疑她来自魔界，遇到危险仍把她推到了身后。他再痛恨圣域，心里仍没有把她看成是那边的人。焚天望着他的背影，心里矛盾异常。

雾气中影影绰绰有人影闪现。焚天脑子转得极快，尖叫了声："魔界的人！"

一缕清光自雾气中直射来，秦有桑骈指点出。容不得焚天再犹豫，指尖在空中悄然画出了一道符文。轻轻一拍，符文闪没进秦有桑体内。

清光与秦有桑真气相撞，骤然散开，如网般纠缠而上。

就在此时，秦有桑以"真气"凝聚的长剑蓦然消失。他震惊地发现储于体内那些"小丹田"里的"真气"仿佛被锁住了，难以调动。

身后林小天尖叫出声的同时，秦有桑看到雾里有条人影朝自

第九章　红莲焚城

已扑来。他额头挂汗,已经感觉到劲风扑面而来,清凉的感觉从肌肤毛孔渗透进体内。来不及对焚天说话,他眼前一黑,昏倒在地。

焚天上前一步,挡在了他身前。她冲着浓雾深处平静地说道:"赤鲤,是你吧?这招元气锁,是赤家绝学,我不会认错。"

赤鲤从雾中出现,箭袖红袍,目光坚毅沉稳。他怔怔地望着焚天,急切地打量着她的螺髻长发口鼻唇眼。除了她的眼神不再陌生,他实在找不出她与圣宫翼卫焚天有丝毫相似之处。

静静地看着她,赤鲤终于苦笑着开口:"若非认出了这个玄修,再联想到骆老爷子的独门易容术法,我真没办法把你和焚天想成是同一个人。"

"是啊,骆士新的千面幻形术法已至化境。自我出生起他就为我施法幻形。焚天进宫时是个面黄肌瘦的小男孩。"既然被赤鲤认出,焚天不再否认,抬手行了礼,"焚天进宫时年纪尚小,多谢大哥细心照顾。"

赤鲤满嘴苦涩:"你骗了我七年。焚天,为什么?"

焚天没有回答他的问题,反问道:"大哥怎么知道我们在这里?"

"焚天。"赤鲤面对这张陌生的脸,叫她焚天很有些不习惯,"运气罢了。你不用担心,无人与我同来。我一直想找到你,听你解释。"

他正好盯着玄门大营,正好看到那个玄修抱着个女子朝石山飞去。赤鲤都不知道该说自己运气太好,还是不好。

他想过数种见到焚天的情形,也想不到会这样找到她。望着晕倒在地的秦有桑,赤鲤的愤怒喷薄而出:"或许我不需要再听你解释。一个被关在观天深牢里的玄门修士竟然能从圣域逃走。他经脉寸断修为尽废却在这么短时间里重新有了修为。焚天,是你替他开窍授他圣域功法对吗?若说你没有和他勾结,谁信?我要带你回圣域!"

一柄长剑出现在他手中,遥指向焚天。

焚天轻叹:"现在不是回去的时候。"

"你不想回去?你就能眼睁睁看着抚养你长大将你送进圣宫的骆家满门被斩首?"赤鲤怒了,"焚天,我从没想过你竟如此冷血绝情!"

焚天反问道:"我跟你回圣域,就能让聂悠悠放过骆氏全族?"

"真凶归案,只诛首恶。圣尊与七殿主定会秉公决议。"圣域戒律早已刻在赤鲤骨头上,他想都没想便道,"你认罪伏法。骆家或可改判。凭他们的实力,只要能赢十场斗兽就能活命。族中妇孺哪怕是进矿洞服苦役也能活下来。至少不会阖族死在这里。"

"只诛首恶?"焚天笑了,"我没杀老圣尊。你信吗?"

"我信!"赤鲤急切地说道,"焚天。我爹担任金宫殿主快千年了,一生严守戒律从无不公。你回去说清楚那天晚上发生的事情。我爹一定会查个水落石出,绝不会冤枉你。你跟我回去自首查明真相总也好过你被圣域通缉,骆氏全族被诛。"

他终究太过淳厚。圣尊聂天虹曾细细告诉过她七位殿主的隐秘与术法。赤玉霄六百年前在极北出现的秘境中找到了幽光黑虫,封在他的蛇首藤杖中温养,如今却被聂悠悠种在了自己的身上。

"如果大哥是金宫殿主,焚天定会信你。我和你爹不熟啊。"焚天悠悠说道,"不如和我打个赌罢。你去问骆士新肯不肯让我回圣域?若他肯,我便随你回去,用我一条命换骆氏阖族活命的机会。"

她说罢笑了起来,笑声凄凉:"我那骆叔父巴不得我跑远一点,聂悠悠杀得快一点,好让我记得,我肩上压着二百四十条命呢。"

赤鲤听得糊涂。

"我也不想他们死,所以,赤鲤,我最后叫你一声大哥了,帮我。"

"帮你?"赤鲤觉得焚天疯了。他是一生都要忠心圣尊的翼卫,纵然可怜骆氏刚出生的孩童,他也绝不可能去帮焚天劫囚。

焚天笃定地看着他道:"你没有选择。"

秦有桑醒了。

几乎是本能,他瞬间发现自己依然用不了体内的真气。他立马坐了起来。一只手按在他胸前,吐出一道劲力不轻不重,将他推了回去。馥郁的莲香盈闻鼻端。他的神识看不透眼前浓墨般的黑暗。

是她!又如那晚一样,对他下了禁制。

"你时常会想起我吗?"她的声音飘浮不定,柔媚入骨。有些陌生,又有些熟悉。

秦有桑只觉得一股热辣辣的气血直冲头顶,下意识地想推开她。他的心跳得比兔子还快,几乎是咬着牙才完整吐出一句话来:"你想干什么?"封他的修为,用真气压制他。这个无耻的女人!他恶毒地骂道,"长得跟块板似的!怪不得只敢在乌漆麻黑的地方对爷爷下手!"话音才落,蒙在眼前的黑暗像剥去了外壳,褪掉了颜色。

似乎躺在一间红色的帐篷里，有朦胧的光线透进来。

秦有桑第一眼看到的是纤细的脖颈，肌肤洁白如雪。

他屏住了呼吸，终于能看见她了！

然而他马上又失望了。秦有桑盯着她的脸，冷笑道："丑八怪见不得人？"

她戴着一只红色的面具。两片展翅的羽翼遮住了大半张脸，只露出嘴唇。薄薄的两片唇，小巧如菱角，胭脂的颜色红如烈焰。她笑的时候，像一朵花自花萼中绽裂盛放，尽态极妍。皓齿红唇，冰肌雪肤与直洒到他身上的沉沉黑发映衬在一处，笼在如雾一般的朦胧光线下，充满神秘的诱惑。

焚天微微撑起了身，低头看着他的手："是吗？你难道就不曾想过我？"

秦有桑的脸如同火烧："青山宗外的圩场有家蔡记包子铺。老蔡头包出来的包子有时候丑得跟这一样，味道虽然不错，但道爷早吃腻了。"

焚天将他的手压了在身侧："包子我不爱吃。我喜欢吃葱花饼。"她的吻轻轻落下，秦有桑哆嗦了下，手臂激起了一层鸡皮疙瘩。他怒吼出声："王八蛋！离我远点！"

焚天愣了愣，想起了那天在血蝎豺狗老巢中他的话。原来那声小王八蛋是在骂她呀。她顿时没撑住松了手伏在他胸口闷声笑了起来。

秦有桑心慌无比，他不知道自己为什么心慌。他艰难地开口问她："城头……是你吗？"

"你认不出来吗？"

废话，他能认出来还会问她？秦有桑气得不行，但是他隐约感觉不像是在城头杀人的白衣女子。他暗暗松了口气。

焚天笑出声来。

她的声音轻得像风:"不去想你的身份,我的身份。可好?"

秦有桑额头的汗顺着下巴滴下,结结巴巴地说道:"你,你休想……"

"也是。堂堂道君怎瞧得上魔界妖女。谁叫道君中了妖女的暗算呢?"

秦有桑恨不得想咬死她。他这样想着,脑中嗡的一声,昏迷前他又嗅到了馥郁的莲香。

他像是梦到了一个极玄妙的世界。一个人浮在空中,沐浴在一片圣洁的光晕中。

秦有桑充盈的元力被焚天悉数吸进丹田经脉,飞速地运转周天转换为真气又自丹田溢出散入身体的窍穴之中。

感觉到窍穴中充盈的真气,焚天睁开了眼睛。

秦有桑昏迷未醒。她低头亲了亲他的脸:"谢谢。"

穿戴整齐,收了幻影赤莲。焚天朝雾阵外清冷说道:"进来吧。"

赤鲤沉默地进来,抬头看到焚天已换了身黑袍,戴了顶黑纱斗笠遮住了面目。

"看好他。天明前我必回来。"将翼卫的面甲扔给赤鲤,焚天吩咐道。

"如果,如果您回来前他醒了怎么办?"

"那就和他假打一番,就说林小天被圣域抓回去了。"焚天说罢,化为一道遁光飞走。

赤鲤摊开手,掌心浮现出一朵殷红似血的莲花印记。从此,他忠心的尊主再不是圣尊聂悠悠了。

秦有桑的身边以元玉设下了阵法,丝丝精纯的天地之气从元玉中散出灌入到他体内。

赤鲤收拢手指紧握成拳,盯着秦有桑面若桃花的睡颜道:"也许,你也是最不幸的人。一个玄门元婴,受人敬仰,却习了憎厌的'魔功'。在我眼中,你却是无垠大陆最幸运的人。"

寅末卯初。

黎明前最黑暗的时候。

隔着莫干河床,玄门大营只有巡逻的修士隔半个时辰顺着营帐飞行。圣域的大城也异常安静。城墙上的守卫如同塑像一般。白萤石灯笼投射出惨白的光,照着城墙上奄奄一息的骆氏族人和城下数具尸首。新出生的婴孩还不曾冻死,偶尔发出虚弱的哭叫声,在静寂的夜里令人瘆得慌。

就在这时,护城大阵似察觉到了危险。城墙上的符字一个接一个亮起。形成一片璀璨的符墙。

"敌袭!"城墙上的守卫大喝出声。

玄门巡逻的修士也发现了异常,长啸出声示警。

就在此时,夜空中飘落下朵朵红莲。

吊在城墙上的骆氏族人从半昏迷中激动地醒来。骆士新如疯魔般大哭大笑:"天不公,吾必焚天!吾必焚天!为何要来!救我何用?"

红莲无声无息撞上了符墙。符字碎裂四散,夜空中如万千流萤飞舞,美丽之极。点点碎光映出半空中站立的黑衣人。她全身藏在黑袍与斗笠之下,手里托着一朵火焰般的莲花。

第九章　红莲焚城

"那是谁？是哪家元婴道君赶来破了魔界护城大阵？"

"阵法已破。各位道友，咱们杀过去！"

一道道遁光自玄门升空，所有的玄修热血沸腾，朝着莫干河对岸冲了过去。

城墙上的守卫第一时间冲向焚天。迎接他们的是漫天飞摆的红莲。红莲化为一团团烈焰，轻易破了他们的护体罡气将他们吞噬。悬在城墙上的铁链无声熔断。一片火焰如水般漫过他们的身躯，禁制被霸道的火熔了个干净，将骆氏族人护在红雾之中毫发无伤地送到了地面。

焚天双手飞舞，朵朵红莲直扑进城楼，燃起熊熊大火。红石建成的城墙轻易被烧熔，如沙砾般流散坍塌，阻住了冲出来的圣域修士。

"等我重回圣域之日再见罢。"焚天扔下这句话，转身遁入黑暗。

一句话令骆士新精神大振。他看了眼手，掌心一朵红莲印记浮现。骆士新疯狂地大笑起来。眼见城内巨鹰飞起，玄门修士已飞进城中。他口中发出一声长啸，抓起襁褓中的嫡孙，引领着族人朝石山逃去。

第十章　功法的秘密

天色微明，冬季的朝阳垂头丧气挂在空中。罡风打着旋从红石山脉上刮过，卷起漫天飞沙碎石。褐红色的石头上凝结出大片白色的霜花，寒气逼人。

秦有桑睡了一个好觉，很是舒服地醒了。

昨晚的红帐消失得无影无踪，眼前依然是那个夹在两堵石峰间的山坳，没有丝毫异常。他用神识查过，他的身体没有半分异样。那些密如星辰的"小丹田"中真气充沛。秦有桑轻轻一弹指，白色的真气从指尖弹出，在对面山岩上戳出一个洞来。

辛苦修炼而来的修为被迫给他人做嫁衣裳，形如奴隶般的屈辱。玄门正道都深以为耻。这一次他不再迷糊如在梦中。他清楚记得昨晚发生的一切，连她脸上的羽翼面具上刻画了几片羽毛都刻画在记忆中。

她说："你难道就不曾想过我？"

她也想念过他？

她说："不去想你的身份，我的身份。可好？"

难道她找他并没有别的目的？想到这里，秦有桑心里生出一丝淡淡的甜和一层浅浅的惆怅。

"我会灭了你的圣域。"秦有桑低语着，眉目间浮起决然的神色。灭了圣域，废了阴狠歹毒的魔功。只要她不作恶，自然就不会是魔界的妖女。唯有如此，才不会因为身份之别两界对立无缘。

从前修炼是种本能。百年轻松修至元婴中期后，秦有桑已经对修行的目的生出了疑问。他才百岁出头，元婴的寿命有一千六百岁，哪怕他用六百年修到元婴后期巅峰，然后呢？生命还有一千年做什么？修为都到顶了，还枯坐洞府打坐修行？被尊为太上老祖跑去调停各大宗派纷争当和事佬解决麻烦？他又不好管闲事。教子弟？他又不好为人师。

秦有桑笑了。他终于找到一件自己想做的事了——灭魔界找到她！

心里仿佛有一层壁垒破掉，秦有桑生出轻松的感觉。

林小天呢？秦有桑此时才想起她来。他心头微凛，目光扫到数丈开外的石堆中露出一角杏色裙角。

她的呼吸浅而悠长，不是睡着了就是尚在昏迷中。

为什么当时他的真气会突然消失？秦有桑想起山坳中突然出现的能隔绝神识的诡异迷雾。他发现自己忘记了一件最重要的事情。当时雾中人攻袭他时，他突然难以调动真气。这和他经脉熔断神奇拥有的修为有关系吗？他是怎么昏过去的？

秦有桑清楚记得当时林小天在他身后尖叫，她似乎拍了一下他的后背。是她做的手脚？

他朝石堆走了过去。

最先映入眼帘的是林小天的脚。她穿着一双粉色绣缠枝花纹的绣鞋。脚不大，很是秀气。上半身被石头遮住了。从秦有桑的角度依然能看到盈盈一握的腰，披散到地的黑色长发。他脑中嗡的一声，心跳加快。

昨晚，他看到的女人身形纤细。

林小天也一样。

她的头发也那样长，那样浓厚。

那个女人万一是林小天呢？秦有桑惊恐地后退了一步。

"不不不，绝对不可能是林小天。"秦有桑被自己的想法吓着了。是他一直在想她罢了。他深呼吸努力让自己冷静下来认真分析。

那个女人的声音虽然飘忽不定，却极温柔，林小天却清冷得像块冰，说话经常能把他噎死。

他喃喃说道："不可能是林小天。怎么可能。"

他逃进赤海，难道她一直跟着自己？不对。他是误打误撞才进了她的小境界。林小天绝对算不到血蝎豺狗会一脚将他踹进那条缝隙。在赤海中遇到林小天绝对是个意外。然而他又想起了林小天的各种古怪。那件与城墙上那些人一模一样的囚衣铁证如山。林小天曾经被魔界所囚，炼气三层修为的她拥有极为强大的神识，在赤海却想瞒着他。以她的强大神识，她也应该知道当时那三名圣宫翼卫被血蝎豺狗围攻的情景。秦有桑记得刚开始林小天是不愿意过去的。她害怕被圣宫翼卫识破身份？后来是他认为可以去捡个便宜，林小天才同意去了风蚀地。

所有的异常都是在风蚀地发生的。他被血蝎豺狗袭击晕倒后究竟发生了什么。他的体内为何会出现异变？再醒来时已经离开了风蚀地，见到了二师兄。

他两次晕倒都有事情发生，两次都不清楚林小天的状况。

他和师兄都没有发现林小天装睡。这一次呢？

秦有桑越想心越乱，下定决心一定要问个明白。

第十章 功法的秘密

走过去一看，秦有桑倒吸口凉气。

林小天昏迷不醒，右边的脸被划了一刀，血淌落下来浸透了半边衣裳。那一刀够狠，从眼角划过脸颊直拉到下巴，伤口深得像裂开的嘴唇，狰狞可怕。

这一刀让秦有桑直接否定了林小天是昨晚的她。

年轻时听说梁秋怡被揍成猪头只觉得那些女人太无聊无趣，秦有桑从来没有亲眼瞧见过。今天他才晓得女人嫉妒起来有多狠。

她如此嫉妒讨厌林小天，本该令他觉得甜蜜欢喜。为什么他会这样难受？他为什么会喜欢一个如此狠毒的妖女？她的到来竟然让他完全忘记了林小天。秦有桑愧疚无比。他竟然还怀疑是林小天暗算自己……

他深呼吸又深呼吸，心里被油煎似的不知道该如何是好，干干脆脆一耳光扇在了自己脸上。蹲下身，秦有桑极小心地抱起了林小天。真气一探，没有发现异常。他松了口气。他真害怕她废了林小天的丹田，毁了这小丫头的修行。

林小天被惊醒了。长长的睫毛颤了颤，迷糊地睁开了眼。她看到了秦有桑嘟囔起来："好冷啊。阿嚏！"

焚天打了个喷嚏，扯动了脸上伤口，疼得吸了口气。她伸手去摸自己的脸。

秦有桑及时握住了她的手，柔声说道："昨晚你被魔界的人打伤了。"

"伤了我的脸？我的脸怎么了？"焚天惊恐地看着染满血的衣裳叫出声来。她疼得龇牙咧嘴。是真疼！唯恐被秦有桑怀疑，她对自己下手贼狠。

"不怕不怕。我们回营去，外伤很好治的。我保证，你的脸不会留下半点疤痕。"秦有桑真气流淌而出，暖暖的气息包裹着她。

敢留一点疤痕，她就在他脸上划上十道八道！焚天腹诽着。

她小心地看了他一眼："昨天晚上你晕倒后。我连对方长什么模样都没瞧见就被打晕了。我真的不知道发生什么事了。"

明明害怕伤心却小心翼翼着担心被他怀疑的神情让秦有桑心里泛起一股酸涩："我这样的元婴高手都着了道，何况是你。我没有怀疑你。你闭上眼睛再睡一觉，等你醒来，你的脸定会完好如初。"

焚天揪着他的衣襟小声说道："归陌，不要让人瞧见我的脸。"

自从认识她，秦有桑从来就没见过她这般惶急害怕柔弱，他的心也像被划了一刀似的疼得难受。女孩子的脸何等重要。她怎么下得去手！林小天修为再高一点，恐怕会被她直接废了吧？秦有桑突然发现他一点也不喜欢她的嫉妒。此时他甚至怀疑，见到真实的她，他是否还会喜欢。

"不会有人看见。我保证。"秦有桑将心里复杂的情绪抛至脑后，脱下了外袍披在焚天身上，抄抱起她飞向玄门大营。

玄门大营阵法启动，带着炫光的护罩在阳光下异常醒目。莫干河床对岸的圣域大城一夜之间变了样。褐红色山石砌成的城墙消失了。

秦有桑诧异地看了一眼，直飞向营地大门。

"有桑道君回来了！"守门的修士激动地朝营中传音。

"道君回来了！"

秦有桑用衣裳遮好焚天的脸。看着黑压压迎上来的金丹修士们，想起对岸消失了城墙的魔界大城。昨晚发生了什么大事？

第十章　功法的秘密

有桑道君一夜未归。今晨回来怀里却抱了个人。遮住了脸，众人却看到散下来的黑色长发，分明还是个女人。什么情况？

不想让别人瞧见他带林小天治伤才离开营地，现在却当众抱了回来？梁秋怡心里又不舒服了。

"小师弟，昨夜和魔界交战了。"于剑生抢先上前，目光在他怀中打了个转。

双方昨晚交战？秦有桑目光微闪。知道玄门大营中只有他一位元婴高手，她是故意前来缠住他的？这个阴险狠毒的女人！他很内疚开战时自己离营："伤亡情况如何？"

"惨胜。"

一群金丹修士和大本营在赤海的魔界交手。惨是必然的，却胜了？秦有桑疑惑不已，提高音量道："本座昨晚被魔界高手纠缠。想来是调虎离山之计。"

众修士原本心中有些不满。昨晚大伙斗志昂扬冲进了魔界的城池，开战后摧毁了对方护城大阵的高手突然离开。己方唯一的元婴高手秦有桑也没出现。玄门修士顿时被魔界修士打得抱头鼠窜缩回了大营。听秦有桑这么一说，那点不敢流露出来的怨怼之意化为对他的敬意。既然是调虎离山，有桑道君不知道被多少魔界高手追杀。道君能全身而退，可见修为高深。

"师兄中了埋伏？可有受伤？"梁秋怡马上改了态度，关切地问道。目光在林小天身上一转，看到了染血的衣襟。顿时对秦有桑抱回林小天的事释然了。

"我无碍，随行的弟子受了重伤。"秦有桑又道，"梁师妹，烦请你召集各门派领队在殿中稍候，本座随后便来。"说罢朝于剑生使了个眼色。师兄弟二人径直回了住处。

得了秦有桑亲自点名，梁秋怡欢喜无限："师兄放心。"

进了于剑生的居所，秦有桑将焚天放在榻上，揭开了蒙脸的衣裳。

一看焚天脸上的伤，于剑生吸了口凉气："好狠！"

秦有桑急切地说道："师兄，那瓶生肌丹你可有带上一两丸？"

焚天睁大了水蒙蒙的眼睛可怜兮兮地说："我脸上的伤很丑是吧？"

"你放心，保证不让你留疤痕。"

伤口狰狞，满襟血迹。秦有桑认定是"她"下的手，对焚天只有内疚。

"啧啧，谁这么狠啊？对付一个小姑娘，太过分了！"于剑生细看伤口，见只划伤了脸上的肉，没伤到筋骨，心里揣测着这下手的人存了心只想毁容。

秦有桑急了："你甭管是什么人下的手。带没带生肌丹？"

于剑生瞪了他一眼："对方刻意想毁去小天姑娘的容貌。不清理创口看仔细，万一对方还在伤口里下了腐虫毒药……"

想捉弄你师弟别把我拖上！我的脸都痛木了！焚天心里大骂。她伸手扯住了秦有桑的衣襟，什么话也不说，就可怜巴巴地瞅着他。

"二师兄！"秦有桑恼了。

一听连排行都叫上了，于剑生心里暗笑起来。这般着急呀，再逗下去估计要动手抢了。他拿出一只玉瓶："翠微派的百花液，解百毒。用来洗脸能让肌肤柔嫩。你很熟的，知道用法。"

焚天马上反应过来，翠微派有位倾慕秦有桑的牡丹仙子。这是故意说给自己听吗？她瞟着秦有桑想，你师兄给你挖坑呢，你知道吗？"

秦有桑半点反应都无，劈手拿过整瓶倒出，以真气操纵着水团轻柔洗过焚天脸上的伤处："不疼吧？"

焚天歪着脸，瞅着正看戏的于剑生道："疼！吹吹好不好！"

撒娇的声音让师兄弟两人掉了一地鸡皮疙瘩。

于剑生扑哧一声，转身朝门外走去，顺手将一只玉瓶搁在桌上："你替林姑娘上药吧，师兄先去大殿。"

他留下二师兄就是不想让人知道他和林小天独处一室。秦有桑还没回过神来，房门开合，于剑生已不见人影了。

"林小天，你是故意的是不是？你知不知道有多少修士盯着我俩？你确定要人知道我们独处一室？"秦有桑气结。

焚天白了他一眼："你昨晚不是有话想问我？你确定想让你二师兄在场？"

他修为的异常不能让二师兄知道。秦有桑马上布下隔音结界，拿起玉瓶倒出了一枚丹药："一半内服，另一半捏碎敷伤口。"

焚天吃了一半，另一半拿在手中："可有镜子？"

"师兄一个大男人，房中怎会有镜子。我帮你。"秦有桑心急，拿过丹药捏碎小心敷在伤口上，"我师父当年被罡风伤得厉害，用滴水崖研制的生肌丹治疗外伤特别有效。"

脸上伤处一阵麻痒，焚天忍着没有去摸。

不过数息，秦有桑便笑了："好了。"

摸了摸脸，光滑如初，焚天满意地给自己施了个清洁术，洗去一身血污。

"现在可以说了？"

"说来话就长了。你不是召集了所有门派的修士在大殿议事？"

你先忙去吧。昨晚不是开战了吗？都等着有桑道君拿主意呢。回头空了我再告诉你。"

秦有桑被堵得无话可说，手指点了点她："林小天，你若再胡说八道，休怪我对你不客气。"他撤了结界。打开房门就见于剑生站在门口："师兄不是先去大殿了？"

"师兄是在给你望风。"于剑生压低声音说道。

"可惜我设了隔音结界，没听到壁角是吧？"秦有桑黑了脸，随手往门上施了个术，免得林小天跑了，"林姑娘受了伤，需要休息。"

担心前脚离开，有女修士去找她麻烦吧？于剑生双手笼在袖中，摆出一脸"师兄我明白"的神色跟着他一同去了大殿。

与众修士见过礼坐下。秦有桑这才弄清楚昨晚交战的详情。心里暗骂一群死要面子的，又不是你们破对方护城大阵，被魔界揍回大营惨兮兮退兵是真的，胜谈何说起？

"谁都没想到那个高手破了魔界的护城大阵后竟然悄悄离开了。"

"若是哪家的元婴道君出手，理应让大家拜见一番。那个女人太神秘了！"

"她的法宝从未见过。红莲到处，似有毁天灭地之能。"

红莲！秦有桑心里咯噔了下。在他的记忆中，她出现时带着馥郁的莲香。难道在自己昏迷之后，是她去破了魔界的护城大阵？她不是在魔界极有身份地位的人吗？她为何要这样做？

"有桑道君，昨晚一战，高下立分。若无元婴修士支援，以我们现在的实力无法和魔界一战。护营大阵开启，每天会花费不菲的灵石。我们手里的灵石最多只能再撑三天！"

第十章 功法的秘密

"是啊,营中筑基弟子占了多数,还有一些炼气弟子。仅凭我们这一百多位金丹修士,护不住他们。"

秦有桑听明白了,玄门各派都有了退意,只不过都不好意思说出来,就等着他这位元婴道君开口了。

"各门派的营帐不撤,炼气弟子与筑基弟子从现在起分批先行撤出赤海,金丹修士最后走。离营百里方可用飞行法宝,以免被魔界过早识破。本座会尽全力为大家赢得撤出赤海回到北沙城的时间。"

众修士松了口气,纷纷起身:"谨遵有桑道君令旨。"

送走各门派修士后。青山宗的金丹真人愤然道:"其他宗门的元婴修士迟迟不来支援,却指望着有桑道君以一己之力为他们殿后?"

梁秋怡也气道:"师兄,有你相护,我们青山宗定安然无恙撤离,何必去管别家门派?"

青山宗众人都纷纷赞同梁秋怡的意见,自家有位元婴护着,魔修追来,也不会轻易招惹,青山宗定然全身而退,秦有桑护送的压力也不大。

"住口!"秦有桑板起脸训斥道,"本座若只护本宗弟子,任由其他宗门损伤惨重,青山宗岂非成了众矢之的?如何在无垠大陆立足?都修至金丹,怎还这般鼠目寸光?"训得九峰领队真人面红耳赤,齐声告罪。

"诸峰真人听令,即刻起安排弟子离开。赤海大营,有本座和于真人足矣。莫要耽搁,去吧。"

等弟子们离开后,于剑生这才开口道:"小师弟呀,那女人手黑着哪,一刀差点把林小天的脸削没了。你把人都赶走是想为心上人报私仇？"

"二师兄！"秦有桑怒目以对，"说了林小天只是我的救命恩人！"

"你真的对她没有别的心思？"

秦有桑懒得回答，直接走了。

于剑生双手往袖中一插，呸了声："你现在若不是去找林小天，我叫你师兄！"

青山宗的弟子们已经集结完毕。见秦有桑从大殿出来，梁秋怡迎了上去，眼圈微红叫道："师兄，我要留下来和你同生共死！"

秦有桑目无表情："本座还不想死。"

人群里便传出了压抑着的笑声。

梁秋怡此时顾不上被弟子们耻笑。她压根儿没深想秦有桑话里的拒绝之意，只想和他在一起："秋怡不愿舍下师兄一人在此。"

当自己不是人么？站在殿前的于剑生气了，幽幽开口道："小师弟，梁师妹对你的深情厚爱，师兄与诸峰师弟们都愧叹不如呀。"这是说除了梁秋怡，他们都是不顾同门情谊的？其他峰的金丹真人肚子里一阵好骂，纷纷请命留下。

"我不是这个意思。"梁秋怡朝诸峰真人叉手行礼，"诸位师兄师弟，若你们留下，谁带弟子们离开赤海？梁秋怡心慕师兄，七年未见，实不忍与他分离。"

诸峰真人大都知晓她的心事，见她坦荡便就此作罢，只不过眼神都越过她看向秦有桑，个个神情激动。梁秋怡当众表白，有桑道君会怎么回答？

于剑生暗道不好，飞快上前拦在了秦有桑面前，微笑道："梁师妹，如果魔界发现玄门空营定会赶来追杀。飞行法宝有限，炼气弟子脚程不快。有桑道君护着各宗门弟子撤离必尽全力。如果你留下被魔界高手围攻，有桑道君定然会分心，这一分心……"他不再接着往下说，摇头叹起气来。只要你不是个蠢的，就趁小师弟发飙前赶紧走吧。

"我不怕死！能替师兄多挡一个魔修也好。"梁秋怡从未有过能与秦有桑同生死共患难的机会，决意铤而走险，赌一把赢得秦有桑的心。

看在若华道君分上，他已经一忍再忍。秦有桑沉着脸道："青山宗戒律第十一条，不遵长老令者当如何？梁秋怡，你回宗门自行去戒律堂领罚吧。"说罢扫了眼宗门弟子，"还不启程。"

秦有桑突然就把宗门戒律抬了出来，众人吓了一跳，生怕火烧到自己身上，消了看戏的心思，点齐各峰弟子，朝南方去了。

千瀑峰弟子唯梁秋怡马首是瞻，站在院子里没敢动。

梁秋怡微张着嘴，以为出现了幻听："师兄，我想为你留下，你却要我回戒律堂领罚？"

"梁师妹，赶紧走吧。"于剑生叹了口气劝道。

七年未见，她当众表白心意，秦有桑没有半分感动，还拿宗门戒律治她！梁秋怡气得珠泪成串往下落："我不走！七年来，我只要一想着你受苦，在魔……"

秦有桑一拂袖，梁秋怡未说完的话断在了咽喉处，人如木头般扑倒在地。他随手指了个千瀑峰的筑基弟子："把她送回宗门，直接交给戒律堂。"

千瀑峰弟子吓坏了，赶紧抱起梁秋怡头也不回地窜出了营地。

差点被梁秋怡说出七年前的实情。于剑生哼了声："女人就是靠不住，修到金丹后期也不知所谓！"

秦有桑沉默了下道："师兄，就算宗门对外解释七年前我是为了打探魔界虚实才故意被擒，骗得了一时罢了。如今我尽力护着各宗门安全撤离也是想着替宗门挽回些许颜面。回宗门后，等大师兄结婴，我便将崖主之位传给他。"

"小师弟，这事又不能怨你。如果不是你闭关进阶的紧要处，也不会被魔修得手。再说了，当初若不是师父重创魔尊，青山宗早就被魔界灭了。宗门谁敢说滴水崖半字不是？"于剑生心疼他，耐心劝道。

秦有桑心情不好，摆摆手道："先不说这些了。我去看看林小天。"

"魔界破了护营大阵，咱们师兄弟打不过跑就是。林小天不过是炼气修为，留下她不妥。"

"连她一人都护不住，也枉我修至元婴了。"

望着秦有桑去远的背影，于剑生鄙夷道："梁秋怡金丹后期都嫌拖后腿。林小天一个炼气小弟子就誓要护她周全。小师弟，做人不可太厚此薄彼哟。"

知道秦有桑下了禁制，焚天暗自高兴。她正需要一个不被打扰的环境。着急将从秦有桑体内吸走的元气转化成真气，她还没顾得上查看自己的经脉丹田。得空一瞅，焚天乐了，丹田与经脉足足被扩大了数倍。借来的真气在施展幻影赤莲时挥霍一空，如今她打坐一个时辰，也不过攒了点垫底的真气。等真气蓄满丹田，她大概就有筑基修为了。有机会可以再试试，看能否加快修为的提升。平时还是将真气移至窍穴中藏着比较好，修为速度太快会

第十章 功法的秘密

引人怀疑。焚天盘膝坐在床上，手撑着脸颊想，终究还是靠自己才稳当。

秦有桑推门而入，布下结界，拉了把椅子坐在了焚天对面。他脸上没有笑容，盯着焚天道："皮外伤好得快。这会儿瞧着气色不错啊。"

"把小蜜蜂弄哭了，心情不好甭找我撒气！"

"知道我心情不好，所以你最好说实话。"

小半天不见就要刮目相看了。焚天偏就不想让他如愿："我饿了。"

"说完才有饭吃。"

"你不想尝尝烤黄兔的滋味？反正营地都走空了，不如我们在院子里架火烤兔再弄瓶好酒。多有聊天的氛围啊！"

秦有桑一掌拍在床头柜上，好好的柜子顿时化为齑粉："别以为我不会对女人动手！"

焚天懒洋洋地回他："我好害怕哦！"

咽喉一紧，秦有桑一只手扼住了她的脖子，恶狠狠地瞪着她。

焚天顿觉呼吸困难。她被迫仰起了头，轻易让他看到颈下那个小巧玲珑的小窝。

她和她该不是孪生亲姐妹吧！

她的脖颈和她一样洁白纤细。秦有桑突然生出一股冲动，想抱抱林小天。

对危险的直觉让焚天在此时开了口："我是从圣域逃出来的！行了吧？放手！"

秦有桑松开手，冷着脸说道："我早猜到了。继续。"

揉着脖子，焚天悻悻地骂道："那你还不赶紧杀了我？"

"林小天,你再不说实话,这间屋子就是你的葬身之处。你以为我还会对魔界的人报恩?"

他的表情很认真。焚天蹙紧了眉头,秦有桑的态度不一样了,为什么?不管为什么,先保住自己再说。她眨了眨眼睛:"说了就不会杀我?"

"我若想杀你,你活不到现在。"

这句话应该是我对你说才对。焚天心里大骂秦有桑过河拆桥,露出一副伤心的模样:"我是寄养在骆家长大的。那个唱歌谣的老人,我叫他叔父。"

所以她才悄悄躲在无人处用神识查看?

魔界生变。那些悬在城门上的老老少少是快被斩首的逆贼。这么说是林小天命好,竟然逃出生天了?

"我姓林不姓骆,骆家的旁支都被罚做苦工。空间珠是我娘亲留给我的宝物,小境界里的东西都是她留给我的,凭借这枚空间珠,我才逃了出来。"见秦有桑仍然一副不置可否的表情。焚天知道,不能抛出更有价值的"实话",大概真过不了今天这关了。主动权掌握在秦有桑手中,焚天很是有点不适应。

"那天在风蚀地你晕倒后,我以为会死在那里。一群翼卫坐着巨鹰来了,驱离了那些血蝎豺狗。那个活下来的翼卫并没有逃走,从藏身之处出现了。"

秦有桑精神一振。

"我能怎么办?只能装成斗兽场的兽奴。见翼卫大人危险,想着引开血蝎豺狗可以得些赏赐。"焚天隐去了自己施展控沙术,一脸后怕,"幸亏衣裳上的囚字被白布遮掩,满身血污没让他们认出我穿的是件囚衣。以为我俩都是圣域的人,不仅没有为难,那个

第十章 功法的秘密

翼卫还感念着我们为他引开了异兽，尽全力救了你。储物袋也是他给我的，还让我将来遇到难处凭储物袋去找他帮忙。他们离开后，我带着你拼命往南逃，跑到沙漠里便脱力晕过去。后来的事情你都知道了。"九成真一成假，说辞没有漏洞。

秦有桑却想知道得更清楚："我的修为是因为他的救治？"

焚天并不隐瞒："你经脉寸断，甚至有些已经溶于身体血肉。没有经脉，他反而相信你不是玄门修士。他见你并无丝毫元气，以为你无法修炼，便用元气为你打通窍穴。窍穴一通，天地混沌之气吸入体内后经窍穴循环，就会生出元气，你内腑受的伤自然能愈合。初次通窍，人会昏睡十天。所以，你醒来时，正是在十天之后。"

打通窍穴？那些"小丹田"便是窍穴？他以为重新拥有的"真气"其实是叫元气……原来自己经脉寸断废掉的玄门修为根本没有恢复，这身修为却是魔界的魔功带来的。秦有桑脸上哭也似的难看。他痛恨魔界，想为师父报仇，想把她从魔界里拉出来，自己却无意中修习了魔功。他将来会不会性情大变，变成一个噬血凶残的魔头？

"没见识！你们玄门不懂才会把这种功法叫魔功。再说，魔界的人都是坏的吗？圣域里多的是我这种好人。难道修炼玄门功法的修士个个都是好人了？"见他脸色煞白一片，焚天生出一丝怜悯，试图用最简单的话把秦有桑从牛角尖里拉出来。

没想到秦有桑不过难受了片刻，便仰天大笑："甚是！将来我若癫狂狠辣性情大变，必也是跑到你们的圣域杀人。用魔功杀魔修，甚好甚好！如今知道我修了魔功，林小天，你便老实讲吧，这种功法究竟怎么回事？你老实便罢，不老实……哼哼，我可是修了魔功的。"秦有桑一副故作狰狞凶狠要以人血为食的模样,眼神却黯然之极。

焚天又好气又好笑,知他此时心里定难过至极,便认真告诉他两界之间功法的差别:"圣域中也不是人人都能修行。有些人先天诸窍不通,有些人窍穴堵塞,却攒不到足够的元玉请高阶修士替自己打通窍穴。第一次通窍的窍穴越多,修炼的资质就越好。窍穴多了,存储的元气就更多,修为自然深厚。元气的精纯度不同,色泽也不同。元气越精纯,气泽越浅。你的元气是白色,与你的真气无异,所以你一直没看出两种修为的区别。灵气不过是很精纯的天地之气罢了。圣域中人哪怕不打坐,呼吸间连通身体窍穴,也在修炼。所以圣域修炼速度远超玄门。哪里是什么魔功,不过比玄门功法更简单方便。和玄门追杀的那些真正修炼邪门功法凶残的魔修是完全不同的。"

原来如此。

秦有桑的修炼天才名号也不是白得的,焚天说完,他已经完全明白圣域与玄门修炼功法的异同之处。

人身体之中并非只有奇经八脉。玄门走的是独木桥,只吸纳灵气,打通奇经八脉与丹田形成循环才能修炼,经脉堵塞或者丹田被毁,就再难修炼玄门功法。圣域则不然,只要打通了窍穴,就能修行。

说起来他是因祸得福,然而秦有桑并不高兴。从小到大深深刻进骨头的修炼理念与信仰一朝坍塌,是很难让人接受的。他想从林小天嘴里知道那天昏过去后发生了什么事。真知道了,他却后悔自己为何要刨根问底。

"不管修什么功法,只要不做坏事就不是坏人!"焚天说着笑了起来,"秦归陌,你想当凶残的魔修,也要先去练那种让人性情大变的邪门功法才行呀。"

秦有桑瞅着她惨笑,他又不是傻子,这等粗浅道理他不懂吗?哪怕他明白过来,万千玄门修士也不会信他。他只要说出去,他就成为玄门眼中的叛徒,与那些魔修一般无二。想他秦有桑百年来顶天立地受尽敬仰尊崇,一旦被人知晓他修了魔界的功法,立时就能从九重天上摔落尘埃。

"既然你是魔界中人,为何要救我?"

焚天坦白地告诉他:"我要离开圣域进玄门,需要功法,需要有人引路。我是想利用你,但是我得到功法后在风蚀地并没有出卖你。所以,秦归陌,你还是欠我一条命。"

秦有桑突然擒住了焚天的手,一字字说道:"我要看看你的窍穴。"

"不行!"焚天叫道。

"为什么不行?"短短半个月,她修炼青山宗天阶功法,突破炼气三层。她原来的修为呢,是否被她藏起来了?他通了三百六十五个窍穴,后来又自己打通了一个。他现在的修为等同于玄门的元婴中期。那么她呢?秦有桑生出一股强烈的好奇心。

纤细的身材,如雪的肌肤,一模一样玲珑小巧的颈窝。他不想再当一个傻子!

焚天急道:"我的心窍中被人种了蛊虫。蛊虫嗅到丝毫元气都会醒来噬咬我的心脉。我不能再用元气,所以才改修玄门功法。"

秦有桑笑了:"你以为我还会相信?"

一缕元气毫无预兆地从她腕间窍穴直冲进她体内。他想看清楚她的真实修为,想看看她体内是否也如他一样诸穴连成星域。

元气浩浩荡荡入体，幽光黑虫如同被沸水浇醒，疯狂地自心窍中涌出，大口啃噬着焚天的经脉。一口黑血从她嘴里喷射而出，浇在床头地上秦有桑的衣裳上。火倏然飘起。好厉害的蛊！秦有桑吓了一跳。掌风过处，火焰熄灭。被黑血溅到的地方熔成一个个孔洞。

焚天痛得蜷成了虾米状，惨白着脸望着他，一时间竟觉得自己蠢。明明告诉自己决不会步聂天虹后尘，她依然对这个男人心软。她是自作孽不可活！

"你从来不曾相信过我。秦归陌，我真是……后悔。"气若游丝地说完，她晕了过去。

秦有桑松开了手，呆愣地望着伏倒在床榻上的焚天。她的脸冰凉惨白，昏迷前的眼神像刀子一样剜着他的心。是的，他从来没有相信过她。他嘴里说着要报救命之恩，却不过是想给她点功法灵石就把人打发了。她的心窍中被种了蛊虫，所以迫不得已才改修玄门功法。他后悔没有相信她的话。他的目光掠过被腐蚀的床榻地面和满是破洞的外袍。她会死吗？秦有桑打了个寒战。

"师兄！来救人！"秦有桑的声音传遍了空荡荡的营地。

于剑生吓了一跳，瞬间飞进了房中。

"师兄！你，你看看她。她心脉中有蛊虫，刚才吐的黑血沾物即燃，甚是霸道。"

于剑生瞥见地上腐蚀出的坑洞，上前握住焚天的手腕以真气探查。片刻后他摇了摇头道："小师弟，你说的蛊虫师兄并未探查出来。师兄修为远不如你，等你心绪安定后，你再查一查。"于剑生满脸疑惑，"从未听说过竟有这般毒辣的蛊物，吐出来的血都能燃烧且腐蚀力极强。等回到宗门后师兄再去查阅典籍，看是否有记载。不过,她的心脉和半月前相比,极为脆弱。再伤一回,心脉断裂,恐怕会有性命之忧。现在林小天可能是痛得晕厥,经脉丹田倒是无碍。"

都是他的错!元气入体,蛊虫立时惊醒。不仅他不能再以元气探查,她更不能落在魔界修士手中,最好马上离开赤海。秦有桑望着焚天苍白的睡颜道:"魔界的城池被毁,定然会举兵报复反击。我会尽全力阻拦,如果陨落于此,权当回报宗门百年来的培养。林小天……请师兄带她回宗门,让她能在宗门修炼。归陌谢过二师兄!"他迟疑了下没有说出林小天是魔界骆氏旁支的事情。谁知道这次林小天说的是真是假?他不想对师兄一再改口。说罢秦有桑郑重地稽首。

于剑生抬腿就是一脚。

秦有桑身影晃动避开,仍长躬行礼。

"你这般弃自身于不顾也要报答救命之恩。"把救命之恩拖得老长,于剑生阴阳怪气道,"不如和她死一处,同生共死嘛。梁秋怡盼得进戒律堂都盼不来哦。"

秦有桑闻声抬头,脸气得通红:"二师兄!都什么时候了还说风凉话!"

于剑生比他更生气:"老子待自家儿子一样照顾了你八十年!为了你不曾赶回宗门见师父最后一面!窝在这草都见不到一根的戈壁沙海整整七年!大师兄为了你强行闭关结婴还不知道成败!好不容易囫囵个找到你了,你却要去寻死!你对得起师父?对得起大师兄?对得起我?老子今天揍死你这个兔崽子!"说罢,挥着王八拳就捶。

"死我一个总比死三个强!你不过就是个金丹后期,留下来拖我后腿……哎哟！你敢犯上打长老打崖主？"

"打了又怎样！小兔崽子！"

"……我尊老才不还手！"

"本真人潇洒儒雅！说我老？你才是老牛吃嫩草，对小姑娘也下得去口！"

"喜欢我的女人从青山宗排到赤海去了，这根草送给我嚼都嫌塞牙缝！"

他没用真气，秦有桑也不用。两人屋里你追我跑，拳拳见肉。秦有桑终于拦腰抱住于剑生，将他压在地上怒吼道："打不过我跑总可以吧？我嫌命长了才想死！你不把林小天带走，我逃命还顾得上她那个累赘？"

"啪啪啪！"鼓掌声让扭打在地上的两人住了手，扭头一看，焚天不知何时醒了，正倚着房门看戏。两人嗖地从地上弹跳起来，同时背转身，摸鬓角拍尘土整理衣襟，动作整齐划一。心里想着同一个问题：她什么时候醒的？怎么我没察觉到？

焚天望向北方，悠悠说道："听到没？鹰鸣声起，那边在调兵了，说不定就快打过来了。"

两人凝神细听，魔界城池方向，果然响起了数声鹰鸣。

"小师弟，各派弟子还没有走远。"于剑生的心沉了下去。小师弟一个人能拦住魔界大军吗？

秦有桑并无把握，只能背水一战。他想让师兄宽心，轻松地笑了起来："在魔界待了七年，进阶至元婴中期，正好拿魔界小崽子试试进阶后的修为。"

想起当初秦有桑进阶元婴中期闭关才被魔界掳走。如今成功进阶中期修为，于剑生喜不自胜："小师弟苦尽甘来，师父泉下有知，不知如何高兴。"

　　秦有桑便故意露出了些许自得的笑容："魔界七年磨炼了心性，也算是机缘。"说完刚转过脸就撞上焚天翻白眼，秦有桑气了个仰倒。

第十一章　划清界限

聂悠悠站在曾经的城墙处，随手抓起了一把浮沙。褐红色的沙从白玉般的指缝间沙沙滑落。风吹过，散了个干净。

护城大阵，城墙上三十名执守的护卫，还有在罡风中吹了数千年都没被沙化的坚固红岩，遇到幻影赤莲后不堪一击，无声无息烧了个干净。

她心心念念想得到的幻影赤莲！应该属于她的宝物！聂悠悠只要一想起焚天的逃脱就生出绵绵不尽的悔恨。圣宫变故当晚，再多给她片刻时间，她绝不会被焚天骗过去，幻影赤莲就该在自己手里了。她永远不会忘记，七年前，母亲带着她登问天楼观星象，橙红如火的荧惑之星出现在黑夜里。母亲当即决定趁着莫干河出现，罡风休停之际越过赤海，出兵奇袭青山宗。

圣域与青山宗南北相距数万里。一旦被玄门发现围攻，想要全身而退就难了。她当时很是不解，竭力劝阻母亲不要去冒险："不就是一枚琉璃莲珠么？珠里布了个幻阵，做得奇巧罢了。就算母亲恨那个玄门修士搅了奉圣大会，他不也没讨到好处？"

母亲轻叹："悠儿，琉璃珠里的那朵红莲叫幻影赤莲。可不是什么做得奇巧的幻阵小玩意儿。幻影赤莲对圣域而言便如同俗世帝王的玉玺。它是圣域尊主的印鉴！失踪了上千年，蓝殿主从故

第十一章　划清界限

纸堆中查找了数百年的线索，才在典籍中寻得一星半点线索，终于将它找了出来。"

她仍是不解："这般重要，蓝叔叔为何不直接交给母亲？"

"是我让他这样做的……圣域中见过这幻影赤莲的只有包括母亲在内的两三个活了上千年的老人罢了。我想让圣域的子民开开眼界，也着实没想到会有玄门修士越过赤海潜入红城夺宝。"

圣域夺回了幻影赤莲，母亲身负重伤。她盼着母亲将幻影赤莲传给自己，然而母亲却选了焚天。母亲给了她圣女的尊号，从小视她如继承人悉心教导。她初次通窍便打通了三百零一个窍穴。圣域年轻一代中还有谁比她天资更高？七年前焚天进了圣宫一切就变了。母亲为什么会选择进圣宫还不到一月的焚天？母亲带焚天进寝宫闭关之前，她甚至都记不得翼卫中新来了这么个小孩。

更令她诧异的是，付出惨重代价夺回了幻影赤莲，母亲却秘而不宣，没有大肆庆祝圣尊的印鉴信物重归圣域，七位殿主也仿佛不知道幻影赤莲的价值。

七位殿主中集文殿蓝望山自是知情者。金宫殿主赤玉霄活了千年，他也绝口不提。连自己坐上了圣尊之位，也从未有人在自己面前提到过幻影赤莲。人人只当那枚琉璃莲珠是极寻常的宝物。以为母亲奔波三万里攻打青山宗，是查出凌山子后为了报复，为了维护圣域的尊严。她当然不会说破此事，如今更不会让人知道母亲将幻影赤莲传给了焚天。

分明赤玉霄与蓝望山二人是知道的，分明骆士新那老家伙是知道的，还有林家那位活了近两千岁的老祖宗。昨天夜里，焚天凭借幻影赤莲破了护城大阵救走骆氏一族，到现在居然没有一个人嘴里说出"幻影赤莲"四个字。

为什么？

聂悠悠疑心顿起。难道自己只是个傀儡吗？她心里冷笑起来。七殿殿主以为自己活得够久，在圣域权势滔天，换谁当尊主都动摇不了他们的地位吗？他们懂什么？他们手里的权势他们自诩的地位……在绝对的实力面前，不堪一击！

聂悠悠想起了骆家人唱的歌谣"问天剑破四方符，红莲火烧尽夜鬼路……吾必焚天"。幻影赤莲熔了护城大阵，必是那能烧尽夜鬼路的红莲火了。圣宫中有问天楼，是否与问天剑有关呢？焚天？焚天这名字是否来自这首歌谣？骆士新究竟用什么办法让母亲改变主意选择焚天当继承人？焚天手中的幻影赤莲是圣尊的印鉴，消息传开，会有多少人追随她逼自己退位？

任风吹起及腰的长发，聂悠悠将复杂的神情隐藏在面具之下。她感觉到圣域平静的表面下隐藏的暗流已经蓄势想要翻起巨浪。

"赤殿主。您见多识广，依你看那黑衣女子用的红莲法宝是何物？"

赤玉霄微垂下眼帘，躬身道："老朽来得迟，没有亲眼看见不好评说。不过，当年老圣尊从青山宗夺回的琉璃莲珠中也有一朵红莲。这枚琉璃珠不知是否在尊主您手中？可拿出来对比看看，这两朵红莲是否有关联。"

"母亲逝后，本尊寻遍寝宫不曾看见那枚琉璃莲珠，或许已被焚天盗走。"聂悠悠平静地说道，心里已经怒极。果然赤玉霄这活了千年的老东西晓得幻影赤莲的重要，明着试探自己了。她没有惊慌，看向集文殿主蓝望山，"听母亲说过，那枚莲珠是蓝叔叔找到的，蓝叔叔应该了解那枚琉璃莲珠是何物。"

蓝望山目光微闪，满脸懊恼："黑衣女人破阵所用的红莲确实是琉璃珠中的红莲。属下也不知莲珠中竟然藏着威力如此强大的宝物。尊主没有在圣宫中找到莲珠，定然就落在了焚天手中。她女扮男装骗取老圣尊信任，夺走琉璃莲珠炼成法宝，救走骆氏一族，实乃我圣域大患，不可不防。"

两个人都睁着眼睛说瞎话！是没把她这个新尊主放在眼里了。聂悠悠垂眸掩住眼中的寒意，柔声问道："蓝殿主阅尽典籍，可知如何抵挡此法宝？"

"元气。施展威力强大的法宝需耗用极深厚的元气。想那焚天年纪轻轻元气必然不够深厚。施展一次，必然耗尽所有元气。在其元气恢复前，会是最虚弱的时候。"

废话！能无穷无尽地使用，别说一座护城大阵一道城墙，怕是要毁天灭地了。

众人听了心里都放松下来。施展一次就耗尽元气，对方有何可惧？

聂悠悠身后站着连夜赶来的五位殿主，六百翼卫，数千圣域修士。她回身望着他们。目光所及处，无人敢正视于她。这些都是她的子民啊，她绝不会让焚天从她手中夺走："你们是不是在想，焚天凭着抢来的法宝救走了骆家余孽。玄门修士竟然不要脸地趁火打劫。本尊现在该下令越过莫干河，杀他们一个片甲不留？"

"请圣尊下令！"

"吾等必将玄修逐出赤海！一个不留！"

"一个不留！"

呼声雷鸣般响彻天际，被风吹向了玄门大营。

玄门大营中空空荡荡。

秦有桑与于剑生听着对岸震天般的呼喊相视苦笑。

一盏茶工夫后，秦有桑突然北望。他的神识察觉到，营地阵法护罩外的空中飞来了十来只巨鹰。

"师兄，你带林小天先走，我去阻拦魔修！"秦有桑深深看了焚天一眼，身影一闪直飞向空中。

于剑生不敢耽搁："小天姑娘，我们先走，免得连累小师弟。"

焚天却从储物戒指里扔出了一只羊两只黄兔："我饿了。我请你吃。"

于剑生呆住。这是想学梁秋怡要和小师弟同生共死？我和小师弟都不想死呀！我们跑起来快，你才炼气三层修为，别拖累我们呀。

"打不起来的，放心。"

于剑生又是一怔："你怎么知道？小天姑娘，现在可不是耍小性子的时候。"

"真的真的，不骗你。"焚天东张西望，找到了门板，"二师兄帮帮忙，把门板劈成细柴。"

看她的模样很是镇定呀。于剑生也舍不得扔下秦有桑一个人，心一横劈门板去了。

好好一副门板被他用真气劈成粗细长短一样的细柴，他有点心疼自己的本命飞剑："小天啊，你怎么知道打不起来？"

"这事得从昨天晚上有桑道君被魔界高手纠缠说起。"架起柴垛，焚天指了指岩羊黄兔："驭水洗剥了。"

魔界来人就在营地外，距隔青山宗驻地不过几百丈。于剑生一边洗剥兔羊，神识半点不受打扰地察看到了半空中对峙的场景。

第十一章 划清界限

对方领头之人骑着一头浑身墨黑的巨鹰，穿了身秀气的白色软甲，面容也藏在面甲下。这是城墙上那个嚣张挑衅小师弟的女人？于剑生认出了聂悠悠，提着血淋淋的兔子哆嗦了下。他心里暗暗叫苦，小师弟，你千万别招惹上那朵带刺的桃花呀。

将兔羊架上火堆，焚天指挥于剑生移来案几圈椅，选了个舒服方便的姿势坐了，在兔羊上切着漂亮的花式刀口："昨晚有桑道君被人缠住。意外出现一个高手破了对方的护城大阵，玄门就趁机打过去了，结果被打得落花流水。惨……胜是吧？"

"嗯。魔界被毁了城池难道不想报复？"于剑生很听得进别人的看法。

聂悠悠初任圣尊，只会着急把权力抓到手中，绝对没有心思和玄门开战。焚天往兔羊上刷着佐料，讥笑道："圣域偏居一隅之地，就算是只象，无垠大陆的玄门如万万只蚂蚁。大象能踩死一脚掌的蚂蚁，还能踩死所有的？终究会被蚂蚁爬上身噬咬成一具白骨。魔界打过来，玄门伤亡惨重，各门派必然增派修士进赤海。两界正式开战。赤海是魔界的地盘，玄门掠夺的是魔界的资源。最后吃亏的是谁？魔界呀！所以……"

"什么？"

焚天望向北方："你耳聋听不见？"

于剑生凝神细听，脸色变幻不定。

十来只巨鹰羽翅未动，排列成箭镞形奇异地浮停在空中。

秦有桑瞟了眼巨鹰粗壮爪间丝丝缕缕青色的风，心里暗暗吃惊。这些风系巨鹰已生灵智，六七阶的异兽相当于玄修的金丹修为。单这群巨鹰已是难缠之极的对手。

站在鹰背上的魔修身穿玄色软甲身披同色异兽毛皮大氅，面容全隐在玄色的面具之后，眸色冰冷，散发出一股令秦有桑感觉危险的气势。他们腰间都悬挂着圣尊翼卫的牌子。

圣尊的翼卫与寻常翼卫不同。圣宫翼卫分五翼，每翼二百人，职责是护卫圣宫，只听圣尊号令。这十八个人则是圣尊的亲卫，自圣尊登位起便不离左右。每人都有八阶以上的修为，与玄门元婴初期修为相等。

当初聂天虹奔袭青山宗，便只带了十八名亲卫玄翼，相当于十九个元婴高手攻打青山宗。青山宗当年只有四名元婴，差点被灭了宗门。聂天虹死后，这十八玄翼在选定传人后，将毕生功力凝为元玉球传之，然后追随圣尊归天。

如果不是顾着尚未逃远的玄门弟子，秦有桑早认怂跑了。他硬着头皮站在空中，一言不发。就一个字：拖！

秦有桑当年被掳到圣域后直接被聂天虹扔进了位于寝宫中的观天深牢。聂悠悠知道从青山宗抓回来一个元婴修士，却没有见过秦有桑。她并不知道，独自出营面对圣域高手的年轻元婴修士就是自己污蔑和焚天勾结杀害了老圣尊的秦有桑。

两人都没有开口，目光却在对方身上往来了数十回合。

聂悠悠先开了口："本尊是圣域新任尊主聂悠悠，我很欣赏你独自出营的勇气。想必玄门各派也就来了你一个元婴修士吧？阁下是哪个门派的？只要你让开，我可以不杀你家的弟子。"

她的玄翼拖住秦有桑，秦有桑分身乏术，根本护不住玄门的金丹修士和低阶弟子。秦有桑自身难保，这个条件还能保住他的宗门弟子，一人绝对抵挡不了十八位元婴。

聂悠悠在试探，扔出的是肥饵。

第十一章 划清界限

他只要答应，眼下这关是过了。修士们能理解，却会不齿。以后秦有桑在玄门就成了人人不齿的过街老鼠。

心狠手辣，还擅长玩弄人心。

秦有桑沉默地观察着聂悠悠。

白色的软甲勾勒出聂悠悠苗条纤细的身材，面甲遮住了她的容貌，连下巴都没有露出来。秦有桑只看到一双秀美的眼睛。

与那些玄翼不同。秦有桑看出她的修为还未到元婴，他稍感安慰。然而这位新圣尊敢出现在阵列最前，应该有恃无恐。想从这十几个元婴翼卫手中擒贼擒王，秦有桑思来想去，也没有把握。

目光从那些亲卫的面甲上掠过，是映在他脑海中的羽翼造型，只不过昨晚她用的是红色的面具。

阳光下的男人沉默内敛，眼神像要剥光她衣裳似的。聂悠悠却并不生气，柔声道："本尊姓聂，圣域新任尊主。道君如何称呼？"

声音入耳，柔若春水，如同友人聊天一般客气。秦有桑想起的却是她站在城墙上挥刀斩落人头嚣张挑衅自己的一幕："难不成本座陨落后，聂尊主还能为本座在此地刻块碑纪念？"他负手而立。阳光洒在深蓝的衣袍上，泛起微微的橙光。赤海的风吹拂而过，衣袂翻飞，颇有种虽千万人吾往矣的潇洒。

聂悠悠脑中跳出"玉树临风"四字，目中露出欣赏赞叹之色，开门见山道："本尊只带了翼卫前来，并没有和玄门开战的意思。烦请道君转告玄门各派。圣域想和妖界一样，与玄门划地而治，互开坊市，和平共处。"她抬手指向下方的河床，"以莫干河为界，坊市可设在此处。莫干河以南，赤海的资源圣域并不强求独家占有。人人有份，各凭机缘，如何？"

玄门和魔界对峙仇恨千年，对方竟然提出互开坊市和平共处。秦有桑觉得荒谬之极。

"玄门宗门众多。道君一人自然说了不算。不妨商议后再来回我。玄门地阔人多，想来各宗门掌教掌门聚集商议也需要时间。且以一年为期。明年此时，圣域在此处等候答复。"

一年。她需要至少一年的时间收拢稳固自己的权力，查明肃清让她感觉到危险的那股暗流。焚天与骆氏一族定逃往了玄门。她也需要打听他们的下落夺回幻影赤莲。坊市一开，互通往来，圣域的消息就不再封闭。这一切，不仅需要时间，还需要和玄门达成和解。

秦有桑担心有诈，摆出一副感兴趣的模样和聂悠悠攀谈拖延时间："你们舍得让出赤海一半的资源？"

聂悠悠侃侃而谈："玄门仇恨圣域，一则是为了零星逃进圣域的邪修。他们成为圣域的子民时，所修邪功就已经被废了。说起两界之仇，我的母亲也是被青山宗重伤，但是圣域有万千子民，本尊不想因为仇恨引发战争，伤及无辜。二则，玄门进赤海来是想要异兽的材料和矿产。赤海环境恶劣，罡风肆虐，采集资源并不如玄门想象中容易。莫说圣域，想必玄门和宗门派之间也会为了争夺资源打斗。所以我愿意开放赤海，以莫干河为界。"

秦有桑针锋相对："尊主是觉得圣域的实力不如玄门才会如此大度。"

"圣域人少，材料短缺。实力确实不如玄门。"聂悠悠坦然承认，话锋一转，"玄门门派众多，却人心不齐。真打起来，圣域必尽全力迎战，玄门想要灭亡圣域也不是那么容易的。一旦开战，双方的伤亡都不小，和平共处，互利互惠，有什么不好？修炼不

第十一章 划清界限

都奔着强大自身与天同寿去的？开战便有伤亡。本尊新任圣域尊主，并不希望看到我圣域子民陷入战争之苦。"

整个无垠大陆的元婴修士只有一百多个。对方低阶修士少，元婴高手数倍于玄门。逐个击破，玄门能被对方杀得血海漂杵。

对方不开战，秦有桑当然高兴："还请聂尊主以神念为信。"

不管对方究竟是何目的，至少眼下他不用独自抵挡，圣域也不会派出大批人马追杀南撤的宗门弟子。至于是否和解开坊市，各大宗门还要商讨，秦有桑将魔界的意思带回去就行。

聂悠悠凝神念聚于一块玉简之中扔给了他。

"聂尊主！"

"道君还有何事？"

秦有桑指着玄卫身上的毛皮大氅问道："是什么兽皮做的？"

聂悠悠一愣："北地雪山玄狐，只生活在圣域雪山。"她诧异地看着他。明明说着正事，这位玄门道君为何突然关心起一块毛皮来？

圣域独有？林小天的确来自圣域。将来他再想办法猎只好的玄狐给她好了。秦有桑点头道："多谢。"

见他欲走，聂悠悠开口道："尚不知道君如何称呼？来自哪家宗门？"

让秦有桑撒谎，他丢不起人，让他直说，他却不愿被对方认出来羞辱自己曾是阶下囚。他当没听到，加速飞回了大营。

"岂有此理！"玄翼们怒了，羞辱圣尊等于羞辱他们。圣尊好脾气，他们可不是。

"算了。"聂悠悠喝住了欲动手的玄翼，微笑道，"很有趣的年轻道君。回圣宫。"

巨鹰展翅，飞向圣域。

秦有桑头也不回地回了青山宗的营地。院中肉香飘荡，于剑生和焚天吃得满嘴油亮，脚下两坛酒一堆肉骨头，架子上还剩下半只羊。他紧绷神经随时准备出手拼命。他们悠闲自在地生火烤肉喝酒？秦有桑气不打一处来："不是叫你们走吗？"

于剑生打了个饱嗝道："我们决定与师弟同生共死，打算做个饱死鬼呢。"

他相信才怪！秦有桑哼了声，打算也饱餐一顿。

烤好的半只羊从他眼前消失了。

焚天将羊迅速收进了储物戒指，对秦有桑视而不见："赶紧走。万一魔界的人反应过来，知道秦有桑就是你，定会追来。"

于剑生一听马上放出了七宝船。两人跃上船头，秦有桑还在望着空空的柴堆出神。

"小师弟，你赶紧上来。"七宝船飞向空中。

秦有桑咬着后槽牙气得心口疼："林小天你做得出来啊，吃剩下的烤羊肉都不肯给我吃？二师兄，你竟然扔下我……"

他追上七宝船，稳稳落在船上，神色严肃："林小天，回宗门前有些事得和你提前说清楚。"

青山宗九峰三崖。三崖独立于九峰之外，辈分排行独立，不与宗门别处一起。崖主居长老之位，必须是元婴修为。千瀑峰是主峰，掌教也是一位元婴。九峰弟子外，青山宗还分内外门。新进宗门的炼气弟子或是资质有限的筑基修士大都属于外门弟子。

"林小天，还是原来的提议。你要不要拜我两位师兄为师？只是如此一来，你就得叫我一声师叔。如果你不想比我矮辈分，我与师兄会荐你进九峰当内门弟子。但是滴水崖不太方便插手九峰事务，有事情只能靠你自己。你选吧。"

晚辈有什么关系？一个明面上的身份而已。青山宗不过是临时让她落脚的地方罢了。她还会拘泥于宗门之见不成？换成从前，焚天没准就选择进滴水崖了，环境单纯，上面有人护着，她可以专心修炼提升修为。

"有你们照顾，进滴水崖确实是最好的选择。"

秦有桑觉得自己脑袋进水了。她不给他吃烤羊，他一气之下就想让她知道到了青山宗，能给她助力的人只有自己。谁知道话说出口他就想到林小天选择进滴水崖当弟子，就要喊他一声师叔了。他怎么想怎么觉得别扭，各种不舒服，比没吃到烤羊还生气！秦有桑后悔了："你不用现在选择。回宗门前想好就行。"

于剑生龇着牙倒吸着凉气。什么情况？一旦林小天拜大师兄或自己为师，就成了小师弟的晚辈。如果她拜小师弟为师……哎呀，那还得叫声师父。两人再有那意思也不成了，欺师灭祖哦！

他悄悄瞥了秦有桑一眼，小师弟的脸都青了……他这个师兄真是命苦！于剑生苦口婆心开始劝焚天："小天，你还是进九峰吧。我师弟被魔界关了七年大概忘记了。滴水崖从来不收女弟子。你进滴水崖不太方便。二师兄给你一个中肯的建议，九峰之中守望峰绝剑峰和滴水崖关系很不错。看在二师兄面上，收你为真传弟子小事一桩。两位峰主肯定会对你极好。你再好好考虑考虑吧。不着急。"

"我已经想好了。"

秦有桑竖起了耳朵。

焚天笑道："能让我进青山宗修炼，救命之恩便两清了。我也不想拜谁为师。以我炼气三层的修为做个外门弟子便好。不惹人

227

瞩目，也不会再给二位添麻烦。"

"外门弟子能得到的修炼资源那可少得多了，还是进九峰好。"于剑生也没想到她会选择去最差的外门待着。

秦有桑唇角微翘，别开脸掩饰住眼里的笑意，冷冷说道："这可是你说的，两清了。随你吧，去了外门，别嚷嚷辛苦又来求我和师兄。"

"我说了两清便两清，进了青山宗，再不会给二位添麻烦。对外的说法，于真人是我的救命恩人，只有我报恩，哪有让恩人再来照顾我的道理。两位的照顾说不定还会引来其他弟子的嫉恨，给我添麻烦。等我进了青山宗外门就此两清，当从不认得吧。"

焚天恨不得从此当路人的态度瞬间让秦有桑脸色难看之极，拂袖进了船舱。

于剑生苦笑道："小天姑娘，瞧你这话说的。明明是我们欠了你的恩情。外门弟子一块灵石一瓶低阶丹药的月例，你修炼不够用呀。"

焚天只是一笑："宁做鸡头不当凤尾，进九峰成为垫底的新进弟子难免被师兄师姐们使唤，我可受不得闲气。"

好像也有道理。对他和小师弟也没见她客气过，去了九峰她还会忍耐别人使唤？外门便外门吧。他暗中多给她灵石法宝就行。想到这里于剑生大方了，伸出手来："你不是嫌弃给你的储物戒指难看？师兄这里还有两枚，你喜欢哪个，换了便是。"

焚天毫不客气地选了枚不引人瞩目的木质戒指，和那枚镶黑珍珠的换了。见里面至少有三万灵石，还有柄能用到筑基的剑，厚厚一叠符箓，冲于剑生点了点头："于真人。我记下你的人情了。"

第十一章 划清界限

她现在就从二师兄改口称于真人了，于剑生没把她对自己的疏离放在心上，只是不知道小师弟受不受得了哦。

数天后，七宝船飞出了赤海，抵达了北沙城。于剑生下船和青山各峰领队说了下情况。魔界议和是大事。七宝船从北沙城一刻不停飞回青山宗。秦有桑一直待在船舱房中没有露面。焚天好奇外界所有的一切。于剑生常年游历经历知识丰富，乐于为师。没两天，两人就成了酒肉朋友，气得秦有桑封闭了五识闭了个小关。

一个月后，青山宗终于到了。

青山宗峰峦叠翠，飞瀑悬挂流云环绕。鳞次栉比的殿宇隐于山峰青树云雾之中，蔚为壮观。

秦有桑终于走出了舱房，俊脸生辉，修为又进了一层。

焚天知道，这些天秦有桑必然又打通了数个窍穴，炼出的元气又深厚了许多，令她极为羡慕。她已经试过了。天地混沌之气在经脉中运行，只有吸纳的灵气才能转化为真气。如此一来，她的修炼速度就慢了。

感受到扑面而来的浓郁灵气，焚天又开心起来。以宗门浓郁的灵气程度，她的修炼速度也不会太慢。离开圣域，她现在有大把时间，不急。

七宝船停在半山宽阔的广场上空。

"你真的不改主意了？"秦有桑忍不住又问了她一遍。

"林小天就此别过。再见。"

于剑生叹了口气，携焚天下了船，找了一个负责外门事的筑基弟子为焚天办理入门事宜。

焚天头也不回随那弟子去了。

秦有桑盯着她纤细的背影，形容不出心里那空落落的感觉。似惆怅又似失落，百般不是滋味。

"小师弟。咱们走吧。"于剑生暗暗叹了口气，操纵七宝船朝主峰飞去。

秦有桑傲立船首，漠然听着宗门云板敲响。诸峰上空宝光闪动，长辈弟子们纷纷出了洞府前来迎接。他知道，那些在赤海小境界里和林小天肆意吵嘴肆意流露情绪的日子一去不复返了。他，又是从前那个生人莫近的有桑道君了。

"林师妹，你放心，师兄绝不会透露你与于真人的关系。"得了于剑生赏赐的一袋灵石，接引弟子对焚天态度热情如亲人一般。这种资源还是自己悄悄掌握比较好，无须于真人叮嘱，他也会保守这个秘密。

焚天大方地又塞了一把灵石给他："初进宗门，两眼一抹黑，给师兄添麻烦了。"

没有仗势欺人，还懂得规矩，又如此美貌，接待她的刘师兄心里越发欢喜，一路陪同介绍殷勤备至，最后驭剑将她送到环境清幽的小院门口，才告辞离开。

启动防御阵法后，焚天终于松懈下来。这间院子偏离主建筑群的中轴线，依山而建。院子不大，仅有一进。正房三间带一间厨房。珍贵处在于院子西南角有口灵泉水井，汲水煮茶烧菜做饭都对修炼有益。得了好处的刘师兄特意将这里分给了焚天。

焚天看到院子西北植有一株老桑。春来抽枝，桑叶嫩绿喜人。她抬手摘了一片，揉得稀烂。顺手拿出储物戒指里的那把剑，离

第十一章 划清界限

地三尺将树斩断。片刻之后,墙边多出一堆新柴,院里多出一根木桩。

"当桌子用倒也不错。"踩着满院落叶,焚天施施然回房蒙头大睡。

是夜,月华清辉耀得院中一片明亮。

秦有桑悄悄来到外门,敛了气息,站在半空中望向小院。桑树桩露着白生生的茬口,桑叶蔫蔫地铺了一地。好好的一棵桑树被她糟蹋成这样,她得有多不待见自己?秦有桑硬生生收起踹开门拎起她询问的冲动,转身就走,发誓从此绝不多瞧林小天一眼。

感觉到他的离开,焚天睁开眼睛抱着被子苦恼不已。她怎么感觉秦有桑对自己的态度变得有些不对劲了。他不可能认出自己呀,为何对她如此关心?

进了青山宗,焚天打定主意要和秦有桑划清界限,免得被倾慕他的女子骚扰,影响修炼。

那个小气男人,再气上几回肯定拉不下脸来找她。

想到这里,焚天放下心来,安心睡了。

第十二章　但见新人笑

有桑道君破境出关，青山宗又添一元婴中期高手。宗门沉浸在一片喜气之中，秦有桑的修炼传奇再次回锅翻炒。

焚天在外门溜达了两天，把地方摸熟了，便随大流去外门听课。给弟子们讲课的内门筑基师兄还在讲秦有桑："道君进宗门时不过四岁，过耳不忘，一篇清心咒倒背如流，道心坚定，方能有今日之成就……"

焚天蓦然想起秦有桑嘴唇翕动诵读清心咒的模样，一时没有忍住，扑哧笑出声来。

安静的课堂中这一声笑格外刺耳。焚天惊觉自己来了玄门太过放松，正想着理由解释时，有人放肆地大笑出声，立时便压过了她的声音。

"大胆！谁在笑！"讲课的筑基师兄愤而起身，望向殿堂最后面。

弟子们纷纷回头。一名弟子张开双臂，像是伸了个懒腰。宽大的袍袖挡住了她的脸。衣袖从她脸上拂过，她嗅到一股淡淡的崖柏香。

他站了起来，用高大宽阔的脊背将焚天挡在了身后。双臂一合，恭谨地叉手行礼，声音清朗："弟子在笑……却非取笑。听师

第十二章 但见新人笑

兄言及道君四岁诵清心咒从此道心坚定，心有所悟，突感破阶有望，高兴而笑。弟子失礼了，惭愧惭愧。"

"无妨，坐吧。"筑基师兄怒容消失，重新跪坐于蒲团上，悠然道，"顿悟，茅塞顿开之时。情难自控时而有之……"

他回过头，冲焚天挤了下眼，挨着她身边坐了，声若蚊蚋："喂，我救你一命。你怎么报答我？"

他穿着和她一样的白色镶蓝色阔边的衣衫，眉目间顾盼神飞。焚天有点惊讶，青山宗的外门弟子中竟然有如此俊俏风流人物。

"庆贺有桑道君进阶出关，饭堂新添了道肉菜，你请我吃当报答我了。"他扯了扯焚天的袖子，那身气度瞬间坍塌，"咱们早半个时辰开溜，迟了就被抢光了。"

焚天突然觉得这人极有意思，顺从地跟着他猫着腰出去。

呼吸着殿外的新鲜空气，听着里面还在说秦有桑的丰功伟绩，焚天笑着摇了摇头。她算是知道秦有桑那种暗戳戳的骄傲怎么来的了。

"新来的？以前没见过你。我叫弈之羽，炼气六层修为，你呢？"

很是自来熟啊。焚天小声回他："林小天，炼气三层。"

"那你得叫我一声师兄了。"弈之羽带她去饭堂，边走边说，"昨天出任务的弟子猎回来一头三阶飞翼黄斑虎。外事堂一高兴，将虎肉送到了饭堂添菜。外事堂数千炼气弟子，一人一口都不够塞牙缝的。一枚灵石一份，一人限购一份。一份肉虽说要花掉一个月的供奉，架不住人多肉少啊。去迟了，就没了。"

"味道很好？"焚天没吃过这种黄斑虎肉，不由得好奇。

弈之羽停住了脚步："你有灵石吧？"

焚天笑着点了点头:"虽然不多,两块灵石还拿得出来。"

说话间已到了饭堂,卖饭菜的窗口处已是人头攒动排成了长队。弈之羽急了,顾不得和她说话,大喊道:"有桑道君来外门了!道君在广场散发丹药哪!"

挤在前头的弟子闻声回头,有人认出了他:"弈之羽,真的?"

弈之羽信誓旦旦:"骗你是小狗!迟了抢不到了!"

"我还没见过有桑道君呢!"

"听说是无垠大陆第一美男子!"

"道君赏赐的丹药能抢到一枚说不定都够进阶了!"

弟子们疯了似的往饭堂外跑去。人一散,弈之羽快步上前,从储物袋中掏出一只陶锅递进了窗口:"两个人!两份!"另一只手朝焚天伸了出去,"两块灵石!"

焚天看得有趣便递过去两块灵石。

端着一锅热气腾腾的炖虎肉,弈之羽陶醉地深吸了口气叫上焚天:"我家有酒,师妹跟我回家吃去!快走!"

刚才排队的弟子知晓受骗,定会回来围殴他吧?焚天笑着没有说破,跟着他走了。

很巧,弈之羽的院子和她的住处相邻,中间只隔了一片竹林。

关了院门,开启防御阵法。弈之羽眉开眼笑将陶锅放在院中石桌上,拿出两副碗筷一坛酒来。红焖的虎肉浓油赤酱,炖得酥烂,香气扑鼻。焚天吃了一块,没有吭声。一股浓烈如火的气息从喉间直烧进小腹。转瞬间身体如置烘炉之上,热气直扑上脸。绯色自冰雪般的肌肤下透出,面颊如同染了胭脂一般。她烧得难受,双眸盈上一层薄薄的水汽,娇艳如初绽的玫瑰。弈之羽一时间看得定住,眼也不眨。焚天哼了声,提起酒坛,无比豪放地一

第十二章 但见新人笑

气喝了半坛。脸上的绯红渐渐消了下去。她放下酒坛，盯着弈之羽轻声说道："如果你没拿出这坛酒来。我定揍得你满地找牙。"说罢起身便走。

"哎，我早就说了，我家有酒。林师妹，你别误会呀……"弈之羽回过神嚷道。话未说完，焚天掌中的符箓已经贴在了小院门上。轰的一声，木门炸碎，防御阵法立破。她倚门回望，浅浅微笑："花我的灵石还想看我流鼻血出丑？真不好意思，让弈师兄失望了。"

弈之羽跳了起来："我真没那意思！就是说得迟了点，我这不特意给你准备了清火的酒嘛！"

"我劝你赶紧趁热吃。"焚天望向来时的方向笑，"有四五个人怒气冲冲找你来了！"

弈之羽大惊，端着陶锅急得团团转："小姑奶奶！你也太狠了！破了阵法叫小爷我往哪里躲？"

"活该！"焚天身影一晃，消失在竹林中。

见她走远，弈之羽挑眉笑了笑，端起陶锅纵身跃上了屋顶，下筷如雨，虎肉塞满了腮帮子，嘟囔道："不就是好奇……秦有桑干吗半夜做贼似的窥探你……貌似还气得不轻。"

院门破碎，追来的炼气弟子一拥而入，冲着房顶上端着陶锅大吃的弈之羽骂道："好你个弈之羽，把我们骗走抢买虎肉！"

一时间风刃水火球朝着弈之羽就招呼上了。

弈之羽左躲右闪，最后一口虎肉下肚，惨叫了声扑倒在房顶上大叫："小弟错了！别打了！我错了……鼻血都打出来了！"

"弈之羽，下次再敢耍弄我们就没这么便宜了！走！"见他趴在房顶上，两行鼻血滴落，一群人出了气，得意地走了。

弈之羽擦了把鼻血叹气:"黄斑虎肉壮阳大补,吃不到才亏……唉,林小天,你一张中阶符箓至少值上百灵石,还不如给我。我亲自把门拆了还能赚八十。"他落在院中,踢了踢碎掉的木门,眼底浮出浓浓的笑意,"还是个睚眦必报的小爆炭。炼气三层敢毁了师兄的房门,哪来的胆子?仗着背后的人是秦有桑么?"

宗门弟子为秦有桑破境出关欢喜雀跃之时,千瀑峰宗门议事大殿的气氛正相反。

掌教昭明道君居中而坐,阶下三把云石椅上分别坐着三崖长老。静思崖若华道君居中,左边是双月崖的酒老祖,右边坐着秦有桑。殿中左右各四把铁杉木椅上坐着八峰峰主。宽敞高大的大殿中安静得能听到银针落地的声响。

八峰峰主初次听闻秦有桑并非进阶破境出关,吃惊之余望向秦有桑的眼神那叫一个仰慕佩服。

当年秦有桑结婴接了滴水崖主成了长老,八峰峰主心里难免有些别扭。无他,秦有桑实在太过年轻。如今再看,秦有桑被魔尊掳回了魔界,竟然在魔界囚牢中进阶了,还趁魔尊亡故魔界大乱时全须全尾逃出。峰主们对秦有桑出任长老再无怨言。

双月崖酒老祖眼神迷离,抱着酒葫芦小口啜着,全然没把刚才玉简中聂悠悠神念留影议和的事情放在心上。

静思崖若华道君头发全白,面若桃花,脸上却结了层冰霜似的。

秦有桑坐得四平八稳,如同一尊雕像,目无表情。

昭明道君将众人神色看在眼中,清了清喉咙道:"秦长老平安归来,进阶元婴中期,实乃宗门之福。滴水崖首座大弟子肖真人

第十二章　但见新人笑

闭关已有七年，如果顺利结婴，我青山宗便有五位元婴！宗门实力大增。如今魔界议和，两界休兵。一片祥和……"

"放屁！"

铿锵有力的声音瞬间让昭明道君将尚未发完的感慨噎了回去。他手一抖，差点扯落两根胡须。眼瞅着寿元渐长，颌下胡须渐少，昭明道君心疼得要命，暗骂了声死老太婆！抖着脸皮干笑道："若华长老觉得本座说错了？"

若华道君怒道："魔界出现叛逆，内部定然不稳。魔界那年轻的小娘们儿初登尊位定难服众。议和之说不过是想收拢权力的缓兵之计罢了。此时和魔界议和互开坊市。咱们答应正是给了魔界休养生息的机会。"她瞥了眼秦有桑，想起被罚去戒律堂面壁三个月的嫡曾孙女梁秋怡，心头怒气更盛，"秦长老定也不会忘记被魔界掳去囚禁七年之仇，想必也赞同老身的意见吧？"

死老太婆！

秦有桑心里一个字一个字地骂着，脸上带出股傲色："魔界也就是个偏居一隅之地的偏僻宗门罢了。我师父当年重伤魔尊，以至于有桑到了魔界也无人理会。只当在牢中闭关七年，顺利进阶，又借机探得魔界虚实，实乃玄门之福。是否与魔界议和乃宗门事务，掌门师叔做决定便好，滴水崖不便插手。是战是和，我都无异议。"

昭明道君听得顺耳之极。心道本座尊你们为长老，又不是拿你们当祖宗！

讽刺她静思崖不遵祖训手伸得太长？凌山子那老怪物教出的徒弟一个比一个奸猾！若华道君怒极，转头望向捧着葫芦喝个不停的酒老祖道："老酒坛子，你说！"

237

酒老祖打了个酒嗝:"又不是青山宗一家说了算。现在讨论是否与魔界议和未免早了些,掌门师弟先把消息带给各大宗门吧。"

众人纷纷点头:"无垠大陆宗门众多。总要听听别家门派的意见。"

若与魔界开战,青山宗因二百年前打退过魔界,定会成为第一个上战场的宗门。这二百年来青山宗好不容易跻身十大宗门之列,底子还薄着呢。凭什么让青山宗的中坚弟子先去当炮灰?昭明道君心里又骂了声死老太婆,满脸堆笑:"酒长老言之有理。是和是战,各家门派达成共识才好行事。这件事情青山宗一家说了不算。本座这就遣弟子亲赴各大宗大派报信。三位长老先请回吧。"

若华道君第一个站起,狠狠瞪了秦有桑一眼,衣袖一拂,闪身便走了。

酒老祖摇摇晃晃站起,忽地冲着秦有桑笑了:"有桑师侄,恭喜你进阶。你也不好酒,否则送你坛好酒……"

谁知秦有桑眼睛一亮,起身行礼:"有桑这就嘱人去双月崖取十坛莲花酒。多谢师叔馈赠。"

十坛?这小子来过他酒窖数过?酒老祖当场愣住。他打了个酒嗝上下打量着秦有桑,迷离的眼睛闪过一丝笑意,拿着酒葫芦飞出了殿外,歌声悠悠荡荡传来:"春来了,春到了,桃花也开了。且把花入酒中酿,一杯饮尽相思长……"

秦有桑顿时心虚不已,化为一道白光朝滴水崖去了。

青山宗位居无垠大陆西南。以千瀑峰为首峰,四周错落着八座高峰,与圣域七殿拱卫圣宫的地形颇为相似。只是绵延百里,

第十二章　但见新人笑

占地极广。

滴水崖坐落在后山，与绝剑峰相向而望。单看一崖一峰，如同大小两柄剑直指云霄。三崖人少，相比静思崖和双月崖，凌山子还收了三个徒弟。滴水崖在三崖之中人数最多，除了师兄弟三人，还有二十多个杂役弟子。

回到滴水崖，秦有桑嘱崖中杂役弟子去双月崖讨了莲花酒，独自去了凌山子墓前。

山风凛冽。莲花酒一开封，浓郁的莲花香气就传遍了整座滴水崖。于剑生闻香而动，毫不费劲地看到了坐在悬崖边上的秦有桑。

"小师弟还知道等着师兄。不枉我在赤海苦寻你七年！"酒开了封，秦有桑却未喝过一口。于剑生以为他在等自己，感动得不行。

他深吸了口酒香，啧啧赞叹："上回喝到酒长老酿的酒，还是七年前师父重创魔尊。酒长老一高兴送了四坛。他老人家对小师弟真不错。听僮儿说，这次给了你十坛！师兄总算可以尽兴了！"

于剑生拿出一只荷叶状的琉璃杯得意扬扬："洞府中恰巧有一只荷叶杯，正好配这莲花酒。"他倒了一杯出来。酒色初入杯中无色，轻轻一晃渐变成嫣红。他举杯对着阳光欣赏，杯中酒色朦朦胧胧。饮了一口，于剑生大赞，"这酒留到夏日莲花开时喝就绝了。"

秦有桑又想起了那晚看到的朦胧红帐："师兄吃了林小天的烤兔羊，不如给她送一坛酒去。"

于剑生好笑地看着他："没给你吃，还惦记着送她酒。小天姑娘三生有幸哦。"

秦有桑伸出手掌，屈起拇指："酒不是我送的，是师兄送的。师兄帮我办好了，我分你四坛酒。"

送坛酒给林小天，赚四坛酒当好处，这也太简单了。于剑生一口答应。

秦有桑板起脸又道："如果让她猜到是我送的，我一滴酒都不给。"

真别扭！于剑生拍胸口保证："到时候小天姑娘感激的人就成了师兄我。小师弟可别后悔！"

"嗯。"秦有桑重重地嗯了声。

于剑生将酒坛封好，收进储物戒指，朝着外门去了。

秦有桑望着他远去的身影喃喃自语道："收到莲花酒，你会是什么反应？"

和所有宗门一样，青山宗对外门弟子的培养相当于放养。每五天内门九峰筑基弟子会来外堂授课解惑，是否去听讲并无严格规定。

每年年底内外门会有一场声势浩大的比武。外门资质好的会被九峰选为弟子，进入内门。待遇也随之翻倍。内门九峰之间的比试则为各峰争脸，获得各种赏赐。

外门广场通向山上的那道石门上雕有飞龙，被外门弟子们戏称为龙门。

焚天初春时进青山宗，离年底比武早得很。听过一次课后觉得无趣，更不想搭理竹林那边的邻居，干脆闭了院门修炼。

一阵响声后，身边又多出一堆白色粉末，焚天停止了修炼。她伸手一拂，那些粉末便被收进了储物戒指中，了无痕迹。

第十二章 但见新人笑

于剑生给的三万灵石被她全部吸空了灵气，化为粉末。炼制的真气填满了小半丹田，等到全部填满，就化为真液，由气化液便有了筑基初期的修为。

现在应该有了四层的修为了。焚天并不想让人看出来，将多余的真气移进了窍穴中。上千窍穴，只储满了一个，还是真气不是气液。她叹了口气，看了眼丹田中炼气三层的那点真气，停止了修炼。

想当初她吸收聂天虹八成元气融合幻影赤莲时，三百六十五个主要窍穴元气充盈，还储满了二百八十个次穴。和现在对比，就像是花光了万贯家财只剩下一个铜板的乞丐。

"家有连排大米仓，却只有一瓢米。穷死了。"

照这样下去，上千万灵石的灵气也不够。她想短时间内攒够堪比元婴修为的真气简直是在做梦。其实若被其他弟子知道，早惊掉了下巴。别说此举太过奢侈，能在一天时间增长一层修为，是有桑道君都比不过的妖孽。总不能再找于剑生真人拿几万灵石。地主也经不起她这样败家。她也没那个脸，说了两清便不会再找他们。焚天扫了眼储物戒指，里面只剩下五块灵石。符箓总有花完的一天，她需要想办法赚灵石才行。

正这样想着，院外响起了弈之羽的声音："小天！修炼一整天了，欲速而不达。你答我一声可好？"

焚天挑起了细眉。清早来叫她林师妹，中午端了饭菜过来叫师妹，这会儿叫小天？听说过晨昏定省，他倒好，一天三省？无事献殷勤，非奸即盗。觉得她拿两块灵石拿得太大方，荷包里有灵石，想来帮她花？

只把院门开了一半，焚天挡在门口摆出非请莫入的态度："弈师兄究竟有何急事找我?"

弈之羽无视她的冷漠,满面是笑地递给她一块灵石一瓶低阶养气丹:"宗门发的月例。我和你是邻居,帮你领来了。"

好借口!焚天收了直接关门:"谢了。下次我可以自己去领。不劳烦弈师兄帮忙。"

"别呀,真有事找你!"弈之羽赶紧用手抵住门道,"昨天你请了我。今天发了月例我请你去圩市吃饭!"

焚天冷静地说道:"今天不是初一也非十五。圩场冷清。"

弈之羽笑了:"你初来不熟悉。除了初一十五有集市。发月例这天山门外的圩场最为热闹。炼气弟子手中有灵石丹药呀。我跟你说,蔡记包子铺的酱肉包子皮薄馅厚喷香。老蔡头就盯着我们发月俸这天才做。错过要等下个月了。"

焚天脑中便跳出了秦有桑的声音:"青山宗外的圩场有家蔡记包子铺。老蔡头包出来的包子……"

可惜,再不会有了。她绝不允许自己步聂天虹的后尘,再心软受伤。

她倚着褐色的木门,白色镶蓝色阔边衣衫的身影像山间飘过的云雾。此时太阳还不曾落山。夕阳的余晖洒在她冰雪般洁白的脸上,鬓角耳际如同洒了一层淡淡的橙光,抿起的唇角微微上扬,雾蒙蒙的大眼睛不知越过弈之羽看向了哪里。

明明正是清晨带露绽放的娇花,却如同荒原中独自一人走向那苍凉暮色深处。女孩脸上唇边眼睛中流露出的孤寂令弈之羽蓦然动容。弈之羽都没注意到自己的声音放得柔和无比:"我不骗你。真请你吃。"

他的声音像颗扔进平湖中的石头,打破了沉静。焚天一步迈

第十二章 但见新人笑

出院子:"行,走吧。"

她并没有等他,迈步就往前走。脊背挺直,仿佛不曾与他结伴同行。弈之羽越看越有趣,急走两步跟上了她,长臂一伸,很是自然地搭在了她肩上:"小天。你很喜欢吃包子?"

那酱肉包子定勾起了她的什么回忆。类似于娘亲最拿手的呀,小时候馋嘴又买不起呀……弈之羽想起了另一个可能:该不会因为秦有桑吧?听说他尚未筑基时,每个月都会去买蔡记的酱肉包子。如果是这样,林小天和秦有桑是什么关系?她不是被于剑生救回来的小散修吗?

正想着,焚天停下来,睃了眼他搭在自己肩头的手,望着他浅浅而笑。

弈之羽也歪着脸看她,一副"有什么事吗"的疑惑神情。

"再不收回去,我就砍了你的爪子。"笑容依然,清泠的声音带着不容置疑的语气。

一个炼气三层敢威胁炼气六层,凭什么?有秦有桑于剑生当靠山?攀了下肩就要砍他的手,太过分了。戒律堂又不是摆设。初到青山宗,她敢残害同门进戒律堂?他才不信!弈之羽搭在她肩上的手滑了下去,亲热地揽着她往前走,一副大大咧咧的模样:"小天,你真逗!快走,迟了要排很久……"

焚天眼神变冷。正要动手时,她的神识捕捉到熟悉的剑气。于剑生来了?

与此同时,弈之羽哎呀叫了声:"沙子迷了眼。"他松了手,站着揉起了眼睛。

也许,刚才就想松手,下不了台吧?焚天笑了笑,比他还要着急似的,主动靠近了他:"我帮你吹吹。"

她几乎和他贴在了一起。扶着他的脸踮起了脚。像花一样柔嫩的唇微启，轻轻地朝他眼睛吹气。

什么情况这是？刚才还不让碰，现在主动勾引他？弈之羽身子有些僵硬，眼眨也不眨地看着焚天。她的肌肤雪似的洁白，滑嫩得发光。睫毛又长又卷，垂眼时就在眼睑下方投下一片阴影。他见过太多美丽娇艳的女人，从未见过林小天这样连勾引人还能让人觉得清纯脱俗的。

"好了没有？"焚天笑望着他。

弈之羽低头看她。雪白粉团似的脸，咬一口会是什么感觉？"再吹吹就好了。"

察觉到于剑生已经驭剑离开，焚天撮唇吹出一口气。

一声尖锐的啸音破唇而出。

眼前的人晃了晃，弈之羽已躲到了树后，探出脑袋看树身击出的一团白茬，嘶嘶倒吸凉气："小爷闪得慢点，就被你毁容了！"

这身法真不像是炼气六层的外门弟子能学到的。焚天心里诧异着，淡淡说道："下次再想占我便宜，没准儿就躲不过了。走吧，不是说请我吃饭？"

谁主动勾引他的？谁主动贴过来掰着他的脸冲他温柔地"吹吹"？弈之羽抬头看了看天空，狐疑地想，难道她也察觉到了于剑生驭剑而来？有意思。他忍不住大笑着追了上去："等等我！"

莲花酒都没顾得上送。于剑生匆匆驭剑回了滴水崖，远远瞅见秦有桑还坐在师父墓前，他就飞了过去："小师弟！"

"这么快？"林小天储物袋里还有许多只岩羊黄兔。秦有桑心里嘀咕着，送酒过去就不在一起吃吃喝喝？

第十二章 但见新人笑

于剑生张口欲说见到林小天和一个男弟子举止无比亲密。心思转了转，换了句话："不巧得很。今天外门发弟子月例，圩场热闹，她赶集去了。"

"嗯，师兄另找时间给她吧。"初到青山宗，她好奇去赶集很正常，秦有桑不以为意。他拿出一坛酒开了封，在墓前洒下，"一别七八年。我今晚在这里陪师父。"他从不饮酒，将酒坛递给了于剑生。

小师弟就不想跟去瞅瞅？来个邂逅？哎，差点忘了小师弟面浅，还得靠他这个师兄呀。于剑生眼珠一转："师兄辟谷很多年了。不过上次吃林小天烤的兔羊，倒勾起了馋虫。不如嘱个弟子去集市买些下酒菜，今晚咱们师兄弟为师父守墓，同时给师弟接风洗尘。"

他目不转睛盯死了秦有桑的脸，看到长长的睫毛垂下，眼神飘向一边。于剑生差点破功笑出声。他又道："杂役弟子脚程太慢。师兄去买吧。顷刻便回。"

"怎好劳烦师兄。我去。"秦有桑生怕他阻拦似的，一步踏出，瞬间就没了影。

于剑生抱着酒坛痛快笑出了声："小师弟，别看见那二人黏在一起气得忘了买下酒菜哟。"

圩场离宗门不远。方圆百里的百姓依附青山宗过日子。久而久之，这座圩场成了一座繁华小镇。除了初一十五这两天赶圩热闹，青山宗外门弟子每月初十发月例领供奉这天，圩场的气氛也不亚于赶集。

灵石珍贵，一块灵石也能换五百两俗世银钱，一千颗灵珠。

吃不带灵气的酒菜，一桌席面十两银子，两颗灵珠。不能辟谷的炼气弟子怀揣一块灵石进了镇子，个个昂首挺胸如腰缠万贯。也有炼气弟子趁着人气旺盛摆起了小摊，互换修炼所需的各种材料。

焚天跟着弈之羽踏进小镇，扑面而来的叫喊声塞了两耳朵。她两眼放光，在集市口那座石头牌坊前就停住了脚步。

小小的扁方木头匣子里钉着一层黑绒布，摆满了各种亮晶晶的银首饰。打听到一枚灵珠就能买五支，焚天高兴得直笑。她的两侧头发梳起编成辫子盘成了双螺髻，光秃秃的。她想插两朵银花簪，又看中了两串花形璎珞，马上又想着自己还没穿耳孔，又去瞧各种耳环。

修行中人谁会瞧得上这种不值钱的无用银饰？外门炼气女弟子也不少，就算喜欢首饰，头上插的一般都是制成首饰的法器。弈之羽疑惑，这丫头是从荒凉无人的山沟沟里出来的吧？难道林小天真的只是一个见识浅薄的普通炼气弟子？

不对。她威胁他的时候可不像一个普通人，勾引他的时候更不像。修为只有炼气三层不假，但那招吹气化刃，显然对真气的了解和控制已到了炉火纯青的地步。但选首饰的焚天两眼放光，不像假装。她异于平常的模样令弈之羽更加疑惑，越发觉得林小天像一座藏在云雾后的山，看不透。

不急。毗邻而居，他总有看穿她的时候。

弈之羽干脆地扔了两枚灵珠给老板，速度又拿了几件塞进给焚天手中："送你了。今天来得迟，天都黑了，你还要不要吃晚饭？"

"要啊，免费请我定要吃好吃饱。走吧。"焚天顺手将两串璎珞挂在髻上，对这座圩市赞不绝口，"没想到圩市这么好玩。"

第十二章　但见新人笑

不过是在一处小摊前买了堆不值钱的首饰罢了。

弈之羽失笑："你来青山宗之前一心修炼没去坊市买过东西吧？"

焚天笑道："上次去的坊市和这里不一样。"

大战在即，玄门大营的坊市大都是丹药法宝符箓之类的。刘采采陪着她匆忙买了几身衣裳一些做菜所需的物品，她没有静下来心来玩耍。

这是焚天第二次逛市集。

圣域的红城中也有很多这样的集市。她见过无数场惊险的斗兽，清楚红城每一条街巷的位置。她知道东城集市上第一家店铺的主人右脸上长了个豆大的痦子。她甚至见过千鹤楼最红的灵芝姑娘如何勾引男人。一方水镜中映出的声音画面让她身临其境，却也不能满足她想亲眼见识的好奇心。

七岁时她第一次抓着机会偷跑出家门想四处逛逛，走出骆家不远就被带了回去。她看着服侍她的两个婢女心甘情愿自尽谢罪。见过她面容的八个路人全被抓了回来当她的面处死。白发苍苍的老人跪在她面前苦苦劝谏声泪俱下……她再没有任性过。

离开圣域的生活实在美妙。她现在可以随时逛街吃饭，随意交朋友，接宗门任务外出游历。焚天难掩喜悦，也不会说漏嘴："从前我随姑姑在荒山修炼没怎么出过门。我没见过世面，弈师兄不必吃惊。"

她很清楚他在吃惊。

精明，敏锐，却又不谙世事，真是个奇怪的小姑娘。弈之羽面带谄媚之色："听刘师兄说，你和于真人有桑道君一起到的宗门，于真人亲自嘱他照顾你。小天师妹，将来有什么好处可别忘了提携师兄。"

原来弈之羽是因为这个接近她。焚天叹了口气道:"我姑姑死在赤海了,于真人救了我的性命,他见我无依无靠的就带我进了青山宗。我资质不好,只有炼气三层修为,于真人仍想荐我进九峰。我有自知之明,若去九峰不免被人轻视,所以做了外门弟子。"

随手救了个小姑娘,荐她进宗门已是极大的恩惠。若无别的缘由,一个金丹后期修为的真人怎么可能还亲赴外门找她?秦有桑也不会大半夜暗中观察她了。要么是林小天另有来历,要么……弈之羽莫名涌出一股怒气。于剑生你这个活了二百多岁的老不死,仗着救命之恩竟然想染指一个小姑娘!真不要脸!嘴里却连道可惜:"可惜直接进内门九峰的机会了。不过也没事,等你将来修为高了,比武跃龙门进去,腰板都能挺直一点。"

"弈师兄说得对。"焚天挺直腰背斗志昂扬,"我林小天定要凭自己的实力跃龙门考进九峰去!"

说得跟真的一样。这年头有门路不走讲志气跃龙门?装傻装得也太可爱了。不过若真是为了躲于剑生那个糟老头儿,他支持!弈之羽哈哈大笑:"走,吃饱饭好修炼!那边排长队等包子出锅的就是蔡记包子铺了,我们买了包子再去酒楼吃饭。"

弈之羽排队去了。焚天好奇地站在前面看,包子铺门脸不大,上头挂了块歪歪斜斜的蔡记包子铺匾额。一侧有个供人出入的小门。铺门板卸下来立在一旁,一张长长的案板占去了大半。靠墙是灶台,大铁锅里垒着五个蒸笼,白色的水汽四散弥漫。

铺子里只有一个佝偻着腰的老人。

老蔡头须发皆白,至少有百岁出头。他脸上布满了褶子和黄褐色的老年斑，双眼尚有精神。他的手出奇地修长白皙，指甲修剪得干干净净。

正赶上包子出笼。揭开笼盖，一股麦香扑面而来。

排队的人往挂在外面的竹筐中扔着灵珠。一颗能买两个包子。老蔡头则飞快地捡了两个包子用洗净的桑叶包好递过去，动作麻利迅速。

有蒸笼盖和水汽挡着，焚天没看清楚蒸好的包子长什么样。

五笼包子转眼就卖空了。弈之羽刚巧排到队伍最前头："哎，只能再等两刻钟了。一刻钟包包子，一刻钟能蒸好。那口锅是请宗门里的符师特意打造的。"

老蔡头开始包包子。他随意从面团上揪下一坨面，也不擀成面皮，在案板上压扁了搁在掌心，舀了勺馅料，提着边合拢一捏，就放进了旁边的竹蒸笼里。要不，就在面团上用拇指按出个洞，填入馅，五指一捏就算包好了。

眨眼工夫，蒸笼里面已做了四五个包子。个个形状不一大小不同。唯一相同的是，都不像包子。

第十三章　包子和葱油饼

"啊，快看快看！穿的是长老服饰！"

"有，有桑道君！"

"弟子拜见有桑道君！"

乱哄哄的声音从四面八方响起。

焚天闻声看去。

秦有桑正从空中落在街道上。金冠束发，一身暗纹精绣的宽大黑袍，面容如白玉般皎皎。

整座集市瞬间沸腾。

面对满街躬身行礼的宗门弟子，秦有桑后悔没有换件衣裳。穿着这身在大殿议事时穿的长老服饰来逛圩场，他傻不傻啊？他恨不得马上买了酒菜赶紧走，脸上还得端出长辈的派头温和说道："无须多礼，本座与你们一样，来集市买……"

他看向包子铺，看到了站在队伍最前面的焚天。

一闭眼，他总会想起她同样纤细的脖颈。

她脸上那一刀伤得很深，但是好得也很快。

她说是从小寄养在骆家的远亲，仗着母亲给的空间珠宝贝逃出了圣域。那晚也有一个黑袍蒙面女子手托莲花法宝破阵救走了骆家人。奇怪的是，对那位救走她家人的神秘女人，她绝口不提。

第十三章 包子和葱油饼

她说是石林中的圣宫翼卫为感谢救命之恩替他打通了窍穴。回程时，他在七宝船中闭关一个月，全身元力充盈，也不过堪堪打通了六个。

以他如今对圣域功法的了解，就算他天资再高，没有元婴以上的浑厚元力，绝无可能一次帮他打通三百六十五个主要窍穴。那名翼卫有那么高深的修为还对付不了六阶的血蝎豺狗？替他打通窍穴的应该另有其人。他又被林小天骗了！

师兄说起林小天来逛圩场，所以他寻着买下酒菜的借口来了。

他清楚地记得他对那个女子说起过蔡记的包子。很巧，她就站在蔡记包子铺门口。

只是巧合吗？

秦有桑淡然说道："本座来买蔡记包子。"

"道君也会吃蔡记的包子？"

"你就不知道了吧？听闻有桑道君辟谷之前逢集就来，常买蔡记包子。为此道君还特意送了蔡老头一枚延寿丹。那蔡老头活到今年都一百二十八了，还能精神矍铄地做包子呢！"

弈之羽心想若不是冲着林小天来的才有鬼哦。他马上又想到于剑生看到过自己和林小天亲密的情景，吸了口凉气。秦有桑该不会是特意赶来找自己麻烦，替他师兄报夺美之仇的吧？他真是冤死了！

街道不宽，秦有桑几步就走了过来。弈之羽马上低眉垂眼地躬身往后退："道君您请。"

让出位置，他得赶紧溜。

"不必，你就排这儿。"秦有桑脚步不停，越过他推开门进了包子铺。

宗门长老道君发了话，他自是不能溜了。弈之羽嘴里发苦，小爷想躲都躲不掉？他迁怒地瞪了焚天一眼。啧啧，这丫头脸都吓白了。小脸绷得紧紧的，像一只弓着背随时要炸毛的猫。可怜呐。对方是金丹真人，还是救命恩人，她一个小小的炼气小弟子能怎么反抗？他突然想起林小天倚门怔忡流露出的孤寂。

她和他同样孤单。

弈之羽身上紧绷的紧张感突然消失了。

"你的璎珞没戴好，我帮你理一理？"

焚天诧异地回头。

弈之羽懒懒洋洋地站在她身后，眼神中闪烁着淡淡的怜意。

他在可怜她？同情她像一只待宰的羔羊？为什么？他看出秦有桑奔着她来的？这个弈之羽也不简单哪。

不管秦有桑为何会怀疑她，但他并不能确定。想用蔡记包子试探她，他注定会失望的。

弈之羽看着她唇角不屑地撇了撇，真是个倔强的小姑娘。他便出手帮她一回又如何？他伸出手替她整理好发髻上的璎珞，低声说道："你戴这个真好看。下次我给你买更漂亮的。"

包子铺里投来了秦有桑的注视。

他是道君是长老，自己不过是个炼气六层的小弟子。包子铺里三层外三层围满了倾慕有桑道君的人。秦有桑再想弄死他替于剑生出气，这会儿也只能憋着。能让秦有桑吃瘪，弈之羽都不用算账，肯定是自己赚了。

天已经完全黑下来了。弈之羽和焚天站在檐下的灯笼光影中。男的高大挺拔，顾盼神飞，女孩儿纤细单薄，清丽忘俗。两人出奇地般配。

第十三章　包子和葱油饼

"谢谢师兄！"焚天微怔，配合地低头装出一副羞涩的模样。

秦有桑突然想起在她那件囚衣上缝的白布兜。当时她生气，他高兴得很。如果缝得好，她高兴，会不会也这样小意温柔地谢他？

林小天如果不是她。爱干吗干吗去！他才不在意。秦有桑朝老蔡头一笑："还记得本座否？"

老蔡头高兴得笑开了满脸褶子："没想到小老儿还能等到道君再来小店做包子。"

挽袖洗手，秦有桑自面团上揪下一坨面微笑道："看到你，本座就想起了当初捏包子玩的情景。"

此时包子铺外围得水泄不通。所有人争相目睹有桑道君做包子。

"有桑道君。外门弟子林小天想问道君一事。不知可否？"焚天叉手行礼。

秦有桑将面团放在案板上，手掌啪地压了下去。面团压成了一张厚饼。他的视线终于落在焚天脸上，态度温和极了："可。"

"道君做的包子是自己吃还是一样的价卖给我们吃？"

这个问题问出了在场所有人的心声，都暗赞一声好机灵的小师妹。

秦有桑提起面皮，舀了肉馅进去捏出一只包子放进蒸笼。第二只包子便加快了速度，数息便捏好了。

两只包子单独放了一格蒸笼上锅开蒸，秦有桑洗净手，淡然回道："本座一时兴起，只做两个包子。自己吃一个，另一个排到谁归谁。"

焚天站在弈之羽前面。"多谢道君解惑。"焚天退了一步，欢喜地对弈之羽道,"弈师兄,我站在这儿其实并没有排队。你才是排第一个的人。恭喜你能吃到有桑道君亲自做的包子。"

焚天背对着秦有桑。弈之羽惊奇地发现她的眼睛会说话似的,明明她是求着他,那双噙着水雾般的大眼睛里分明全是威胁之意。一副他敢拆台就弄死他的神情。

这个林小天太有趣了!着实与众不同。他忍俊不禁:"咱俩谁和谁呀?我分你一半!"

焚天笑弯了眉眼:"弈师兄你真好!"

她要把排第一的位置让人?

让这个炼气六层的小白脸吃包子?秦有桑火冒三丈,目光森森望向弈之羽。

如果是青山宗弟子,没错也会在秦有桑的目光下反思,自己做错了什么?或者来不及反思,已经伏地请罪了。

如果不是青山宗弟子,大概已经两股战战只求饶命。

当然,还有第三种情况。那就是修为高,气势足,不怕死。

修为高如魔尊聂天虹,秦有桑惹不起。气势足如翠微派差点成了他岳父的萧大掌门,秦有桑有多远躲多远。不怕死如上元宗倾慕于他的净仙子,秦有桑逮着七寸下狠手半点不留情面。秦有桑没想过第三种情况会出现在一个炼气弟子身上。但事实就摆在眼前。他眼中的炼气六层弟子,小白脸弈之羽,完全无视他凌厉如剑气的眼神,正满面喜色地叉手团团作揖:"各位师兄师弟师姐师妹。外门弟子弈之羽走了狗屎运!能吃到有桑道君亲手做的包子!谢谢大家没有排队!"谢过众人后还喜滋滋地又朝秦有桑行礼道谢。

青山宗竟然有这种不懂尊卑敬畏的小辈!秦有桑气炸。

第十三章 包子和葱油饼

弈之羽拎着钱袋，拇指和食指一合，拈着一枚灵珠小心翼翼地放进了收钱的竹筐中。动作眼神活灵活现展示出他对那枚灵珠的深情眷恋。仿佛在说，从前一枚灵珠买两个包子，现在只能买一个，太亏了！

秦有桑想一巴掌呼过去，将这个不知天高地厚的小白脸扇到赤海里去待着。

"包子好了！"弈之羽完全无视他的脸色，喜滋滋地盯着蒸笼叫道。

锅上的符箓红光闪烁，一刻钟到了。

"走狗屎运了，这个弈之羽！"

"可不是，真有口福啊！"

弟子们羡慕地看着，议论着。

焚天的眼神黏在弈之羽身上，瞧也不瞧秦有桑一眼，脸上就一个表情：师兄，我好崇拜你哦。

他记住这个弈之羽了！秦有桑袖袍一拂，刚蒸好的包子被他取走一只，人影一晃，离开了包子铺。

身后，传来两人欢快的笑声。

"有桑道君做的包子，这样分来吃了是否有点浪费？"

焚天一眼看穿他的心思："行啊。卖了分我一半灵石。"

弈之羽笑道："放进储物袋里，拿出来仍然新鲜热乎。三个月后千瀑峰的梁真人从思过崖出来，我卖给她去。梁真人肯定会赏给我五十块灵石。"

焚天马上接嘴道："我认识千瀑峰的弟子刘采采。分点好处给她。她定能从梁真人处讨到上百块灵石的赏赐。"

弈之羽望着秦有桑远去的背影忍笑："那还不如直接卖给有桑

255

道君。我打赌他宁肯出五百灵石,也不愿意让梁真人吃到他亲手做的包子。"

有风掠过,弈之羽手中的包子不见了,多了袋灵石。秦有桑的声音冷冷在两人耳边响起:"本座买了。"

声音与人影瞬息间离开了。

弈之羽不可思议地掏了掏耳朵,问焚天:"你也听见了?"

秦有桑宁可丢脸也不愿意让梁秋怡吃他做的包子……焚天心里微涩,一脚踢飞了脚下的石头:"我又不是聋子!"

掂了掂灵石,弈之羽眉开眼笑地伸手去揽焚天的肩:"走!今天想吃什么随便点!小爷请了!"

手没触到焚天的肩,摸到了一把冰凉的剑。

果然说到做到。弈之羽不过是试探罢了。他收回了手悻悻然:"过河拆桥?"

剑却没有收回。焚天用剑尖点了点他的胸口,神情严肃:"打劫!把灵石交出来!"

弈之羽愣了两息,捶着胸狂笑出声:"哎哟,我不行了。不要这样逗我!小天你别这么可爱行吗?"

他的笑容如同阳光驱散了乌云。想到秦有桑今天铩羽而归,焚天跟着笑了起来。她收了剑望着仍然热闹的街市道:"也别去酒楼了。小吃摊不少,一路吃一路逛岂不更好?"

抛了抛钱袋,弈之羽意气风发:"走着!"

混了新鲜香葱的浓面汁倒进刷了油的锅中,青烟冒起,油香葱香四溢,翻转着两面煎了数息就好了。摊主用洗干净的桑叶包好递给了两人。

弈之羽咬了一口:"香!外脆里嫩,好吃!"

第十三章　包子和葱油饼

焚天看着手里的葱油饼，唇边不经意地露出一抹笑容。手一扬，扔给了墙角趴着的大黄狗。

弈之羽诧异道："你一口不吃就扔了？"

看着那只大黄狗啃得香，焚天出了口恶气。她的下巴骄傲地昂起："我看见葱油饼就腻得慌！扔了不行？我高兴我乐意我喜欢我愿意！"

见他一脸蒙，焚天心情突然飞扬起来："我好想飞啊！"想凌空飞翔，想感受天空无垠，大地的宽广，想让风吹散心底的抑郁与阴霾。

"如果灵石都归我的话，说不定我能满足你。"弈之羽贼兮兮地低声说道。

狐狸露出尾巴了？敢和宗门元婴长老对着干，不是隐瞒了修为就真是个傻缺。焚天自己都能隐藏修为。哪怕看不出来，也不会轻易相信弈之羽真的只有炼气六层的修为。

她轻蔑地看着他："等你筑基能飞行了再说大话吧。"

"灵石归我。"弈之羽认真严肃地说道，"替我保密。"

"好。"

"手给我。"

焚天迟疑了下把手放在他掌心。

弈之羽轻轻握住，翘起了嘴唇。他左右看了眼，带着她拐进一条巷子："这里人多。"

集市不大，巷子也不深。小巷走到头是一望无垠的原野。

明月清辉耀得大地如银。春来原野上野花烂漫，星星点点在月光下散放着迷人的清香。离了喧嚣，嗅着原野的芬芳，握着纤细绵软的小手，弈之羽突然有些舍不得放开了。他终于停住了脚步，站在一片怒放着簇簇白色野花的地方。

焚天以不变应万变，一路没有开口，一门心思等着看他如何飞。

弈之羽恋恋不舍地松开她的小手。突然把装了五百灵石的钱袋扔在地上，双手抱头蹲下，哭丧着脸叫道："你打吧！别打脸！反正我想牵你的手也牵到了！灵石都归你！"

一口气便堵在焚天胸口。

被耍了！这个炼气六层的小杂碎居然大摇大摆占她便宜！

焚天看了看自己的手，又看看抱着脑袋蹲在地上的弈之羽，气得笑了起来。打他一顿有什么意思？如果她恢复了修为，一个眼神就能压得他跪地讨饶。说到底，还是拳头不够硬，实力不够强啊。

做好准备挨顿暴揍却没了动静，弈之羽悄悄别过脸偷看。焚天正用双手枕着头躺在花田中，望着天穹出神。

想看看她的炼气三层修为如何敢威胁他这个炼气六层。结果又没探出来。弈之羽摇头叹气。

他慢慢挪过去，小心地挨在她身边坐下。一起躺躺也不错呀。

焚天冷漠地说道："滚！有多远滚多远！"

恼羞成怒了？弈之羽抬腿就跑。远远地回过头将手掌圈在嘴边大喊："林小天，你说话不算话！你没舍得砍我的手，是不是喜欢上我了呀？"

"天塌了有可能哦！"

没有破口大骂，反而和他耍起了花枪。弈之羽哈哈大笑。他真的有点喜欢身边这个女孩儿的性子了。

"好。我这就砍根竹子上房顶把天捅个窟窿弄塌了！"

第十三章 包子和葱油饼

笑音越来越远,真的走了。

万籁俱寂。原野空寂无人。焚天的神识笼罩着方圆数十里,终于放下了防备。她一把一把死命揪着身边的花,咬牙切齿:"阳春面?哈!嚼着都嫌塞牙缝?秦有桑,你给我等着!等我弄掉心窍里该死的蛊虫,我就告诉你我是谁!"

夜空无云,月亮像一只被啃了一口的大白胖包子嵌在深蓝的天穹上。清亮的光洒向原野,齐膝的草叶上镀上一层亮色。

焚天享受着春风拂面,不紧不慢朝宗门走去。

她看到了一丛琴叶珊瑚。叶如焦尾琴,深绿中夹杂着一簇簇火红色的五瓣花朵。美则美矣,却是有毒之物。

想着骆氏族人悲凉吟唱的歌谣,焚天低低说道:"我连名字都不是为了自己取的。总要为自己活一次吧?"

跟随聂天虹的七年,焚天学到了很多,没有人比她更渴望红尘打滚的俗世生活。没有真正活过,哪知生命的意义?离开赤海后,她不打算再回圣域。她希望骆氏一族能寻一地隐居度日。哪怕当她的话是个信念,只要能支撑着他们好好活下去就足够了。

将来如何,是将来的事,她只想珍惜属于林小天的现在。

神识感应有人朝原野飞来,焚天中断了思绪迅速收敛了神识。

来人速度极快,竟然是位元婴?焚天只在心中转了转念头,就感觉对方的神识如水掠过自己的身体。顷刻间,一个穿着彩绣宫装的女人落在了面前。银发红颜,一双眼睛堪称美眸。梁秋怡的眼睛生得有其几分神韵。来的正是若华道君。只是她眼中怒意翻腾汹涌,竟让那双美眸染满了煞气。

好歹已是元婴长老,不至于随意出手杀了宗门的小弟子吧?

玄门高手都讲面子，应该不会杀她吧？只要没有性命之忧，焚天想，她都能忍。

可惜她窍穴的元气被消耗一空，真气不过炼气三层，保命的手段少了点。万一……嗯，于剑生给的那叠符箓应该还能抵挡一时。加上幻影赤莲和破损的空间珠，她出其不意应该能保命逃走。

焚天权衡着保命的可能，恭敬地朝若华道君行礼。两肩一沉，若华道君的神识威压如山一样压在了她肩头。

死老太婆也不太要脸了，半夜跑来一句话不问竟然直接出手。焚天没有用神识抵抗，顺从地跪下了："不知弟子做错了何事，竟惹得若华道君亲自出手惩戒？"

"把脸抬起来。"若华道君缓步走到她面前。

焚天露出一副惶恐害怕又倔强隐忍的神色。

前者是让人满足，后者不至于被人轻贱。聂天虹说，上位者虽然喜欢恭敬的下属，得意与满足更多是看到强者在面前折腰。

但愿这副卑微姿态能让若华道君满意。

若华道君眼中怒气稍减，细细打量了她一番道："生得好一副清丽脱俗的美貌。胆子倒不小。怎么，不该向本座行礼？叫你跪着便是惩戒？"

如果她窍穴中还有深厚的元气，拼着被幽光噬咬的后果，她也要揍得这老太婆满地找牙。焚天心里痛骂着，颤声回道："弟子不敢。弟子……只是惶恐不解。"

梁秋怡痴恋秦有桑多年，连性命都不顾，想陪着他一同御敌。竟然被秦有桑以不遵长老律令为由惩罚面壁。今天在大殿中，若华道君心里不痛快，有意拿秦有桑被掳的事刺了他一句，竟被他讥讽手伸得太长，三崖长老不该插手宗门事务。

第十三章　包子和葱油饼

离了大殿，若华道君憋着气去了趟思过崖，想劝梁秋怡打消对秦有桑的心思。细细听梁秋怡说完自见到秦有桑归来后所有的事。若华道君觉得不对劲。秦有桑怕人瞧见不好便抱着林小天出营疗伤？别说于剑生金丹后期修为，就是个筑基弟子也足够为林小天疗伤了，用得着秦有桑亲自动手？可怜她的乖曾孙竟然被于剑生花言巧语哄骗过去，还一心想照顾好林小天讨秦有桑欢心。

若华道君越想越觉得林小天来历不明，一气之下去了外门想亲自看看。听说林小天来了圩市，她立时寻来，恰巧在原野上遇到了林小天。很好，林小天正独自一个人。

"本座问你什么便答什么。若有半句不实，本座就废了你。"

拼命点头装乖，焚天已做好了拼命的准备。

"在赤海遇到梁秋怡的那天晚上，有桑道君带你出营是为了给你疗伤？"

焚天点头："是。"

"结果遇到了魔修纠缠？"

"是。"

"你伤了哪里？"

"心脉。"

若华道君指尖一缕真气射进焚天体内，探查一番微蹙了下眉。林小天的心脉的确受损严重，算着时间也有近两月了，尚未恢复。难道是自己疑错了？

凌山子的徒弟个个表面道貌岸然，实则奸猾阴险。秦有桑说话行事不留半点把柄。于剑生又似泥鳅般滑手。说起来都比她矮一辈，她却处处占不了便宜。

从林小天身上没找到破绽与错处，若华道君心中怨气难消，随手折下一枝琴叶珊瑚扬手挥向焚天。带了些微真气的花枝在焚天脸颊上抽出一条红痕。琴叶珊瑚的汁液洒在伤处，微微的毒性让她的脸颊热辣辣的痛。

很好，若华道君打她泄愤，不用拼命了。焚天闭了闭眼，强行克制住心里的愤怒。她想起了聂天虹说过的话。水镜能让她看见世间百态，却照不出人心。以心如镜，才能映出最真实的人性。她见到的每一个人，都是在磨炼她的镜子。聂悠悠，若华道君……将来她还会遇到更多想折辱她的人。

她有些伤感。等她的镜阅过无数人心后，她的心是否真的会变成圣宫冰峰上万年不化的坚冰？

仿佛这一记是抽在了滴水崖那师兄弟两人脸上，若华道君出了心头恶气，收回了对焚天的压制："记住本座的训诫。本分做你的外门弟子，不要肖想你高攀不上的人。"

堂堂一崖长老，元婴道君出手教训炼气期的小弟子，帮梁秋怡抢男人？真是……焚天都不知道说若华道君什么好了。她低下头用最谦卑的语气回道："弟子记住了。"

若华道君冷哼一声化为一道遁光回去了。

察觉到她走远，焚天站起身气得将那丛琴叶珊瑚踢得七零八落："死妖婆！等我恢复修为，看我怎么揍你！"

又一道遁光朝她飞来，气息很是熟悉。焚天呆了呆。她今天望星空没有看到扫把星啊？

秦有桑落在她面前。焚天别开了脸，心想果然看到了扫把星！

秦有桑刚回到青山宗山门就看到若华道君的身影去了圩市方向。他招了个弟子询问，听说若华道君问起了林小天。他心里着

第十三章 包子和葱油饼

急又折了回去。

他在坊市中看到一道遁光自原野中飞离，跟着找来，就看到了冲着野花撒气的焚天。

他神识一扫见焚天身体无碍，松了口气："若华道君找你做什么？"

"关你什么事？"焚天说罢就要走。

秦有桑身影一晃挡在她面前。焚天换了几次身法，秦有桑轻轻松松地拦住了她。

个个都欺负她现在没有元气真气浅薄？焚天抬头怒喝道："好狗不挡道！"

借着明亮的月光，秦有桑看到了她右脸肿起的红痕，沉下了脸。

梁若华不敢找他麻烦，也不方便对于剑生下手，竟然迁怒林小天。堂堂一崖长老元婴道君对一个外门炼气弟子出手，也太不要脸了。

"她是冲我来的。"秦有桑说着拿出了一瓶药膏，"抹这个能解琴叶珊瑚的毒，肿痕一会便消。"

"冲你来的？若华道君也是那些拈酸吃醋打人黑拳的谁谁谁之一？"焚天忍不住尖酸刻薄地讥讽他，"原来还以为你说大话，没想到连静思崖的老太婆都倾慕于你。有桑道君果然是老少通吃倾倒众生！珍爱生命，远离有桑道君。这句话极有道理！"

从前和她怨怼时拿出来显摆，今天这石头砸了自己的脚，成了被她嘲笑的把柄。秦有桑不由得苦笑："今天在大殿上嘲讽了若华道君几句，她对我有怨，再加上梁秋怡是她最疼爱的嫡曾孙女，被我罚去面壁……"

263

"犯不着向我解释。你这个扫把星离我远点就好!我的脸过两天也能消肿。用了道君的药膏,明儿说不定被人多抽几巴掌肿得更厉害。"焚天打断他的话,扭头就走。

身体陡然沉重,焚天僵在了原地动弹不得。今天两次受制于人,焚天气得想吐血,心口陡然酸痛起来:"秦有桑,你也对我出手?"

她一直叫他归陌,第一次听她叫秦有桑,他听着刺耳之极。想起她对弈之羽小意温柔笑语嫣然,秦有桑从瓶中挑了坨药膏粗鲁地糊在了她受伤的脸上:"若华道君分明是想打我滴水崖的脸。让你顶着这张肿胀难看的脸回去,本座的脸往哪儿搁?你乖乖听话接了这瓶药膏我会对你下禁制吗?"

还成了她的错?焚天被他揉得脸疼,大声嘲笑道:"哟哟哟,抽的是你的脸啊?那老太婆抽我脸的时候你怎么不跳出来和她打一架?她打一巴掌你来送甜枣,我稀罕么?"

秦有桑黑着脸反唇相讥:"你不是身边有个敢赚本座灵石的弈师兄?叫他来救你呀。弈师兄那么好,怎么把你一个人扔在荒郊野地?小白脸一看就靠不住。"

焚天翻了个白眼:"也比你这个扫把星强!现在来当好人有屁用啊?你离我远点我就谢谢您了!咦,说得这么酸?你该不是嫉妒我和弈师兄吧?"

他嫉妒?嫉妒一个才炼气六层修为的小白脸?秦有桑大怒,手上加重了力道,疼得焚天眼泪都冒出来了:"我是看在和你患难一场的分上才提醒你!早告诉过你,本座有喜欢的女人了,又温柔又娇媚……"揉搓着她的脸,熟悉的滑嫩触觉让秦有桑心跳加快。他的目光下坠,看向她的下巴,记忆中的她与焚天的下颌重叠在一处。

如果在她浅浅的唇上抹上如火胭脂，便再无分别。

秦有桑心如擂鼓，手渐渐下移。他托起了她的下巴，拇指轻扫过她的唇。

他凝视着她。月光投在他眸子里，熠熠生辉。

淡粉色的唇充满了诱惑。秦有桑想低头吻上去。他听到了自己的心跳声：扑通，扑通，一声声清晰入耳。亲下去，也许就能揭开他心中的怀疑。

他的脸离她越来越近，气息扑在了她脸上。他的眼神渐渐坚定。焚天后背沁出一身冷汗，偏偏无法躲开。

她终于明白秦有桑为什么深夜来外门窥探，他是真的对自己起了疑心。

焚天鼓起勇气咬了下去。秦有桑的遐思被手指传来的疼痛打断。

"放开我！不然我吐你满脸口水！"

看着她两眼冒火丝毫没有那晚的记忆。秦有桑别开了脸，望着空旷的原野缓缓说道："你先回答我一个问题。你可有孪生姐妹？"

焚天被他的奇思妙想惊得呆住。天呐，还有孪生姐妹这种想法？为什么？是了，她没有元气，真气稀薄。秦有桑不认为在石山中出手打晕他的人会是自己。她心思转得飞快："反正你知道我的来历，也不怕告诉你。我是有个孪生妹妹。你怎么知道的？"

秦有桑心神一颤："真……的？"

让他知道是自己，秦有桑会连皮带骨把她吃得干干净净。连带生出的各种疑问她更无法回答。说实话她就是个棒槌！

焚天抬眸，目光坚定："真有。不过，我没见过她。生下来时我被人种了蛊虫无法修炼元气，只好被寄养在骆家。她则被她师父带走了。"

推得干干净净，她什么都不知道。林小天的心窍被种了蛊虫。自己的元气进入她体内，她便痛得吐出能诡异起火腐蚀极强的黑血。他亲眼所见，作不得假，师兄也不可能探错脉。她的心脉受损严重，没有深厚的元气，手托莲花法宝摧毁护城大阵修为高深的黑袍女子不可能是她。

原来，她真有个孪生妹妹。

当时林小天脸伤看着重，并不难治，他当即生出了疑心。

如果那晚的女人是林小天的孪生妹妹，似乎一切就说得通了。她是恨林小天长着和自己一样的脸吧？自小分离，她就一点姐妹之情都不顾？想着她对自己的戏弄，秦有桑立时又相信了几分。

不知为何，秦有桑心里沉沉的像坠了块石头。终于得到答案，他却没有想象中的喜悦与释然。

秦有桑很想找到她。他很喜欢黑夜里那个充满诱惑的柔媚女子。她是毒药，腐蚀着他的心，痛楚又愉悦。

他怀疑林小天。他曾想着试探她揭穿她。回青山宗的一个月他关在七宝船的房间里想过各种办法，心底隐隐雀跃兴奋，未来的日子不再寂寞。然而听到林小天承认，又寻不到能质疑的漏洞，仿佛那个孪生妹妹真的存在。秦有桑一时间分外茫然。

他轻声问道："她叫什么名字？"

"不知道。我不过是寄养在骆家的废物，能长大活着就行了。我没见过，更没听说过她的消息。"

"那天晚上，有个黑袍女子手持莲花法宝，破了魔界的护城大阵救走了骆氏一族。会是她吗？"

焚天不耐烦地说道："我又没看见，我怎么知道？万一哪天你见着，要是和我生得相似，没准就是她了呗。"

从林小天嘴里再不能得到更多信息了。

解了她的禁制，秦有桑布下了一个结界。

他随意坐在了花丛中，拿出了两坛莲花酒，未来得及带回滴水崖的下酒菜："陪我喝点酒吧。你放心，等回到宗门，我不会让人察觉和你相熟。"

莲花的香味在原野中散开。焚天恍然大悟。两次使用幻影赤莲，他嗅到了同样的香味，所以他认定破阵的黑袍女子便是夜里与他纠缠的女子。他想喝莲花酒，是在想念着她吧？焚天心里柔软起来，坐在他身边拎过了一坛酒，嗅了嗅香气饮了一口，她赞道："酿酒的是个高手。莲花入酒能保有如此馥郁的香气，不容易。"

"双月崖酒长老嗜酒如命，喜欢酿酒。我讨了他所有的莲花酒。"原只想闻到那熟悉的莲香，此时他却真想喝酒了。

"你认得我的那个……妹妹？她，和我长得很像吗？"焚天似随口一问。

"她戴着个红色的羽翼面具，下巴和唇形和你很像，身形也极像。我第一次和她相遇就在圣宫里，或许她是名翼卫。"

秦有桑是个很自律的人，百岁出头很少饮酒。酒里的莲花气息让他放松下来，整个玄门，哪怕是师兄，秦有桑也无法对他倾诉。

林小天不同。秦有桑也不明白，自己为何从来没有杀了林小天灭口的想法，极自然地就信任她。

他布下了结界,无人能看到他和林小天坐在原野上饮酒。秦有桑放松地喝着莲花酒,沉浸在莲香之中:"她身上有着莲花的香气。我想,她定然如莲花般美丽。"

这么说,他觉得自己也很美?焚天唇角微扬。

"我没见过她的脸。下一次,我一定不会再着了她的道。"

"你那么喜欢她。如果她是个坏女人呢,你还会喜欢她吗?"

秦有桑闭上了眼睛,良久,他一声叹息:"我不知道。照理说,我应该报复,却怎么也恨不起来。被人知晓,多么荒谬的事。"

他说罢就再没有出声,呼吸渐渐变得平稳悠长。

他喝了很多酒。焚天数了数,一共九坛。

"喂,你醉了?"焚天推了推他。

秦有桑眉心蹙紧,又慢慢松开。莲花酒酒劲十足,秦有桑满腹心事一气喝了这么多定然醉了。要不要画个符再对他下次禁制?再借一次,转化的真气定然极多。

秦有桑体内浓厚的元气像一只香喷喷的烧鸡摆在焚天面前。她心痒难耐,口水都馋出来了。

她叹了口气。万一偷鸡不成蚀把米怎么办?

焚天悻悻地躺在了草地上。不想着算计秦有桑,也不担心再有人害她,焚天放松心神竟睡得沉了。

过了许久,秦有桑气息不乱,睁开了眼睛。他的眼神清亮如星。他很少喝酒,并不意味着他酒量不好。

林小天睡得很香,丝毫没有作伪。

以身作饵的试探,依然一无所获。秦有桑眸光渐渐黯然。真的不是同一个人吧?

第十三章 包子和葱油饼

他转过脸望着她,目光情不自禁移向她小巧精致的下巴。秦有桑又涌出种冲动,想伸手摸一摸。

明明不是林小天,明明你喜欢的人不是她。秦有桑握紧了拳,有些羞愧地转开脸,再不看她一眼。

清晨清凉的风吹醒了焚天。她坐起身,看到搭在身上的黑色外袍。秦有桑正站在那丛琴叶珊瑚旁。

太阳尚未升起,浓浓的雾气在原野上铺开。秦有桑站在雾中,身影挺拔。

"醒了?"他转过身看向焚天,目光清明,一只储物袋扔到了焚天手中,"里面有十万灵石一叠传讯符。有事用传讯符告诉我。跟着那小白脸尽学些坑蒙拐骗不入流的招数,迟早被人带沟里去。"

焚天脸上还带着未醒的睡意,嘟囔着:"不就是个包子嘛!外门弟子一个月才一块灵石。能换几十上百块灵石当然要卖掉。你以为人人都有元婴长老的身家?"

秦有桑嘴里发苦。早知道不是她,他何必委屈自己在众弟子面前做包子?

他没好气地说道:"离青山宗三百里是秦国王城。城中有大的店铺,有很多做成精美首饰的法器。头上插戴这种破烂粗糙玩意儿也不嫌丢人!"

焚天瞪着他:"我觉得很好看。"

"弈之羽给你买根木头簪子也好看,我懂。"再和她说下去定要又被气个半死,秦有桑懒得再说下去,"我没有女子用的钗环法器,自己去买。若华道君会时时盯着你,离师兄和我远一点你才安全。非性命攸关之事,不要找我。"他伸手一招,取过外袍穿好，头也不回地驭气飞走。

茫茫的雾气越来越浓。焚天看着手中的储物袋，淡淡的失落像朝雾般飘进了心里。

回到宗门已近午时了。焚天刚走到院门口，弈之羽就从竹林中蹿了过来："小姑奶奶，昨晚你去哪儿了？我在这守了一夜。看我的黑眼圈，感动不？"

"感动。"

"那请我吃……"

一袋灵石扔到了他怀里："说好的，赚到的灵石一人一半。"

焚天转身进门，开启了防御阵法。

掂了掂灵石，弈之羽微眯着眼："不对劲呀，这么冷淡？被梁若华弄到静思崖折腾到现在，气狠了？"

如果不是担心被若华道君发现，他不会离开。

"该死的老太婆！"弈之羽捏住了身边的青竹，眼神冰凉。

他离开后，有风吹过。那株青竹簌簌散成了粉末，了无痕迹。

第十四章　赌你的心

若华道君黑着脸来外门找林小天并没有遮掩行踪。不到一天时间,外门新来的女弟子林小天惹怒若华道君的消息就传遍了整座宗门。

"别拦着我!老子这就去把静思崖削成石渣渣!什么玩意儿!打咱们滴水崖的脸!这时候怂了,师父他老人家会气得从坟里爬出来!"于剑生一改儒雅君子形象,一身蓝色箭袖短打,胸口挂着护心宝镜,腰间斜别两把剑,背上还负了只宽一尺长三尺的剑匣。人如同一柄跃跃欲出鞘的宝剑,凌厉之极。

察觉到他气息的变化,秦有桑想到了一种可能。他黑着脸加了把火:"金丹大圆满也不是元婴,更何况若华道君已是元婴中期。二师兄不是去削人是去丢人的吧?"

"打不过也要打!"于剑生真怒了,"不帮林小天讨回公道,白让若华道君扇咱们的脸了!"

秦有桑一步逼近他。于剑生顿时觉得身周气息一变,自己如同海中孤礁,浩瀚海水以雷霆之势拍打而来。他下意识激发了自身的剑气与之相抗。

"我才进阶元婴中期,若华道君已在中期境界三百余年。我都没把握,二师兄是去自取其辱吗?"

"真不让？"

"打得过我，就让你去。"

"老子劈死你！"于剑生大吼出声，剑气因心境而动，一丝丝从丹田中散发出来，环绕全身，身周三尺之内草叶被无声削碎。

秦有桑看到剑气四溢，大笑往后退开，拱手行礼："恭喜二师兄，可以结婴了。"

剑气环绕其身，又与丹田呼应，丝丝缕缕形成一处圆满的循环。于剑生微怔，一种前所未有的畅快感觉涌上心头。他终于明白结婴契机是什么了："师父曾说过，我一直寻不到结婴契机，是我的剑少了锐气！如同去砍一只圆球，剑顺着球边擦过，使不上劲儿。"

他一直温文尔雅，剑气内敛。在赤海曾心血来潮，和罡风斗剑再危险不过，仍差那么一点感觉。他身在滴水崖，有个元婴后期师父，也无人敢轻易惹他。剑养得太久，失了锐气。今天因若华道君借抽林小天的脸打滴水崖的脸，于剑生重颜面，愤怒之下，剑气喷薄而出。结婴时机到了。

一百二十岁成就金丹，至今二百六十岁金丹大圆满，终于踏入结婴大门。于剑生愉悦至极，放声大笑："哈哈哈哈！待师兄我结婴出关再讨这笔账不迟！"说起来这其中还有林小天一份功劳。于剑生劝秦有桑道，"她终究也是因为师弟才被连累。人呢，都是跟红顶白，若华道君在宗门何等地位，外门那些人不欺负死林小天才怪！师弟不如去外门露个面，也不至让她被人欺负得太惨。"

"静思崖和滴水崖一个打一个护，拿林小天来打擂台很好看吗？"秦有桑摆摆手，"我有法子打静思崖的脸。二师兄放心闭关结婴去吧。"

第十四章 赌你的心

"真的?"

秦有桑睨他一眼:"我像是会吃哑巴亏的人?"

这倒也是。于剑生此时感觉丹田剑气浓烈,天地感应更盛,叫了声:"师兄去了!"

人如一道剑光直刺向滴水崖山腹,消失其间。

秦有桑踏着被剑气切碎的草叶撇嘴道:"担心林小天?咱们师兄弟一个元婴一个金丹后期都没在她手上占到过便宜。"

反正给过林小天灵石和传讯符了。她身边不还有个炼气六层的弈师兄嘛。她吃了苦头,才知道小白脸是绝对靠不住的。秦有桑哼哼,下令封崖。

诚如于剑生所言,宗门弟子跟红顶白的多。众弟子与林小天并无交情,见若华道君亲自训诫她,引林小天进宗门的滴水崖又封崖不理。不想讨好若华道君的见了焚天绕道走,想讨好若华道君的弟子趁机想办法整治她。

焚天并不知晓,自回了小院便紧闭院门修炼。上次用了三万灵石只增加了一层灵气。她没有动用那十万灵石,决定听秦有桑的话留着买些法器护身。

一晃五天过去,焚天出了小院。无他,今天十五,正逢圩集市。

进了竹林,通往外面的小路上多出一只蒲团。弈之羽正闭目打坐,白衫映着翠竹,俊美醒目。只是他的嘴微张着,时不时抽出一声呼噜。

这样也能睡着?焚天看着有趣,摘了片竹叶朝他嘴中投了过去。

竹叶飘进弈之羽嘴里,他醒了。眼神还蒙眬,嘴里叼着那片竹叶竟吹出了一连串清脆的鸟鸣声。他的眼神渐渐清明,取了竹叶慵懒地望着焚天:"知道我刚才吹的是什么吗?"

"竹叶。"

弈之羽被噎得一窒。他一只手撑着脸颊,把玩着那片竹叶,深深叹了口气:"你真聪明!谢谢你没说吹的是猪叫。"

焚天扑哧笑了:"好吧。是鸟叫。"

弈之羽一跃而起,郑重说道:"这是红襟鸟的歌声。它在唱,林小天有了大麻烦,弈之羽正雪中送炭。你一定要记住了,将来要报答我请我……"

"吃饭。"焚天叹气,"你是饭桶吗?不过五天,你的灵石就花完了?"

"不过五天!小姑奶奶,你也知道你整整闭关五天?你再晚一天出来,我当掉裤子都付不起灵石!"弈之羽高声叫道。

焚天一头雾水:"为什么?"

这时从竹林那头进来了一群弟子,看到弈之羽和焚天挤眉弄眼地笑了:"林师妹在啊,今天打算搬家了?"

弈之羽掏出最后五十块灵石扔了过去:"明天!"

"明天我们再来。"跑腿的弟子笑嘻嘻地去了。

焚天这才知道,外门中有位炼气九层的高阶弟子原来就想住焚天的院子,以前看在焚天有于剑生撑腰不敢吭声,现在若华道君厌了她,便理直气壮开口讨要。说地方清静,还有口灵泉,正适合闭关筑基。这位师兄是年底大比时最有希望跃龙门进九峰的人选之一,于是一群拍他马屁的弟子就叫嚣着叫焚天搬家。

"你闭门不出,我寻思着你可能在进阶,拦着不让他们打扰你。所以五十块灵石买一天。今天刚好用完我全部的灵石。"

"宗门有这样的规矩？高阶弟子可以随意让低阶弟子搬家？"

"对呀。到哪儿都是弱肉强食嘛。"弈之羽叹气，"林小天，你不会连这个都不懂吧？"

"弱肉强食的意思是，只要我打败那位炼气九层的师兄，我就可以不用搬家了？"

炼气三层敢威胁他这个炼气六层的，如今又口出狂言要打败炼气九层的高阶弟子。她难道真隐藏了实力？偏他还没看出来。这个小姑娘总能给他惊喜。弈之羽来了兴趣："宗门有擂台，弟子间不许私斗，可以在擂台上挑战对方。你若能打败他，当然没人逼着你搬家。"

"挑战有什么限制？"

"不能出人命。法术法宝符箓随便用。"弈之羽笑了。他记得她轻松用了张中阶符箓炸毁了他的院门。

就当又进了一次斗兽场。焚天点头："我不识得人，帮我带个信……能下注吧？"

弈之羽笑得合不拢嘴："那必须的。"

焚天扔给他一袋灵石。不多不少，正好是她分到的另一半包子钱："本钱。赚了灵石老规矩分账。"

不出半天时间，外门炼气三层弟子林小天挑战高阶弟子田师兄的消息便传开了。时间就定在第二天上午。地点在外门小云台。

三月十六，宜开市。

弈之羽望着小云台的公赌盘喟叹："宜开赌市。"

从前在水镜中看到红城有数座斗兽场，但凡有高阶凶猛异兽出现，斗兽场的入场费能翻两到三倍还供不应求。半空中也会浮出这样的公赌盘，投注数字能变化到开场那一刻。焚天仰起脸看着好奇并快乐着："眼见为实，原来玄门大派也公开赌博啊。"

脑门上被弈之羽弹了一记："林小天，输了咱俩就卷铺盖跑路吧！"

公赌盘上，田雨来田师兄名下有三千八百块灵石，没有任何人押林小天赢。她名下仅有二百四十九枚灵石，那是弈之羽嫌二百五难听减了一块灵石。焚天觉得弈之羽其实是想留一块灵石免得饿死。

赔率悬殊。弈之羽狮子大张口，做庄开了个对赌。林小天是一赔十，田雨来是一赔二，也就是说投注田雨来一块灵石，输给林小天赔两块。如果田雨来赢了，则能从弈之羽手中拿到十块灵石的赔付。

谁肯相信外门六层炼气弟子有这样丰厚的身家做庄呢？

为此，弈之羽连夜去了趟双月崖，随后酒长老出面为这场赌局作保十五万灵石。

炼气三层挑战炼气九层。低阶的林小天初进宗门和滴水崖静思崖扯上了关系不说，最后一崖崖主酒长老竟然出面为赌局作保。消息传开，整个青山宗炸了锅。外门小小的擂台挑战赛变成了宗门开春以来最热闹的一场比试。

如果林小天输给田雨来，照现在公赌盘上的灵石数目，弈之羽要赔付三万八千灵石。

"看来只有咱俩在赌自己赢。真好！"焚天喜滋滋的。亲自下场赌的感觉太刺激了，从水镜里旁观始终隔了一层。

这时，她名下的灵石涨了一枚。两人同时怒了："哪个不长眼

第十四章 赌你的心

的二百五下的注？"

青山宗外门小云台是单独的一座小山，四四方方，四周峭壁，山顶平滑宽广。比赛已时开始，太阳初升时就有弟子提前来抢占好位置。辰末时分已将小云台挤了个水泄不通。

九峰峰主金丹真人们自持身份不会来小云台，但这场牵涉到三崖长老的比试让诸峰真人都以法术点亮了水镜。

若华道君从水镜中看着小云台的热闹脸色变幻不定。这个林小天简直嚣张！

"云真，云影，你俩去趟小云台。"

两名女弟子领命而去。

滴水崖封了崖，却未封住消息，弟子们围着水镜叹气："可惜封了崖不能去投注，林小天摆明输定了嘛！"

水镜一暗，弟子们回头一看，有桑道君沉着脸站在洞府门口。

弟子们讪讪离开。秦有桑挥手封了洞府大门，掐了个法诀，盘膝坐在了水镜前盯着映出来的小云台现场摩拳擦掌："林小天，于师兄给你的符箓砸也能砸赢那个炼气弟子了。你敢输就是丢我滴水崖的脸！可惜封了崖，不方便遣人去投注。"顿了顿，他嘀咕道，"小白脸竟能说动酒长老，尚有两分本事。"

小云台上除了看热闹的外门弟子，内门九峰也来了人。

九峰金丹以下弟子与外门弟子相似，不同的是炼气弟子的白色衣衫镶着青色阔边。筑基弟子镶着黄色阔边。高高站在了擂台东面的浮台之上，与外门弟子区分开来。

其中以千瀑峰弟子最多。刘采采功不可没。她靠着梁秋怡如何被罚面壁，林小天其人如何的八卦小赚了一笔。刘采采毫不犹

277

豫在林小天名下添了一块灵石。为掩饰自己对林小天的支持，她解释："敢越六阶挑战，可不是就是个二百五嘛。"

千瀑峰众人哈哈大笑："刘师妹输的灵石我们出了！"

刘采采成功洗脱了吃里扒外得罪梁秋怡和若华道君的嫌疑，暗戳戳地欢喜着。她知晓内情，敢越阶挑战，林小天还不知得了多少有桑道君馈赠的法宝。没有把握她敢上擂台？

两名穿着粉色交领大袖衣衫的女弟子站在九峰弟子中，格外打眼。

"快看，静思崖也来了两位师姐！"

"没有若华道君的吩咐，以田师兄的修为怎么会接林小天的挑战？"

"若华道君是真厌了林小天。派了弟子前来督阵。"

"看出来了吧？别说林小天只有炼气三层修为，就算炼气十层大圆满，敢赢田师兄，就是在明着打静思崖的脸。她死定了。"

弈之羽悄声对林小天道："小天，你有于真人送的符箓。人家怕是早料到了。静思崖既然派人前来督战，私底下给田师兄的宝贝也不会少。元婴道君所赠法宝在手，修为又比你高太多，你一点机会都没有。所以……"

"你为何要下注赌我赢？因为一赔十的诱饵太香，鱼儿自然会上钩。"焚天接过话，快而又急地说道，"你雪中送炭与我同甘共苦，我会报答你请你吃饭。"

弈之羽哈哈大笑："小天，你深知……小爷我的心呐。"

能说动酒长老作保，单凭一个小爷是做不到的。焚天似笑非笑地说道："没看出来呀，你还有能打动双月崖酒长老的宝贝。你是不是也借点宝贝给我使使？"

第十四章 赌你的心

弈之羽干笑着:"酒长老好酒喜欢酿酒。我得了个酿酒方子,正琢磨着有机会献给酒长老得些赏赐,这不就正好用上嘛。我穷得叮当响,哪有什么宝贝。"

"值十五万灵石的酿酒方子?"

"黄金有价玉无价,各花入各眼。酒长老觉得值,那就值。"

他答得滴水不漏,焚天也不追究:"田雨来名下灵石已经六千三了。如果有人往田雨来名下再加一万灵石。我若输了,酒长老出十五万,多出的其他灵石我们上哪儿找去?"

弈之羽凝视着她微笑:"你会输吗?"

焚天笑道:"我很好奇,为什么你对我这么有信心?"

"因为……"弈之羽眼里闪烁着奇异的光,"我想知道你威胁我的话是真还是假。"

焚天不置可否:"真的如何,假的又如何?"

擂台旁的小钟敲响,弈之羽耸了耸肩没有再回答她。

外门负责弟子杂务的刘师兄登上了擂台,摇头晃脑说了一通切磋技艺点到为止的话,请两人上了擂台。

田雨来一亮相,台下掌声叫好声哄然响起。

焚天上台,下面响起的只有好奇的议论声。

田雨来年纪不大,二十出头,长相斯文,声音却一点儿也不斯文。朗朗声音回荡在青山宗诸峰之间,恨不得让全宗上下都听见:"林师妹,我比你高了六阶。胜了你传出去也是以大欺小,没什么可炫耀的。之所以答应你的挑战,是想给你一个教训。初生牛犊不怕虎,你的确勇气可嘉,就是太不懂事!如果低阶弟子都学你一般缠着前辈打擂台,说好听点是学习经验,说难听点,就是打扰前辈修炼。"

"田师兄快筑基了,他的修炼时间多宝贵啊,却被缠着没办法只能陪她打擂台。"

"太自私了!"

"难怪若华道君都要亲自训诫她!"

"田师兄,好好教训她!"

听着台下皆是站自己这边的同门,田师兄的神色越发倨傲:"我让你三招。"

洞府中,秦有桑嗤之以鼻:"小子,林小天从不吃亏。敢邀你擂台,你就输定了。"看到小云台上静思崖的女弟子,秦有桑蹙眉想了想,大笑起来,"若华道君,你定小瞧了林小天,事后后悔也来不及了。可惜看不到你生气的脸色,可惜可惜!"

焚天站在擂台上想了想,转头问当裁判的刘师兄:"擂台上不限法器符箓什么的吧?只要我能用,元婴后期所制的符宝都可以?"

此话一出,围在擂台边上的炼气弟子们下意识地往后退,如海水退潮,让出了三丈之地,连弈之羽都吓了一跳。难不成于真人将凌山子老祖制的符宝给了林小天?怪不得炼气三层敢挑战炼气九层。刘师兄倒吸口凉气,下意识看了看四周。擂台的护罩也扛不住元后修士的符宝,两人动起手来,会不会把这小云台给炸塌了?

田雨来心里也是一紧。静思崖昨夜悄悄遣了人来告诉他。林小天极可能会有滴水崖所赠法宝符箓。为防万一,赠了他三张高阶符箓,一面防身八卦镜。但是林小天现在说的是符宝!元婴后期所制,那便是凌山子老祖留下来的。

符箓和符宝的威力好比一个是小孩的拳头,一个是大人的拳头。最关键的是，炼气一层弟子都能使用。他是比林小天高了六阶，也扛不住符宝的威力呀。

"用符宝取胜，还需要打擂台？不如拿出来直接比谁的符宝符箓法宝法器威力更大。还不用浪费。"静思崖的女弟子开口讥讽道。

"师姐所言甚是！"刘师兄擦了把冷汗。他更害怕小云台塌了，围观弟子能退得老远，他这个裁判守在擂台边上怎么逃命？

"靠那些外物打赢，谁能服气呀？"

"何必再修炼？见了高阶修士直接用符宝砸就是。"

刘师兄笑望着焚天道："听见了吧？你挑战田雨来不能使用符宝符箓。"

焚天点了点头："行，大家都不用甚是公平，我就凭真气和神识打擂台。"

弈之羽突然明白林小天的信心从何而来。她的神识肯定很强。他确信那天她定然是发现了于剑生，所以才挨近自己帮他"吹"眼中的沙。哼，利用自己故作亲密状气走了于剑生。

炼气三层，神识却高。她又给了他一个意外惊喜。

洞府中秦有桑听到焚天说出"神识"二字，笑得肩头直耸："林小天，你真奸诈！"想当初他和二师兄都没能察觉到她的神识，何况田雨来这个炼气九层弟子。

这时小云台哄笑声一片："真气神识也甭用了，直接比拳脚功夫好了！"

田师兄瞅着焚天纤细如草的身材，含笑道："单论拳脚功夫，林师妹怕是也受不住，不如就此认输吧。"

焚天细眉高挑："那就请田师兄划下道来。用真气神识还是只比拳脚功夫。"

难道林小天擅长拳脚功夫？修行中人大都不擅长武艺。有真气用法宝，武艺再强，也抵不过一指的威力。田雨来心里冷笑，想哄他上当？没门！

"我辈修行中人，自然比的是真气神识……"

"好。"焚天达到目的，叉手行礼，"各位师兄师姐做个见证。别说我林小天以小欺大。"

场下又是嘘声一片。

小云台不会塌了，性命无忧。刘师兄放心了，敲响了小钟："炼气三层弟子林小天挑战炼气九层弟子田雨来。双方不得使用法宝法器符箓符宝，仅凭真气神识，点到为止，交流切磋莫伤和气。"

田雨来双手往身后一负，姿态优雅，还是那句老话："林师妹，我让你三招。"

焚天摆手："不用，我怕胜了不好意思炫耀。"

田雨来大怒："岂有此理！我让你先出手！"

他是自持身份，比对方高六阶修为，先出手太没面子。

焚天笑着朝台下喊道："还有没有下注的？买定离手了！"

"喊！"

"怕了就认输吧！"

"拖时间有什么意思！"

各种嘲笑的声音此起彼伏。

突然有个声音突兀地叫了起来："封盘前静思崖两位师姐下注田师兄五万灵石！"

静思崖两位女弟子淡然站着，毫不掩饰眉宇间的得意。

第十四章 赌你的心

众人倒吸口凉气，同情地望着弈之羽和焚天。酒长老只答应作保十五万。田雨来名下灵石瞬间达到了五万七千二百枚。林小天输了，作庄的人要赔四十几万灵石。

"静思崖大手笔，滴水崖就差了？她若输了，这笔灵石还怕找不到人付账？"

众人恍然大悟。

投了一块灵石的刘采采按住了胸口，感觉心都要蹦出来了，兴奋得阵阵目眩。输了只赔十块灵石，万一林小天赢了，她能分到多少灵石？

"输了赔不起也没关系。静思崖还差个杂役弟子，我还差一个端洗脚水的侍婢。"静思崖筑基弟子云真淡淡说道。

林小天恍若未闻，和台下的弈之羽交换了一个心照不宣的眼神，望着田雨来道："既然师兄坚持不肯先出手，我就先出手了！"

田雨来眼前出现了一只拳头，小巧白皙，手指一根根拢在一起，像透明的玉雕出来似的，指甲呈浅粉色，指甲底部有着健康漂亮的白色小弯月。他悠悠然地想着，这么漂亮的小拳头还真让人舍不得把它捏碎了。

场上响起了一声清叱："看拳！"

那声音似在耳边响起，田雨来脑中嗡的一声，识海震荡，似坐在大钟之中，钟声绵绵不绝。震得他两眼发晕，半点真气也难以提起。

焚天一拳击在他胸口。只用了一成真气。田雨来只觉得被人推了一把似的，难以站稳，扑通摔下了擂台。他晃了晃脑袋，神识清明起来，看到周围一圈弟子如同张大嘴巴的呆鸡，他这才发现自己已经下了擂台。

283

"承让!"焚天笑着拱手团团行礼,特意朝静思崖女弟子点头微笑以示感谢。

田雨来一跃而起,大怒道:"你用神识偷袭!"

众人哗然。原来是神识攻击啊!怪不得田师兄一脸懵懂就被揍下擂台。

焚天站在台上,睥睨着他,一字字重复刘师兄开赛前的话:"炼气三层弟子林小天挑战炼气九层弟子田雨来。双方不得使用法宝法器符箓符宝,仅凭真气神识,点到为止,交流切磋莫伤和气。田师兄是觉得我仅用一成真气击你下台没让你吐口血不够给你面子?"

田雨来脸色跟开了染铺似的,青白红连续变幻。

洞府中秦有桑笑得直捶地:"本座都着了道,你一个炼气弟子还能躲得过?梁若华,赔了十万灵石,气死了吧?"

静思崖中,若华道君拍案而起:"好狡猾的小丫头,竟然使诈!"

负责裁判的外门刘师兄心疼了一会儿自己要赔出去的五十块灵石,心想滴水崖虽然封了崖,于真人出关时说不定已经成功结婴,也不能把林小天得罪了。于是他敲响小钟表示这场比试结束,随即迈步上了擂台。

一缕神识传音飘进静思崖筑基弟子云真云影耳中。两人互换一个眼神,云真抢在宣布林小天获胜前踏出一步,施施然说道:"且慢,既然说了比神识真气,方才这场比的是神识,田师弟的确输了。不过,还没有比真气吧?"

小云台立时沸腾了。

云影见状轻笑:"两个外门炼气弟子擂台挑战有什么好看的?

第十四章 赌你的心

不就是因为林小天炼气三层修为敢挑战炼气九层的田师弟,双方实力差距太大吗?大家说,不比真气,这场比赛还能吸引人来看吗?"

"师姐说得对啊!我就想知道炼气三层怎么打得过炼气九层修为!"

"是啊。不比真气,有什么好看的?"

"说得对!真气还没比呢!田师兄炼气九层,就这么判输,太不公平!"

弟子们被两人的话点拨着,立时忘了林小天已经胜出的事实。纷纷叫嚷着要比试真气才算数。

若华道君看着镜中影像,满意地嗯了声。

刘采采像听到了什么,惊奇地瞪大了眼睛。她左右张望了下,秀美的脸涌上一层激动的潮红色,大声叫道:"有什么好争的?都不服气就让宗门事务殿来裁决呗!"

内门这位师妹倒挺懂行的嘛,到了宗门事务殿,若华道君就无法插手了。神识修行最为艰难,林小天炼气三层用神识击败炼气九层的田雨来,掌教道君和诸峰峰主惜才,恨不得将林小天抢到自己门下,肯定会判田雨来输。弈之羽大笑道:"是极是极,上报宗门事务殿裁决!大家伙都甭争了啊!"

静思崖两位女弟子和田雨来的脸色变得极为难看。

这时,焚天开口了:"不用真气和田师兄比,难以服众。再比一场就是。"

弈之羽目瞪口呆:"傻乎乎的!"

与此同时,秦有桑也破口大骂:"林小天你有病?"

静思崖中,若华道君安然端了茶盏,惬意地啜了一口,心道小丫头锐气十足，就是经验太浅薄了。

内外门弟子顿时对这位看起来娇弱的林师妹生出了好感。多大气的小姑娘啊，相当于放弃了一场胜利，若是再输，还好意思再耍赖吗？

初来乍到，她就得罪了若华道君。焚天需要正大光明漂亮地打赢田雨来，让围观的弟子对她印象改观，让若华道君碍于身份不好对她下手。她当然知道自己坚持，对方只能认输，如此一来，这场比武终究不够完美。为了一劳永逸，焚天必须再打一场。

她朝台下做了个请的手势："田师兄，请。"

输了神识，胡搅蛮缠拼真气。田雨来脸烧得都能煎熟鸡蛋了。然而静思崖两名女弟子用目光狠狠地瞪着他。连累静思崖输十万灵石，输给炼气三层，落在内门诸峰弟子眼中也大失颜面。他甭想今年跃龙门进九峰了。进不了九峰，赢了林小天，去静思崖也好啊。想到这里，田雨来把脸面一把抹进了荷包里，重新站上了擂台。

这一次，叫好声稀稀落落。

虽说都投注在田雨来身上，弟子们心里还是觉得有些欺负人了。

弈之羽突然叫道："小天，你回气丹够不够？不够师兄给你呀！不停地吃丹药，擂台可以打到明年去。"

又引来一片哄笑声。

炼气三层不停嗑丹药，也打不过炼气九层。这是防着田雨来呢。就算不服丹药，难道他炼气九层的真气还比不过炼气三层？田雨来大怒："田某不会服用回气丹。"

焚天笑道："田师兄不用。我自然也不会用的。"

第十四章 赌你的心

她上次吸了三万灵石中的真气，已经是炼气四层。差了对方五阶。只要对方不服丹药增加真气，她就有办法打败对方。

第二次登上擂台，田雨来再不敢轻视，聚气为剑，剑身凝实如一泓秋水。他叫了声："林师妹看剑！"剑光匹练般朝焚天扫去。

焚天没有用真气。不用神识攻击，她只用神识感知躲避。她朝旁边踏出一步，看似险之又险地避过。剑气落在了地面，划出一道深达数寸的石痕。此时众人才有了擂台比试的感觉。台上剑光交织如网，小姑娘白色的身影在剑光中飘摇不定，左躲右闪，显得极为笨拙。

焚天全神贯注，依稀仿佛间回到了练功的日子。

地下斗兽场只听得见异兽的吼叫，自己的喘息声。一只又一只的异兽，仿佛永远杀不完。面具遮住了脸也遮住了她的视线。那些一阶比一阶高的修士攻击手段层出不穷。她在黑暗中用神识探知躲避。她先天诸窍全通，想要储满所有窍穴的元气也极难。所有的元玉都尽着她用，仍然有元气耗尽的时候。然而训练与战斗永无休止，并不因为她耗尽元气就停下来。

那时候她不懂为什么自己要活得那样绝望辛苦，直到逃出圣域，直到此时此刻，焚天似乎才领悟到老人们的用心良苦。她眼中有淡淡的悲伤浮起。她很是对不起他们，但她更想为自己而活。

焚天将回忆封进心底，避开了最后一剑。

擂台石地上已被剑光刻下道道沟壑，田雨来一套剑法使尽，已耗费了三分之一的真气。林小天一直没有还手，但是她依然好好地站在擂台上，冷漠讥诮地看着他，仿佛在说，这套剑法还不值得我出手。

他精心修炼的剑法竟然连她的衣角都没削下一片。田雨来心念一转便知她定然是以神识查知从而躲过。他骂自己一声蠢，法术一变。真气凝为飞刃，如疾雨射出。飞刃密集如雨，小云台响起阵阵惊呼声。刹那间，擂台上数根发丝被飞刃斩断。飞刃消散，焚天的发髻也随之散开，黑色的长发垂落了下来。

秦有桑噌地站了起来，困兽般在洞府里走来走去。

在赤海风蚀地石林中她引着一群异兽躲得辛苦，却不曾受伤。但是这一次不同于血蝎豺狗的追逐。

"这是高阶法术漫天刃舞。第一波是不知你虚实，仅有七七四十九枚真气凝刃。你看似躲得轻松，已能削断头发。田雨来想跃龙门，第二波他至少会凝化九九八十一枚。不，他知你真气浅薄，会直接施展刀刃形状更小数量更为密集的丝路烟雨，让你没有腾挪躲闪的空间。这次你若不用真气抵挡必然受伤……"

随着他的话音。第二波刀刃射向了焚天。

阳光映照之下，如同一波银光粼粼的潮水卷向焚天。

凝出的刀小而密集，划破空气的声音像毒蛇吐芯，又像水浇进了烧红的铁锅。

没有人认为焚天不用真气抵挡还能躲得过。

焚天依然没有用真气。脚猛踏地面，旋身朝着这片飞刃的破绽之处直冲了过去。她在空中旋转，如同投入银网中的蝶。

台下众弟子倒吸口凉气。

飞刃消散，焚天仍站在擂台上。

小云台一时间安静下来，千百只眼睛盯着她。

她身上突然发生了变化。白色镶蓝色阔边的弟子衣衫上开出了一朵红花，然后第二朵第三朵，此起彼伏。飞刃速度太快，在她身上划出无数细密伤口。直到她冲出刃雨布成的网，点点鲜血

第十四章　赌你的心

才沁出来。不过数息，她像换了件绣满红梅的新衣裳。

她跌倒在地，将真气自丹田移进窍穴中游走，默默替自己止血。

秦有桑紧盯着画面，骂了声："吃生肌丹吃上瘾了？知道一枚值多少灵石？败家子！"

田雨来开口说道："刘师兄，林师妹已经站不起来了，总不能非要我上前将她打落擂台才算赢吧？"

见林小天仍站不起来，刘师兄这株草又倒向了静思崖："林师妹，林师妹？"

他喊了两声，焚天仍然喘息着没有回答。

刘师兄清了清喉咙："林师妹没有应我。我宣布第二场……"

"第二场还没打完呢。"焚天缓缓站起了身，拿了块帕子将凌乱的头发束在了脑后，露出冰雪般清丽的脸。她的声音冷如冰雪，打破了小云台的安静。

台下响起了无数欢呼声："林师妹没事！"

"林小天，好样的！"

焚天挺直脊背傲立在擂台上，仿佛浑身溅血狼狈不堪的人不是她，冰雪般洁净的脸放着光，眼神倨傲之极。

弈之羽说不出的喜欢，看向焚天的眼神炽热灼烈。他舔了舔嘴唇，轩眉低语："林小天，我刚打了个赌。我输了。"

从水镜中看见焚天浑身浴血却又站了起来，若华道君冷哼了声："身手倒是敏捷，只可惜修行一途拼的是绝对的实力！"

"林师妹，你还是认输吧。"田雨来虽然被她打下一次擂台，见她如此倔强，心里不知为何生出了一丝惧意。

焚天冷漠地说道："田师兄认输的话，也可以不用再比。"

"我本怜惜于你……"

"废话真多,还有什么招尽管使。"

"你竟然如此藐视我!"林小天竟然拼着一身是伤都还舍不得用真气。明知她想耗尽自己的真气,田雨来却拿她毫无办法。不用真气,他难道挥着拳头去打?看林小天身手,必是武技娴熟之人,他不能上当。

焚天大笑:"听说田师兄压箱底的绝活是驭巨石阵,不敢用是吧?怕用了真气耗尽后,被我揍得满地爬?"

"你找死!"田雨来怒极,手势变幻掐出法诀,一块块巨石突然出现在焚天头顶,夹杂着雷霆之势狠狠砸落。

"妈呀!这不得被砸成肉饼了!"

"那么娇弱的小师妹。"

围观的弟子都不敢看了。

弈之羽往前踏出一步,目光紧紧盯着石雨中那道飘荡的身影。

秦有桑面露一丝喜色:"这招激将法使得不错。巨石看似比飞刃威力大,只要驭气便好躲。"

见田雨来受激不过果真施展出自己的得意法术,焚天也松了口气。巨石虽然密集,石与石之间的缝隙远胜飞刃。她终于用了真气。

台上轰隆声不绝于耳,砸起阵阵尘灰。

众人只看到纤细的身影在巨石中飞速闪避,像一根白色的飘带在石中飘荡。

若华道君见焚天用了真气,哼了声道:"等到真气耗尽,臭丫头看你还敢嚣张!"

"田雨来余下的真气大致与你相当,这招法术使出,片刻真气便会见底。林小天,你终于得逞了。"秦有桑微微笑道。

片刻后,石雨停了。烟尘散去,露出焚天的身影。

台下哄然响起阵阵欢呼声:"林师妹,好样的!"

"林师妹躲过去了!"

焚天尚有余力施了个清洁术洗去满身尘土。

田雨来满头大汗耗尽所有真气正喘着粗气。他惊诧地望着焚天,难以置信:"你竟然躲过去了?"

"我神识很强,赢过你一场了呀。如果师兄继续凝真气为刃密集如雨击来,我自然是挡不住敌不过的。唉,可惜了。"

田雨来气得几欲吐血。他怎么就没想到呢?不,不是他蠢。是他善良,不忍心叫林小天重伤在漫天刃舞之下。

只是他已再无机会。焚天手掌一翻,余下的全部真气凝成一只晶莹的小拳头,再一次击在田雨来胸口。

看着田雨来人如纸鸢般飞落擂台,焚天很讨人厌地说道:"神识输给我,真气也输给我。田师兄该不会还想和我比比扳手腕,比谁力气大吧?"

"我输了!"田雨来怨毒地看着她,从地上爬起来,头也不回跑出了小云台。

茶盏被砸得粉碎,若华道君咬牙说道:"没用的东西!"

炼气三层就这么赢了炼气九层,赢得光明正大。围满小云台的众弟子都觉得像做梦一样不真实。连弈之羽收走全部灵石,竟没有一个人生出怨怼之心。

公赌盘公平地将刘采采赌赢的灵石分给了她。刘采采激动得差点热泪盈眶,朝焚天跳起来挥手。身边一位要好的师兄赶紧拉住她低声说道:"知道你投注林小天赢了灵石,梁真人从戒律堂思过崖中出来有你好看的。"

刘采采得意地笑:"你懂个屁呀!姑娘我有免死金牌!走!"

静思崖两名女弟子在田雨来被再次打下擂台时已经悄然离开。随着弟子们离去,曾经热闹的小云台渐渐变得空荡安静。焚天双腿一软坐在了擂台上。她躲得并不轻松。

白色的身影飘上了小云台。焚天身体一轻被弈之羽抄抱起来。他抱着她大笑着转了两圈,语气真诚欢喜开心:"小天,看在你赚了这么多灵石的分上,我决定当回苦力抱你回去。"

"不过是些皮外伤罢了,你放开我,我自己能走!"

弈之羽不轻不重地将她箍在怀中,低头笑道:"这次你想砍我的手也不行了。"

她真气耗尽,他却真气满满。焚天用力推搡着他,如推着一堵石墙,一时竟无计可施。她好奇地问道:"你不想想我恢复真气的后果?"

"不想!"弈之羽抱着她往家的方向走去,耍起了无赖,"不抓住机会,我怕我永远抱不到你!"

后山滴水崖洞府中,水镜中映出了小云台的镜像。

看着弈之羽抱着焚天离开,秦有桑指尖掐了个法诀,水镜镜像消失了。他盘膝坐着,撑着下巴出神。

过了片刻,他起身出了洞府,往崖外行去。

走到下山台阶处,他一步迈出,面前突然升起一面透明的屏障,直接将他弹飞。秦有桑差点摔一跤,他在空中旋身站定,大怒:"谁设的结界!"

守门的两名弟子跑了出来,迟疑了下道:"道君,您下令封崖……"

"封崖是叫你们守着山口不许外面的人进滴水崖惊扰两位师兄结婴！需要开护崖大阵吗？本座会蠢到把自己也关起来？结婴十年八年算短的，护崖大阵就一直开着？嫌本座灵石太多没地方用？"

沉默寡言素来温和的有桑道君勃然大怒，吓得两名弟子伏地请罪："道君息怒。弟子糊涂！"

"把阵法关了！"秦有桑吼完掐着法诀在屏障上一划，走了出去。

山风拂面，将他吹清醒了。秦有桑立在空中俯瞰群山，心里茫然一片。他刚才怎么了？烦躁不安地想了片刻，秦有桑想明白了。

弈之羽，你敢占我喜欢的女人……的姐姐的便宜！难怪本座如此生气。揍你也占着理。秦有桑捏着拳头咯吱作响，身影一晃，朝着外门去了。

第十五章　心意难测

秦有桑站在焚天院子外面。第一次来他就觉得这位置选得不错。离外门中心广场不远，却位于外门边缘，左边隔了一片竹林。右面临着一道山崖。清静独立，不引人注意。

这次他从山崖那边绕路过来，绝对不会被宗门中人撞见。

院门紧闭，防御阵法开着。这种阵法对元婴修为形同虚设，他轻松走了进去。

院子里多了个人，焚天马上感觉到了。神识"看见"是秦有桑。焚天的嘴角不可自抑地往上翘。她迅速换好衣裳，从房间走了出来。

一只玉瓶扔进她手中。

秦有桑打量着这间院子，以一种长辈关心小辈的语气说道："这地方倒也清静，住着可还习惯？"

每次见他装前辈高人，焚天就想戳穿他。摩挲着玉瓶上的花纹，她蚊子哼哼般嘀咕："有桑道君光临寒舍蓬荜生辉……做人怎么出尔反尔呀？不是说好不会再来找我了？嫌我被若华道君折腾得不够？"

一句话就扒了秦有桑那层前辈的皮。他怒道："生肌丹不要就还我。"

焚天把玉瓶紧紧握在手中："谢了。"

知道她是故意气自己，秦有桑悻悻然："女孩子都娇气。虽然都是皮外伤……也很疼吧？"

这是在关心她吗？焚天好奇地问道："听说滴水崖封了崖，你怎么知道我受伤了？还受的皮外伤？你躲在小云台上偷偷看我吗？"

"本座需要吗？还躲在小云台偷看！"秦有桑满面鄙夷，嘲笑道，"封崖是禁止外人进崖，又不是禁足。九峰三崖皆有水镜，能观方圆百里景象。你们那旮旯没见过吧？"

什么叫你们那旮旯？没有圣域功法，你现在还是个不能修炼的废物！焚天反唇讥道："我老家地方小是小了点……"

秦有桑突然伸手蒙住了她的嘴，目光森然望向院子的东面。东墙下堆着砍下的桑树柴垛。焚天随他目光看去，一根三寸长的"柴枝"无声无息地翻了个身，藏在了一根粗柴后面。那是什么？她心里暗暗吃惊，自己竟然没有发现有人偷窥。

焚天耳中响起他的传音："竹林那边住的人是谁？不会是弈之羽吧？"

他怎么知道？焚天点了点头。

柔软的唇从掌心拂过，秦有桑像被烫了手似的放开了她。

"别乱说话，机灵点。"传音叮嘱了她一句，秦有桑背着双手"兴致盎然"在院子里踱步，"二师兄说你无亲无故，孤身一人很是可怜才把你带回青山宗。他闭关之前千叮咛万嘱咐请本座对你多加照拂。本座于人前不方便露面找你。有紧要事，你可以传个口讯给本座。咦，你不喜欢院子里的树？喜欢什么花草树木？我盼咐外事堂给你移点过来。"

顺着他的口风，焚天便道："我喜欢果树，最好是石榴。树下摆一张躺椅，果实熟到裂开，都不用摘。坐树下就直接掉进嘴里来。"

秦有桑头也没回，嘴里蹦出几个字："懒得要死！"他走近墙边，"这些柴堆着做什么？难道你还会烧火做饭？"

随着他的走近，那截"柴枝"从一根柴后面钻进了土里。它无声无息消失在泥土中。焚天闭上眼睛，识海中映出了"柴枝"的影像，它正飞速破土前行，往竹林方向去了。

"别看了，当心被对方发现。"秦有桑阻止了她。

"那是什么东西？"

秦有桑面色冷峻："外门弟子住处的防御阵法筑基修为就能破。有人破了阵法却没有让你察觉，放了只应声虫在院子里。应声虫能将听到的全部对话复述给它的主人。所幸它没听到什么要紧事。"

焚天还是头一次听说有这种能复述声音的东西。它朝竹林方向去了……焚天问道："你怀疑弈之羽？"

"应声虫极其珍贵，一只售价高达二十万灵石。还只能用一次。复述人言后就会死去。"秦有桑又想起花五百灵石从他手里买包子，恨铁不成钢地瞪了焚天一眼，"能在宗门元婴长老面前镇定自若。一个外门炼气弟子能拿出让酒长老心动的东西，不值得怀疑？偏偏放进你的院子，不是他是谁？"

弈之羽试探她时，她就起了疑心。可焚天却不想让秦有桑得意："又不是每个人见着元婴就腿软害怕。他说献了张酿酒方子给酒长老，又不是什么修为秘籍，他恰巧有呗。我住的地方已至山崖尽头，它不往竹林方向去，去跳崖吗？"

第十五章 心意难测

秦有桑听着刺耳之极。他黑着脸取出一只龟甲,一把捉住了焚天的手。

焚天大惊:"你又想做什么?疼!"

秦有桑捏着她的手指狠狠咬了一口,挤了滴血抹在龟甲上,满意地说道:"滴血认主!"

龟甲滴溜溜地在半空中打转,甲背上数个古老的字符闪烁,然后落在了地面,钻进了土里。焚天立时感觉到院子发生了变化。院落的上下左右都笼罩在一层古老字符组成的光幕中。

"这个龟甲符阵虽然扛不住元婴攻击。但别人想无声无息潜进来也不可能。"别人二字被秦有桑说得极重,显然意有所指。

看着指尖的伤口,焚天腹诽,想弄滴血也犯不着这样咬吧?

"亏你还神识高深,被人放了应声虫都不知道,还帮着他说话。"秦有桑越说越生气,"那小子竟然轻薄你。算他跑得快,不然被我看见定打断他的手!"

她不想做焚天,不想回圣域。她喜欢现在的身份,现在的环境,喜欢做肆意快活的林小天。望着秦有桑气呼呼的模样,焚天第一次鼓足了勇气,设想着另一种可能:"弈师兄很好呀,他哪有轻薄我?他是见我浑身伤真气也耗尽了才抱我回家的。他现在去丹坊给我买治外伤的药去了,你为什么要打断他的手?"

"我喜欢你妹妹,就不能让人轻薄你。"秦有桑理直气壮地说着,"那小子贼眉鼠眼,手脚不干净……"

焚天截口打断了他:"叫声姐来听听。"

秦有桑立时涨红了脸,瞪着焚天额头暴出了青筋:"林小天,你让我叫你什么?"

焚天静静地看着他:"我没见过那个妹妹,也不认识她,对我而言，她是一个陌生人。秦归陌，你若真喜欢她，就不要关心我让我误会。你扪心自问，滴水崖封了崖，你巴巴送生肌丹来只是因为她是我妹妹？你想揍之羽，只是为了想保护她的姐姐？"

秦有桑的脑袋嗡地炸了。他怎么可能喜欢林小天？他时常想念的女人只有那个她。他难道还分不清楚自己喜欢谁？他喜欢林小天？秦有桑下意识地往后退，想离焚天远一点。他像是说给她听，又像是在为自己解释："你和她完全不同。你牙尖嘴利……不，我不是说你不好。我们一起患过难……在这世上，你可能是我最信任的人了。"秦有桑从未这样狼狈过，磕磕巴巴不知道如何表达，"除非你是她，否则我绝不可能喜欢你。"他心中一亮。他对林小天的关注异样怀疑都因为她像极了她。她的身形雪肤颈窝……秦有桑目光灼灼。

焚天心中生出一丝悲哀。喜欢一个人难道不是喜欢全部的她？站在他面前的自己，他说他不喜欢。他口口声声只喜欢那个神秘与之缠绵的自己。告诉他，自己就是那个女人，难不成他马上就说喜欢她了？真是可笑。

她如果做回焚天，夺回圣域尊主之位，所有的翼卫都能像秦有桑一样，为了护着她舍得去死。她岂非该对所有忠心自己的翼卫动心？

而她却因为风蚀地石林中他的保护，对他动了心。

原来，自作多情的人是她。

焚天哈哈大笑起来："逗你玩呢！秦归陌，你真不经逗！我不过是想告诉你，你喜欢谁和我没关系，我喜欢谁也和你没关系。"

"林小天！"秦有桑怒了。自从认识她，她嘴里就不曾有一句好话，总是气得他头顶冒烟想掐死她。

第十五章　心意难测

"弈师兄买药回来了。"焚天听到院外的动静，认真地对秦有桑说，"他是什么人我不管，只要他待我好，我就喜欢。你什么时候见过我吃亏？秦归陌，谢谢你的关心。"

秦有桑指着院外："弈之羽是好是坏你都无所谓？应声虫是他放的，你也不介意？价值二十万灵石的应声虫他随便拥有，你不怀疑他来路不明？林小天，你有病吧？"

焚天抱着双臂看他："关你什么事？如果你肯叫我一声姐，我就让你管。"

"你好自为之！"秦有桑咬牙切齿，身影一晃，自后院离开。

"别人进不来，你进出这么自在，想监守自盗吧？"焚天也气极，朝地上啐了一口。

院外响起弈之羽的声音："小天，我回来了！"

他很适合这身衣裳。白色交领镶蓝色阔边的衣衫穿出一身潇洒肆意之态。第一次在讲经堂认识弈之羽，她当时脑中蹦出了"顾盼神飞"这四个字来形容他。以后这个印象就成了她脑中弈之羽的形象。

再见弈之羽，焚天下意识地仔细看他。他的脸似乎很熟悉，却又像是第一次见到。从小生活在骆家，骆士新的千面幻术已至化境，耳濡目染，焚天不仅懂易容术，而且练就一双好眼。骆士新曾经教过她，高明的易容术并不是给人换一张脸，而是让人记不清楚他的眉眼。弈之羽便是如此。焚天暗暗提高了警觉。

他满面阳光，一手高高提起药包："内堂丹坊新出的伤药。治外伤最好不过，泡澡时放进水里，保证不留半点伤疤。打点了一万灵石，换了内门的贡献点才买到。"

焚天接过药包，细眉挑起，故作凶狠状："暂且留你两只爪子罢。分给我的灵石呢?"

弈之羽用一种极宠溺的语气道:"我的那份也给你好不好?"

"不好。"焚天板起脸道,"我敢打赌,多拿你一块灵石,你会让我倾家荡产。"

"哎,我是那样的人吗?"弈之羽大笑,将一只储物袋扔给她,"你绝对误会我了。"

收了东西,焚天也笑:"合作愉快,我要闭关一段时间。"

"嗯。你修为太低,是该潜心修炼增长修为。不过,你吃饭怎么办?"弈之羽也很赞同,"不如我每天给你送饭。"

"不用了,我用辟谷丹。"焚天保持着常态,"出尽风头,总会惹来麻烦。等大家淡化了那场擂台赛,我再出关。"

她很聪明。弈之羽目露欣赏之意,恋恋不舍地看她关了院门开启防御阵法。

回到家中,弈之羽同样关门开启阵法。进了内室,八仙桌上睡着一只半透明的虫子。虫子的头顶嵌着两点红色的眼珠,看上去很可爱。珍贵自有道理,应声虫不仅有变形的本能,而且轻易不会被修士的神识察觉。

弈之羽在桌旁坐了,给自己倒了一杯茶。他伸出手指点在虫子头部。应声虫发出一段古怪刻板的声音,复述着院子里听到的对话。说完应声虫趴在桌上再无动静。

弈之羽沉思起来。

应声虫与他神识相连,藏在墙根的柴垛中。听到秦有桑的声音后,他就令应声虫小心地离开了。

他放应声虫并非针对秦有桑,只是想多了解林小天而已。

复述的对话中没有什么有价值的东西。一如他所了解的,秦

第十五章 心意难测

有桑受于剑生所托照顾林小天。

不过，他脸上浮起一抹好奇："林小天的老家在什么地方？为何说了一半她就停住不说了？"

生肌丹遇水即化。焚天泡进木桶中，看着身上被飞刃割出的刀痕一点点消失，也一点点将秦有桑剔除出了心里。

焚天没有动用灵石。除了法术，她需要用灵石购买各种辅助性的法宝丹药。青山宗的灵气比赤海浓郁数十倍，对她来说仍然远远不够。

大宗门开宗建派，都会选择建在灵脉之上。只要灵脉不枯竭，宗门就能持续兴旺。原来以为可以在青山宗停留很长时间，她可以慢慢积攒真气。现在来了不到一个月，她却生出了离意。

"靠别人终不如靠自己。"焚天轻叹一声，纵身跃进了院中的那口灵泉。

青山宗外门离主灵脉已极远，只挨着点分支灵脉的尾巴。灵泉自地底深处而来，与灵脉相连。焚天沉坐在井水之中，以灵泉为媒，阖目吸纳着这一处碎灵脉的灵气。

周而复始地运转灵气，丹田中的真气渐满，由气化液。在玄门，真气化液就有了筑基修为。等到真液渐渐填了大半丹田，修为已至筑基中期。焚天感觉到这口灵泉所连接的碎灵脉灵气渐渐稀薄，而她的神识终于生出了一丝倦怠。她将所有的真液全部移入体内窍穴。丹田空空荡荡。又攒了个炼气五层的真气留在丹田中伪装。

跃出井中，灼热的阳光迎面扑下来，焚天微怔。闭关入灵泉井时还是三月，看阳光浓烈，已经到了盛夏。

她打开防御阵法，传音讯像蝴蝶般直飞进院中，各种声音此起彼伏响起。

大都不认识。

有请她一起吃饭逛街的。

有邀她切磋法术的。

她听到刘采采的声音："小天，梁真人回千瀑峰了！"

梁秋怡面壁结束，回千瀑峰。刘采采特意通知她。就这么一句话，焚天也能感觉到她话中未尽之意。自己有麻烦了。

一道刻板严厉的声音也引起了她的注意。来自宗门外事堂。大意是新弟子已经过了一个月的适应期，外门弟子每个月都需要做宗门任务，叫她出关后去外事堂补做任务。

然后就是弈之羽的传音，缠绵悱恻如：思卿如满月，夜夜减清辉。

正常一点的如：小天，又是发月例的日子。想着你吃辟谷丹，只有多帮你吃一个蔡包子方才心安。

夸张的就是：呜呼哀哉，长相思，摧心肝。咫尺如隔天涯，恨那高墙恨那高墙。

焚天哈哈大笑。

一树绿影此时从门外墙头冒了出来。树影婆娑，枝头结着小脸似的累累果实。撑裂了薄薄的皮，露出晶莹如宝石的石榴籽。

"小天，你出关了？快点开门！"

院门打开，弈之羽托着株壮实的石榴树兴高采烈进来，扫了她一眼道："咦，炼气五层了啊！恭喜恭喜！种在哪儿？"

焚天眼神微暗。她真不希望那只应声虫是弈之羽放的。她随手指了个角落。

弈之羽以法术挖了个大坑将树种下,叉着腰昂起脸张大了嘴。真气所激,石榴籽从开裂的果皮中簌簌落进他嘴里。弈之羽嚼得香甜,连连点头:"我听应声虫说的,你喜欢这样吃石榴。的确不错。种了几个月,刚巧你出关时石榴便熟了。"

　　说罢转过脸看她,眼神澄清。他朝她叉手行礼,坦荡地承认了:"这事是我不对。我没有恶意,只是想多了解我的邻居,我以后不会了。原谅我一回?"

　　还没等她开口,就承认应声虫是他放的。不按常理出牌,让焚天一时间不知道说什么才好。她想是否该装个傻,不知道应声虫为何物。但是弈之羽这态度,竟让她无法装傻。回想了下当时情景,秦有桑问起那堆柴也太过巧了,而且她马上就换了防御阵法。弈之羽仔细想想,就会猜到应声虫被发现,所以干脆来了个坦承认错求原谅。

　　淡淡的遗憾之外,只有防备。原谅存在于足够亲密的朋友兄弟恋人之间。焚天不认为弈之羽充满试探的接近就足以让自己需要生出原谅的情绪。她点了点头表示知道了,连一句都不问。

　　弈之羽苦笑。林小天说话行事总能出乎自己的意料,这一次又不例外。点头表示听见,却不多问,堵死了他诸多解释。或者说,她根本没有听他解释的想法。对他,她实在很无所谓。除了情感,她对昂贵的应声虫也不好奇?她没有半点好奇,害得他好奇得不得了。林小天为什么不好奇?要么她老家那个旮旯根本不懂得应声虫的珍贵,要么就是秦有桑给她解释过了。很显然,后者的概率更高。但是她连二十万灵石都不放在眼里,这就不得不让他深思她的来历了。

　　弈之羽心思转得快,暂时放过再提这件事。他从储物袋里拿了两把椅子放在了石榴树下："坐下试试？"

于是两人并肩坐在树下接石榴吃。焚天的话极少，流露出拒人于千里之外的冷漠。

"小天，你还不知道吧，你闭关这三个多月宗门有大事发生。魔界想与玄门议和！无垠大陆宗派众多，以地域划界，选推了一家大门派做区域代表，定了十一月初十，三十六家大宗门派齐聚青山宗商议此事。自开宗建派以来，青山宗头一次接待这么多掌教掌门。宗门上下都忙着布置接待。最近宗门给弟子的任务全部都是跑腿小二的活儿。天晓得那些宗门的首领嗜好怎么那么奇怪。"

弈之羽观察到焚天嚼食石榴的动作慢了下来，心头一喜，知道她生出了兴趣。他怎么舍得放弃这个机会，马上说道："我差点忘了，你好像一直没有做过宗门任务？外事堂传音给你了？现在人手不够，宗门都顾不上弟子修炼，催着弟子做任务。"

这样的任务焚天很喜欢，她一直想借机四处走走看看。这次闭关直接越过了筑基，真气化液，她能驭气飞行也有一点自保能力了，暂时离开青山宗也好。

"对呀，催我补做任务呢。我要去一趟外事堂。"她干脆站起身来。

弈之羽马上说道："我和你一起。"

焚天转过身，眼里有着浓浓的不信任："弈师兄，我不喜欢把后背露给敌人。"

言下之意是，我不相信你，你最好就别和我凑在一起做任务了，免得我还要处处提防你，太累。从那双会说话的眼睛里看明白她的意思，弈之羽苦笑："你也看出来了，我有秘密。当初多了

第十五章　心意难测

位邻居，我这人戒心重，放应声虫不过是为了自保。小天，相信我，不会害你。"

看来是打定主意要黏着她了。焚天点了点头："记住你的话。"

两人到了外事堂，接待两人的依然是那位刘师兄。看到焚天他长舒了口气："林小天，你终于出关了。"左右瞧着无人，压低声音道，"你自来了宗门半点贡献也无。内外门弟子都忙得脚不沾地，你再不做任务，别人该有意见了。"

别人指的是对她不满的人。焚天机灵地递了一袋灵石过去："多谢刘师兄指点。我能接哪些活儿？"

刘师兄收了灵石从袖中递了块玉简过去："轻省的活都在这里。"

焚天给了弈之羽："弈师兄经验足，帮我看看？"

没想到她把接任务的事情交给了自己。弈之羽心里又一阵苦笑。这丫头也太精明了，自己想要赢回她的信任，必须尽心尽力。

神识扫过玉简上的任务，弈之羽脸色微变："刘师兄。只有这些任务？"

刘师兄又拿出块玉简，没好气地说道："你看看这里面的。轻便好做的任务早就被人领光了，只有这些了。"

比较了两块玉简上的任务。弈之羽对焚天解释道："十一月的盛会是上个月定下来的。最省力简单的早被弟子们抢走了。剩下这些，对炼气弟子来说难度偏大，且路程也远，属于费时费力还不容易完成的。"

"就是因为没有人接，宗门赏赐的是贡献点，不是灵石。"刘师兄补充道。

焚天拿过玉简挨个看去。两片玉简上只有寥寥五个任务，全部都是搜寻物品,她都不知道是什么东西。她的目标是游历,任务完不成也不打紧。她随意选了一个。

"丝雨茶一斤。"弈之羽眼中闪过异色,"小天,为何选这个任务?"

"上面不是写得清楚?落霞山有。那边不是和妖族有坊市?顺便逛逛喽。"

两个男人同时苦笑:"不是去买。是去采。"

弈之羽道:"产茶的地方在玄门与妖族的交界处。双方均不管,完全是蛮荒地带,容易遇见高阶异兽。我炼气七层,你五层,比较危险。"

"三斤紫雕绒。去紫雕巢穴收集初生紫雕第一次换下的毛。想也能知道,一只雕能换一两毛不?巢穴建在高山悬崖上,咱们不会驭气飞行,并不方便。这个任务要二十尾金线剑鱼。金线剑鱼生活在西部地底黑暗岩洞清溪之中。翻山越岭找岩洞摸黑捉鱼,全凭运气,也不好玩。还有这什么新鲜石斑草,那是东部大陆特产。路太远,借传送阵都远。蓝色珍珠粉是中部海中盛产,不过,宗门没给买珍珠粉的灵石。让咱们自个儿下海去采,划不来。只有这丝雨茶,就在六百里外的落霞山上。宗门有传送阵能直接到落霞山,相对方便。运气好遇不到高阶异兽任务相对简单一点。"落霞山毕竟在两族的交界地带,高阶异兽少有在人多的地方。品阶再高,能高过圣域斗兽场的异兽吗?她最不怕的就是和异兽打斗。

弈之羽无奈地点头:"就做这个任务吧。"

两人接了任务离开后。刘师兄放出了两只传讯符,摇头叹气:"元婴打架,弟子遭殃啊。"

第十五章　心意难测

一只传讯符到了静思崖若华道君手中。

她冷笑出声，吩咐弟子云真云影："你俩去趟落霞山，向妖族悄悄买几只高阶异兽放在茶山上。我要让林小天死在落霞山！"

云影迟疑了下道："梁真人正领了任务在落霞山与妖族谈大宗采买，是否让她知道？"

"秋怡是个心软的，不用让她知道。如果她看到你们，就说是替本座买一些待客用的东西。"她想了想又道，"把这事透给田雨来知道吧，他只会比本座更想杀了林小天。"

两人领命而去。

另一只传讯符飞到了滴水崖。

秦有桑额头青筋直跳。

是夜，秦有桑又一次敛息来了外门，轻松打开阵法进了院子。

焚天已经和弈之羽离开了，小院空寂无人。

看到院中多出两把竹躺椅，一株硕果累累的石榴树，仿佛看见焚天和弈之羽躺在树下张嘴接石榴吃。秦有桑一口气憋在胸口，血直往头上涌，想都没想施了个法术将树上石榴全摘了个干净。

路经外事堂养飞行骑兽的兽院，秦有桑一挥衣袖，石榴摔进了喂食的石槽中。

看着骑兽啃得吧唧作响，秦有桑满意地化为一道遁光，朝落霞山飞去。

青山宗位于无垠大陆西南方。在二百多年前圣尊聂天虹带着十八玄翼卫袭击大败而归之前，比起大陆东部中部那些传承数千年的大宗门，青山宗寂寂无名。

秦有桑带回圣域议和的消息。三十六家宗门代表将齐聚青山宗。这等盛事让宗门上下决定全力以赴，办好这次盛典，在宗门山脉中新择了一座山峰修建三十六座庭院。这次遣弟子四处采买的物品也是为了接待赴会的门派。

妖界与紧邻青山宗的门派也听到了消息。与妖界相邻的落霞山坊市所有物价齐齐上涨，铆足了劲要赚青山宗的灵石。

拿着宗门灵石在落霞山采办大宗物品的是千瀑峰弟子。

焚天和弈之羽通过传送阵到了宗门离落霞山最近的一座坊市。刚出传送阵就碰到了将货物带回宗门的千瀑峰弟子刘采采。

刘采采大惊失色，顾不得进传送阵，先把焚天拉到旁边："你跑落霞山来做什么？没收到我的传音吗？"

自上次一别，焚天自问和刘采采没有更多的交情，对她的关心和热情只是虚应着："没办法啊，我进宗门四个月，一次任务没接。这次接的任务是来落霞山采丝雨茶。"

刘采采扳着她的肩转了个方向："往那边走，绕过坊市进落霞山去找茶山。"

好不容易来了，这么热闹的坊市总要逛一逛吧。焚天失笑："坊市为何不能进？"

刘采采看白痴似的看她："宗门要在这里采买很多东西，有些物品不是一时半会儿能凑齐的，梁真人就驻扎在坊市的客栈中。你打场擂台，所有弟子都认识你了。给她通风报信，她找你麻烦怎么办？"

焚天失笑道："为什么要找我麻烦？我和有桑道君又不熟。总不能看我大赚静思崖的灵石眼红来抢吧？"

刘采采微张着嘴，将焚天拉得离弈之羽又远了些，凑近她恶狠狠地说道："林小天，你真不够朋友！我对你挖心掏肺的，你竟然对我百般隐瞒……你打擂台那天有桑道君特意传音给我让我帮你说话，你还敢说和他不熟！"

"那是因为于真人闭关前请他照顾我而已，我和有桑道君的确不熟呀。"焚天眼神清澈坦荡，谎言当成真话讲。你以为拉我走远了十来步，弈之羽就听不见了？二十万灵石的应声虫随手就用掉的人，谁知道他的深浅。

刘采采有些失望，不过马上又高兴起来："不管怎么说，有桑道君就是关心你嘛，这可是本姑娘的财路，你别想给我断了。"

焚天忍俊不禁："我猜，擂台赛那块灵石是你投注的吧？"

"嘿嘿，本姑娘眼光好呀。"提起赢的灵石，刘采采满脸放光。不过，她有任务在身不能久留，只得再次告诫焚天，"我要把采买的物品送回宗门。小天，你听我的，别进坊市触我家真人的霉头。"

送她进了传送阵，弈之羽走了过来："二百五原来是她呀。咱们还进坊市吗？"

焚天望着他道："都听见了？"

弈之羽两眼噙着脉脉深情："小天，我不想在你面前扮蠢。"

焚天哦了声反问道："为什么？你不怕我告诉有桑道君，你这个外门炼气弟子很是神秘？你不怕他去查你的背景来历？"

"应声虫都被他发现了，他自然会查。我让你知道的原因很简单……"弈之羽的声音轻柔缱绻，"我想让自己喜欢的女子对我多一点信任。"

"行啊。你真名叫什么？哪家宗门的？真实修为如何？来青山宗有何目的？"看着弈之羽眉心微蹙，眼神纠结，焚天赶紧摆手，"别告诉我。知道别人的秘密很累的。"

她朝坊市走去。

弈之羽跟了上去:"只要你想知道。我都告诉你。"

焚天一口回绝:"不,我不想。真不想。只要你不害我,我对你的秘密不感兴趣。"

弈之羽气结:"为什么?"

焚天冷静地望着他的眼眸:"知道了又如何?我又不是青山宗掌教。我才进宗门四个月,我没把这里当成是我家。"

"不。"弈之羽恨恨说道,"你只是没有喜欢上我罢了。对我不在意才不想了解我。"

"你明白就好。"

"你会喜欢我的。"

"为何?"

"我长得不错吧?我还很有钱吧?我的修为其实还不错……"弈之羽絮絮叨叨咕着。

焚天想起刘采采评价秦有桑的话:"你少说了两样,没权没地位。"

弈之羽大笑:"女人就是肤浅。没听说过莫欺少年穷这句话?目光放长远一点,说不定将来我成就非凡呢?"

焚天点头:"听说过呀。所以我如果要喜欢一个人也应该喜欢有桑道君,无须等待无须赌将来,现摆着权钱色都占齐了还年轻修为高。"

从她语气中听出对秦有桑的不在意。弈之羽高兴极了,夸张地捶胸:"气煞我也!我要努力超过他!"

"秦有桑如果是参天大树,你现在比他矮多少?"

"我比他矮?我会超过他!"反问的语气迅速换成了肯定。

第十五章　心意难测

焚天似笑非笑看他一眼："看来去采丝雨茶，我算是带上了一个很有实力的保镖。原本还担心梁秋怡找我麻烦，现在放心了。"

一语失言，弈之羽笑了。嘴里说不打听，不好奇，绕着弯子探他的虚实。这丫头比他想象的还要精明。

坊市就在眼前，焚天再也顾不上和弈之羽斗嘴，兴致勃勃走了进去。

这里店铺的繁华远胜青山宗圩市数倍。她看见了妖兽化形的人。他们外表与玄门修士无异，但是眼瞳和发色不同，看玄门修士的眼神都充满了戒备。大概是靠近妖界，妖修给人的感觉都有点傲慢凶狠，身上挂着生人勿近的牌子。

这处坊市是座互市，玄门和妖界都有店铺在此，都无须看主人，只听声音就能分出是哪家的商铺。

"哎呀，这可是中部大陆深海中的灵鱼，咸香酥脆，味道鲜美，灵气也不少哦。买一百条送五条。"巧舌如簧形容真切还有添头，定是玄门中人。

妖界的店铺中传来的声音却刻板强势："十枚灵石……十枚！俺老熊说了就十枚！不买就滚！"

焚天笑得直不起腰："做生意这么凶，不会打起来吧？"

弈之羽笑道："不会。坊市需要妖界与玄门互换物品，特意设了坊主建了护军。不会袒护妖族，更不会姑息玄门修士。是以千年来无人敢在落霞山数座坊市里动手闹事，一直太平。"

焚天乐了："坊市里不能动手，刘采采还劝我绕道干吗？"

"你傻啊。你总要离开坊市，出了地界，就无人管了。"弈之羽说着神色微变，将焚天拉到了角落。

街道上身穿黄衫的梁秋怡正被弟子簇拥着走进一间店铺。

能不遇上自然最好。两人拐进了另一条街。焚天看到了一间店铺，匾额上写着"集蛊"二字，她的心不受控制地急跳着。

森林盛产虫豸。她坚持进坊市，也是想看看是否能找到有关幽光黑虫的信息。

"你想对谁下蛊？"趁她失神之时，弈之羽出其不意问道。

若这么容易就被人摄了心神，她就不是焚天了。她嫣然一笑："应声虫也是蛊吧？"

弈之羽一窒，竟不见丝毫尴尬，亲昵地说道："嘴上不提，心里这么在意？我错了好不好？任你罚我便是。"

情意绵绵的语气令焚天浮起一层鸡皮疙瘩。

这时，店铺的黑布帘子掀起，秦有桑竟然从里面走了出来。

她不可能一直散发神识。进了坊市也无危险令她的神识警觉，焚天根本就没察觉到秦有桑在这家店里。他也是来落霞山坊市买待客用的物品？焚天见到他就别扭，垂眼低头装作没看见。

弈之羽轻扯她的衣袖，已叉手行礼道："弟子弈之羽拜见有桑道君。"

焚天敷衍地拱手，还没开口就听到秦有桑冷冷说道："拜见？本座怎没见你拜下去啊？"

焚天闻声抬头，只见弈之羽僵着身体，脸色如同开了颜料铺子，阵青阵白，时红时黑。

秦有桑站在三级台阶上，居高临下俯瞰着弈之羽变幻莫测的脸色，心里阵阵痛快。他暗骂道：叫你装！装过头了不是？自个儿挖的坑把自己埋了，活该！

眼角余光瞅到白色的身影晃了晃，平白矮了一截。

焚天已拜倒在地，行了跪地大礼："外门弟子林小天拜见有桑

第十五章　心意难测

道君。"

秦有桑与弈之羽同时一震，不可思议地看着她。

她表情柔和，大眼睛平静如一湖春水，看不到丝毫怨怼与不甘。仿佛她真的认为朝宗门长老道君行跪拜之礼是理所当然的事。

弈之羽嘴角上翘，勾出愉悦的笑容。因愤怒暴露在脸上的情绪如潮散云开，取而代之的是如骄阳般的明朗。他掀袍下拜："拜见有桑道君。"

一股锥心的痛楚瞬间吞噬了秦有桑。坊市热闹的声音渐行渐远，他眼中只有朝他拜见的这两人。他突然觉得他们身上白色的弟子衣衫白得太刺眼，刺得他双眼干涩。

她林小天是什么人？在赤海小境界时何等清冷孤傲，连多说句话都懒得，哼嗯着敷衍自己。用神识偷窥，什么都没看见，她一言不发直接饿他两天。

不论他修为如何，她也都不曾对他恭敬过。二师兄想在人前维护他，求她后退两步，也要贿赂她才肯。

她就为了一个认识没几天的小白脸毫不犹豫地跪了！

想到她砍了那院子里的桑树，想到院子里新种的石榴树下两张并排的竹躺椅，秦有桑瞅了焚天一眼。见她正含笑看着弈之羽，眼睛水汪汪的似盛着一湖柔情蜜意，秦有桑的心就像篱笆编成的竹舍，挡不住四面来袭的飕飕凉风。

真是可惜！明明那小白脸都快忍不住露出真面目了，就被她这样轻松化解掉。秦归陌，她既然如此维护他，眼里心里都只有他，你急吼吼地跑来落霞山不过是个笑话罢了。

蓝色的身影晃了晃，秦有桑拂袖飞遁远去。

第十六章　蛊惑人心

他是在气什么？难道弈之羽跪了，她这个炼气小弟子就能不跪？她不过是抢先行了大礼罢了。他在生气自己替弈之羽化解了尴尬？她凭什么不能对弈之羽好？谁叫你喜欢的是我的"妹妹"呢。焚天心里冷笑着，站起身来拍了拍衣袍上的灰，嘀咕道："唉，真倒霉，撞见有桑道君心情不好，有桑道君板着脸真吓人，难怪刘采采说珍爱生命，远离道君。"

她是替自己解围，还是真的被秦有桑吓着了？弈之羽从焚天脸上没看出半点端倪。不过，他可以肯定，林小天和秦有桑之间没那个意思，否则秦有桑怎么可能任她跪下去。这就足够了。

他心情大好，笑道："可不是咱俩倒霉吗？又不是什么正经场合，谁能想到向道君行跪拜之礼呢？道君发怒的时候我的小心肝吓得差点蹦出来。"

焚天心里暗暗叹气。

每个人都有自己的底线，弈之羽平时再潇洒明朗，哪怕被同门欺负也一副死皮赖脸的模样。秦有桑认真摆出宗门长老高高在上的架势令他下跪拜见，弈之羽就有点装不下去了。如果他真的只是一个小小的外门炼气弟子，何至于受不了？

她不是想帮弈之羽解围。方才弈之羽脸上的神色分明已是怒极。杀人不过头点地，打人还不打脸呢。说到底弈之羽不过是和她在一起罢了，又没有做什么，秦有桑就硬要用身份压他羞辱他。焚天抢先行大礼是不想因为自己让秦有桑多出个敌人。

不用看秦有桑，焚天也能感觉到他的愤怒。

活该！

既然他喜欢着她的"妹妹"，就喜欢去呗。她问他是否喜欢自己时干吗不承认？无垠大陆喜欢倾慕他的女修不是能从青山宗排到赤海吗，她表现出对他没那个意思，他就伤心了？凭什么！

"走吧，进店里看看。"焚天抿唇笑着，迈步上了台阶，弈之羽跟着她进了店铺。

从外面看这里不过是一间平房罢了，里面却别有洞天。眼前出现了一片森林，高大茂盛的植物郁郁葱葱，地上的苔藓青翠欲滴。树上悬挂着各种瓶罐匣子，旁边悬着写满字的木牌。一个声音从树林深处传来，声音像那种肉极柴的老公鸡，干沙沙的："本店出售各种整人虫蛊，可一试效果。站到入口处那丛红端木中即可感受。"

入口处长着一丛红色的灌木，无叶，枝红如珊瑚。

焚天很好奇，低声对弈之羽道："既然能在坊市开店，应该没有问题，我想试试。"

弈之羽迟疑了下道："去吧，我守着。"

焚天迈步走了进去。

眼前景物突然变化，她站在一间殿堂中。她心中大惊，紧守着神识，视而不见。

"小姑娘，这是幻蛊。能让你见到心中最厌憎的地方。"那个声音再次响起。

"你也能看见我心中所想?"

如果这店主也能看到,她必杀了他。

"放心吧小姑娘。老红虫若能看见人心深处的秘密,早就不知死了多少回。"

他说看不到就看不到吗?焚天强迫自己不去想这间殿堂。殿堂中的景物因她心思变化变得极为模糊。

"我已经体验过了,如何退出去?"

"打碎你的幻境,就能出去了。"

焚天正要拔剑,眼前突然出现一个白发苍苍的女人。她跪伏在她面前,满头白发透迤在地,哀哀地哭泣:"老妇求您了……"

她脑中嗡的一声,无数的声音织成了一张网,殿堂的景物渐渐清晰,四面墙上雕刻的图案慢慢凸显。如同梦魇,她没有力气举起手里的剑。不!她绝不能让它继续出现在眼前,她不能让任何人窥见她心中所想。

识海突然掀起滔天大浪,细密的汗珠挂满了她的额头。焚天紧闭双眼。殿堂与老妇如同漂浮在汪洋之中,时而清楚时而模糊。红若翡翠的幻影赤莲在识海之中浮现。她大喝一声,挥剑击下。

幻象骤然消失,她仍站在这丛红端木中。焚天缓步退了出来,心仍跳个不停。

弈之羽满脸心疼:"你在里面站了两息就出来了。看到什么了?你脸色很难看,吓出这么多汗。"

树林深处响起两声咳嗽,老红虫的声音再次响起:"不过是体验,幻蛊最多只维系十息,纵然破不了也会自己退出幻境。"

她用了两息?一呼一吸为一息。呼吸了两下的时间?这么短?焚天摸了摸额头,光洁无汗,仿佛汗透中衣只是幻觉。

第十六章 蛊惑人心

焚天浅浅一笑，不动声色："看到一只异兽朝我扑过来，吓了一跳。有点意思，你要不要去试试？"

"好啊。"弈之羽也走了进去。

不多不少，两息之后，他便退出了红端木，大笑起来："果然是幻蛊。我见到我爹要揍我！我最讨厌小时候他脱我裤子打我！我想躲开，一跑开幻境就消失了。"

如果老红虫真能看到体验幻蛊时人心中最厌憎的所在。不愿让他知晓秘密的修士早弄死他了吧？秦有桑是否也体验过呢？如果他体验过，他心中最厌憎的地方又是哪里？想到自己的幻境中并无更多影像出现，她便不再担心。

老红虫干巴巴地说道："小店出售各种整人虫蛊，自己进来挑吧。"

两人走进了树林。

"老板，所有进店的人都会体验你的幻蛊吗？"

焚天随意在树林中逛着。刚才体验的幻蛊竟然能翻出她记忆深处的秘密，她有些忌惮。

"万事随缘，老红虫从不勉强。"

弈之羽轻笑出声："你想知道有桑道君最厌憎的地方是哪里？"

这家伙像是对秦有桑上心了。焚天白他一眼："你难道不好奇？"

"嘿嘿。我猜道君才不会像我们这般无聊。一千六百年前那场大战后，妖族退守南方森林在此划下界线，开设了落霞山一带数座坊市，这家店应该也开了不少年。观云坊市与青山宗之间有传送阵，有桑道君应该不是头一回来此。"

"一千六百年。这家店自坊市建立起就在了，老红虫接管店铺也有五百年，童叟无欺。"老红虫甚是骄傲地说道。

如果他能看到客人体验幻蛊的景象，这家店应该早被砸了。焚天暗想，大概触碰到心中的秘密，自己太过小心了。

妖族的这只老虫子有五百岁，他知晓的蛊应该很多，是否也知道幽光呢？

焚天走到一棵树下，随意拿起一片木牌，上面写着：欢喜蛊，予人喜乐一次，三百灵石。焚天很好奇："意思是把这只蛊种在别人身上，再伤心的人也会欢喜开怀？"

老红虫的声音从树林深处传来："花迎喜乐皆知笑，鸟识欢心亦解歌。小姑娘，想哄情郎开心，无须百般手段，一只欢喜蛊，三百灵石而已。"

焚天失笑："喜怒哀乐发之于心，强求不好吧？一个痛失亲人伤心大哭的人，对他用这只欢喜蛊，他便能忘记失去亲人的伤痛？"

老红虫大怒："教你怎么讨情郎欢喜，你扯什么死爹娘死媳妇的事！不买便走罢！"

"我买了。"焚天摘了木牌旁的木头匣子，"教我怎么用。"

一道绿影从树林深处蹿出来。

老红虫是个体形干瘦的老头儿，颔下飘着半尺长的两络白色胡须，他有一双红色的重瞳。焚天心道，妖族能幻出人形至少是六阶以上。寿数五百，这只老虫子的修为应该不止六阶吧。这样的高手跑来坊市开店，难道妖族的高手与圣域一样，都远超玄门，只是输在人少？

数了三百灵石给他。老红虫喜滋滋地说道："扔在别人身上即可。可得半个时辰的欢喜。"

第十六章 蛊惑人心

木匣里有一枚核桃大小的树叶。她拿起来细看,树叶叶脉如符文般,中间有一个红色的小点,认不出是什么虫。她收进木匣,又逛了起来。

"这个是蛮好玩的。"弈之羽笑着帮她翻看木牌,"店家,还有什么有意思的蛊?直接说来。"

老红虫佝偻着腰道:"有欢喜蛊,就有流泪蛊。中蛊之人落泪不止,也是半个时辰。还有喷嚏蛊放屁蛊……"

焚天觉得有意思极了,笑道:"我都要了。"

弈之羽赶紧说道:"我们买这么多,能否便宜一点?"

老红虫瞪眼:"概不讲价。小子,休想占你爷爷便宜!"

弈之羽苦笑,再不提价钱。眼珠转了转,问起了另一件事:"刚才那个离开的玄修买了什么蛊?"

对呀,秦有桑进来买什么蛊?难不成他是为了她体内幽光而来?焚天心里微涩。

干瘪的手摊开摆在弈之羽面前,老红虫的重瞳闪烁着狡黠的光:"谁都不喜欢让别人知道自己买了什么蛊。我老红虫只要收一百灵石,就能替客人保密。"

弈之羽拿了三百灵石给他:"我给你三百灵石。拣能说的讲,可以吧?"

收了灵石,老红虫撇嘴道:"那玄修忒不大方,把我这园子里所有蛊看了个遍,一只都没买,也没叮嘱老红虫保守秘密,倒不算违约。不过……他是行家,知道我这集蛊店里卖的蛊虫不过是些戏耍的玩意儿。我妖界产虫孑自有训蛊之法。妖王有令,高品阶的蛊不能轻易流出妖界。他不是来买这些小蛊虫的,只问我,这世间是否有种在人心之中的蛊,一动真气就发作,人吐出来的血浮着黑色的毫光,见光即燃,腐蚀性极强。"

秦有桑问这种蛊做什么,他想对付谁?弈之羽眉心微蹙了蹙,轻叹道:"那种蛊也太阴毒了。毁了丹田妖丹直接绝了修行之路便罢了。明明有修为,一擅动就蛊毒发作,那才令人绝望。老红虫,世间真有这种蛊?"

"老红虫知道有一种蛊,叫蛊惑人心。中了蛊惑人心,时间一长,就成了蛊主操控的傀儡。不过,却不影响人的修为。他形容的蛊倒是和无垠大陆上古遗境中出现的邪物有些相似。那些进遗境冒险的修士就有中邪吐血而亡的,只是没有听说过吐出的血会燃烧有腐蚀性。想来真气是世间最纯净之气。邪物若以真气为食,一动修为邪物就被真气吸引,也许被邪物噬咬之后就会吐出古怪的黑血。"

"就算是邪物,这世间一物降一物,总有解救之法吧?"焚天淡笑着,心里无比紧张。

老红虫唔了声:"世间邪物都怕真火。只是长眠于人心,就难喽,总不能把心取出来以真火烧之?"

弈之羽便道:"若遇到这种邪物,真阳之体应该不惧吧?"

"你当真阳之体是地里的大白菜,长得一畦一畦的?如有真阳之体……虫蛊都会远离。"老红虫嘟囔道。

据传妖王的鸾凤血脉是真阳之体,能吐出真阳之火。可惜如同老红虫所说,总不能把心掏出来用真火烧之。她也不能确定真阳之火入体能只烧死幽光黑虫而不伤身体。妖王,她也没有交情,真阳之火入体,等于性命交于他手。焚天叹了口气。

知道秦有桑是为了解她心窍中的幽光黑虫而来,焚天说不出心里什么滋味。讨厌他口是心非还关心自己,又生出暗暗的窃喜。

第十六章　盅惑人心

想到他伤心气愤离开，不知为何她竟然想到了匣子里的欢喜盅。若此时拍在他身上，他会高兴起来吗？

难道她想讨他欢喜？这个念头一出现，焚天吓了一跳。心窍中还有要命的幽光，她在胡思乱想什么呢？她瞬间又想到了幻影赤莲。红莲之火能烧熔一切，既然她与红莲相融，为何体内的幻影赤莲却不能将那些该死的虫子焚了？或许，都是这老红虫的猜测罢了。

幽光黑虫不是盅，是极北上古遗境现世时赤玉霄从中得到的邪物。东部大陆上古遗境中出现的邪物是否也同幽光一样？去那些遗境中是否能找到消除邪物的线索呢？

"在想有桑道君为何想买那种盅吗？"弈之羽见她怔忡出神，轻言问道。

"不是。"焚天垂下眼眸掩饰住情绪，"我觉得就这些欢喜盅什么的玩玩就好，时间也短，不至于令人异常痛苦。只是担心，如果有一天中了妖界那些高品阶的盅，该怎么办呢？"

她仍然想着红端木丛中的幻盅。中了品阶更高的幻盅，岂不是能轻易诱出心中的秘密？

"傻！这些整人玩的盅虫一只都要数百上千灵石，高阶盅不知价值几何。就你这点浅微修为，杀鸡焉用牛刀，别人还舍不得大笔灵石。再说了，盅受人豢养，能种就能被取走，修为高的人，自然能将盅逼出来，哪可能轻易被人以盅相害。"

焚天敷衍地笑道："也是哦。"

买了一堆好玩的盅，焚天付了两万灵石。

弈之羽厚着脸皮道："我们花了这么多灵石，多少给点优惠吧？"

老红虫气得吹起了两根长胡子，抠抠搜搜地摸出了一块木片递给焚天："送你一块香木吧。小蛊虫闻到它的味道自会避开。权当优惠了。"

淡黄色的木片散放出奇特的香味。

焚天很喜欢："这样就不怕会被别人整蛊了？好东西呀，谢谢。能再多赠一块么，我朋友与我同来，总不好空手离开。"

见她想着自己，弈之羽眼睛一亮，眉眼都柔和起来。

老红虫哼了声，扔了一块香木给弈之羽，身影重新没入了树林之中。

两人出了店铺，只见台阶下站着三个千瀑峰的弟子，一字排开，挡住了去路。

这么快就找麻烦来了？坊市中不许打斗，千瀑峰的弟子定然不敢明着来。他们想做什么？焚天暗暗皱眉。

弈之羽反应也极快，一见三人站的位置就堆了满脸笑容。他叉手行礼道："见过千瀑峰的师兄师姐。小弟与师妹着急完成宗门任务，先行告辞。"

站在中间的一名女弟子倨傲地说道："千瀑峰人手不够，梁真人吩咐你俩过去帮忙。跟我们走吧，事成之后定不会少了你们的赏赐。"说到赏赐，她的目光从焚天脸上掠过，颇有些幸灾乐祸的味道。

"既然是梁真人吩咐，是弟子的荣幸。"弈之羽态度放得极低，焚天也一脸听话样。两人老实地跟在三人身后。

还没走出巷口，突然听到一声长长的屁响。

两名男弟子诧异地看向女弟子。

弈之羽和焚天同时把脸转开。

第十六章 盅惑人心

女弟子满脸通红，叱道："看什么看？没见过人放屁……"

话未说完，又一声悠长的屁响。

两名男弟子瞠目结舌。此时又听见女弟子放出一连串的屁响。声音之响，如燃放了一串鞭炮。

就在这时，两名男弟子同时爆笑出声："哈哈哈哈！"

"你们太过分了……"女弟子指着他俩一时羞愤交加，哭出声来，跑得比兔子还快。

那两人笑得厉害，怎么也忍不住。笑得直弯下了腰，蹲在了地上。

"师兄，都是同门，这样笑话师姐不太好吧？"弈之羽好心地劝道。

回答他的是停不住的笑声："哈哈哈哈……"

"梁真人还等着我们去帮忙。不如这样。两位师兄在此歇一歇，我和林师妹先去宗门驻扎的客栈寻梁真人可好？"

两名弟子蹲在地上笑得满面通红，停不下来。

弈之羽和焚天便朝两人叉手行了个礼，快步离开。

拐出巷子，两人撒腿就跑。一气跑出了坊市，才站在路边放声大笑。

"小天，你千万别整我。哎哟，那师姐的脸色哦。足足要放一刻钟的屁，哈哈！"弈之羽捶树大笑。

焚天笑嘻嘻地说道："好在大笑蛊只有一刻钟效用，否则笑久了会死人的！"

她笑起来的时候，冰雪般洁白的脸上透出桃花般的粉色红晕，眼里像汪着一泓水。弈之羽心跳加快，低声说道："小天，你一直这样快活就好了。比你冷着脸好看十倍。"

323

焚天往后退了一步，拉开了两人间的距离："弈师兄，我们还是赶紧走吧，否则被梁真人追来就惨了。"

她翻出事先备好的地图，辨认了下方向，朝长着丝雨茶的山中行去。

弈之羽跟上了她，不满地嘀咕道："小天，有男人向你表白时，你怎么能够装作不知道呢？你该害害羞啊，或者用你那双会说话的眼睛告诉对方，你其实也很动心啊……"

"弈师兄，"焚天停住脚步回头，平静地说道，"你明明很有钱，修为也不低，你到青山宗自有目的，办完事你就会离开。何必来撩拨我一个小小的炼气弟子？"

"哎，小天，你哪只眼睛看到我对你不是真心？"弈之羽夸张地做捧心状，满脸伤心。

焚天静静看着他，直看到他讪讪地收了夸张的表情，正经起来才道："我初到青山宗，对宗门尚未有归属感。你哪怕想灭了青山宗，我也无所谓。还是那句话，你定要跟着我，只要不害我，我就当找了个保镖。我也不会深究你的来历目的。"

弈之羽笑了笑："你就不相信我会真的喜欢你？"

"我相信又如何？"焚天反问道，"我就该回应你吗？照你这样说，那么多女子倾慕有桑道君，他都得一一回应，免得伤了人家的心？"

"如果你喜欢我，自然会有回应。"弈之羽叹了口气。

焚天不置可否，抬脚上山："看得出来，弈师兄也是说一不二的骄傲强势之人，大概没得到回应才如此不甘缠着我。如果你不再唠叨，我便说句喜欢你好了。"

弈之羽气结："这有什么意思？"

第十六章 蛊惑人心

"怎样才有意思？见你就羞涩地红红脸，大眼睛噙满深情望着你，见着你就撒娇，哎呀，弈师兄我好想你哦？或者时时嗟叹一日不见如隔三秋兮？"

说得弈之羽一怔，挠头道："仿佛有些道理。不过，我很好奇，小天，你真实年龄还没到二十吧，为何一副勘破情爱的模样？"

焚天便问他："弈师兄，世间情爱有哪些？哪种最为可信？"

弈之羽仔细想了想道："兄弟之情，知己之情，男女之情，师徒之情，骨肉之情。若说到最能信任的，自然是骨肉之情。自然都有例外，但相比较而言，代代血脉相承，天然就有一份信任。"

"我……姑姑。她从不相信男人。她总说世间男女之情、兄弟之情，都抵不过血浓于水，她一心为她女儿着想，不过事与愿违。"焚天走在满目苍翠的山间，想起了聂天虹。

以弈之羽的聪明自然能够猜到："她的女儿背叛了她？"

焚天没有否认，也没有多说："这个世界弱肉强食，连至亲尚会背叛，我无自保的修为，更不愿轻涉情爱，辜负师兄一片心意了。"

"照你这样说，女修没有高深的修为就要灭情绝性？那大可以寻个能保护你的男人，比如我呀。"弈之羽马上拍胸脯做大男人状。

焚天讥笑道："弈师兄难道不是因为擂台赛上我林小天哪怕浑身是伤也站起来击败田师兄才心动？我若蜷缩在你的羽翼之下，你还会喜欢？"

弈之羽噎住，悻悻说道："你看得很明白嘛。"

焚天叹气："所以你明白了吗？"

325

如此冷静看得清楚明白,自然对他并不动心。弈之羽明白,却恨得牙痒:"你不晓得这样更容易勾起男人的征服欲?"

"所以我更要努力修炼,增强实力。将来拒绝别人也有底气,打起架来也不至于吃亏。"焚天说着拿出地图研究,转移了话题,"翻过两座山便是茶山所在。前面三条岔道,走哪条道?"

一片轻羽在她面前放大,弈之羽没好气地说道:"走什么走,上来吧。"

焚天大笑着踏上羽毛:"不装了?"

"人前还是要装一装的。"弈之羽驭使着羽毛直飞上天,懊恼道,"为何我会相信你不会出卖我?这就是英雄难过美人关!"

他斜乜着她,似恨非恨,似恼非恼,竟让焚天内疚起来:"对不起啊。"

"不关你的事,是我遮掩面目,多次试探,令你防备。"弈之羽负手迎风而立,又恢复了潇洒之态,"小天,若有一天我真诚相待,你可否试着予我真心?"

"不能。"

"为何?"

"你也说了是将来。一个现在不能真诚待我之人,我为何要把真心留待将来?"

弈之羽回过头瞪她,焚天回之以微笑。

弈之羽恼怒地说道:"你就不怕得罪我,把你从天上扔下去?"

焚天笑道:"如此正好,以后大道朝天,各走一边罢了。"

一副恨不得他做点什么让两人从此殊途陌路的模样。弈之羽不知道今天碰了几次壁,撞得满头大包,偏偏心中竟起了执念,不肯罢手。他转过脸再不看焚天:"我不会上当的,偏要你承我的情。"

有飞行法器相助，不到片刻时间，两人就落到了茶山山脚。

夏季山林绿意葱茏。眼前的山峰峰顶呈接云之势，山势陡峭。

拿出事先备好的地图看了看，焚天说道："从这里往南数百里都长有丝雨茶树。这座茶山大概更靠近妖界外围，茶树分布都标记了出来。炼气弟子难以飞行。茶树分布得散，一棵树也摘不了一两茶，徒步山中的确是个苦累活，难怪没有人接这个任务。"

弈之羽下巴昂得高高的："能带你翻山到这里已是不错了，别得寸进尺。我去青山宗有事情要做，被青山宗的人看见我能飞行就麻烦了。"

焚天心想，如果不是被你缠着，我自己不能飞吗？此时又后悔应该先去趟秦王城买件飞行法宝。假装炼气修为只能徒步爬山实在太麻烦。

"叫我一声弈哥哥之羽哥哥弈大哥……我就豁出去了！"弈之羽下巴仍昂得高高的，用眼角余光斜斜地睃看着她。

焚天大笑。笑过却并不提飞行一事，好奇地问他："你以前来过这里？轻车熟路啊。"

"我弄了份介绍落霞山的玉简而已。"弈之羽禁不住叹气，"小天，你的心眼多得成筛子了吧？随时都在疑我。"

难道你铁了心跟着我就不是？焚天睁大双眼，很是惊讶："是你心眼多得成筛子了！随口一问，就在疑我。"

弈之羽笑了，含情脉脉："小天，你这般聪明，我怎能不喜欢？"

"弈师兄，虽说丝雨茶需要现摘存进玉盒。坊市里应该有吧，为什么我们不在坊市买？"焚天当没听见，转开了话题，"千瀑峰奉宗门命令来落霞山坊市采买大批物资，为何单漏了丝雨茶？"

弈之羽简单答道："省灵石呀。"见她是真不知道，他便解释道，"丝雨茶，茶叶形如丝，于晨雾中摘集，冲泡后会浮现一团灵雾。这道茶应该是为上元宗道君净仙子准备的。净仙子极爱容貌，喜欢用灵雾熏脸，据说能令肌肤水嫩柔滑。全大陆爱美的女修士们争相仿效。人多茶少，丝雨茶在落霞山坊市卖五百灵石一两，送到中部东部大城中的拍卖会中，一两能拍到三千至五千灵石，坊市几乎买不到。落霞山离青山宗近，宗门遣了弟子来采，一斤茶就能省几万灵石。"

"这次接待需采买的物资多，宗门连弟子奖励都换成了贡献点。青山宗崛起不过二百多年，底蕴还是差了些。"焚天感叹道。

"哟哟哟，听你的口气，一副不把青山宗放在眼里的模样。小天，你老家那旮儿是什么富贵之地不成？"弈之羽半开玩笑地说道。

"我就是个普通炼气弟子，身无长物。来青山宗之前，我一块灵石的积蓄都没有，你就不用费心打探了。"焚天毫不客气地戳穿他的心思，寻了条看起来好走点的路，"弈师兄，要不，你在山下等我？"

有他在，总是束手束脚，能把他甩掉就好了。焚天很是期盼。

"有美相伴，游山玩水也不错。"她的神情悉数浮在脸上，弈之羽越看越恨，偏不想让她如愿，快步越过她踏上了山道，"说不定会遇见高阶异兽，英雄救美的机会小爷我是绝不肯放过的。"

焚天无奈，只得跟着他进山。

南方的山与北方不同。圣域的山峰在半山之上被冰雪覆盖。山腰是低矮的灌木与草甸，只有山脚处生长着宽阔茂密的针叶林。

第十六章 蛊惑人心

这里的山植被茂盛。进山之后随处可见数人合抱的巨大树木。树冠纠缠在一起，联手挡住了阳光，仅在枝缝间偶尔漏下明亮的光线。山中偶尔传来鸟鸣，更显幽静。

走了两个时辰，离路线图上最近的一丛茶树还有不短的距离。而夕阳已挂在远山之巅，山里的光线渐渐暗了。

寻到一处山溪，弈之羽便道："天色晚了，不如先扎营。"

两人靠着山溪布下了防御阵盘。

燃起篝火，焚天拿了只岩羊，熟练地架在火上烤。

嗅着肉香，弈之羽大喜："没想到你还有这等手艺。没有白陪你走这一趟。"

岩羊肉皮脆肉嫩，两人正吃得香时，同时察觉到一股阴寒的气息。

与此同时，窸窸窣窣的声音越来越近。

"不是吧？这处茶山在落霞山外围。这里基本没有高阶异兽啊。"弈之羽吃惊地说道。

话音才落，一只硕大的蛇头从林中蹿出来，看方向是冲着火堆上的那只烤得滴油飘香的岩羊而来。

嘭的一声。蛇头撞在五丈开外防御阵法的护罩上，瞬间被弹回。

地面震动，火堆上的羊直接被掀翻在地。

巨蛇大怒摆尾。方圆几十丈，水桶粗的树木如同折断的竹筷一般，噼啪的折断声听得人牙酸。不消片刻，溪边的树木悉数被碾倒，巨蛇露出了整个身体，深褐色鳞片足有蒲扇大小。金色的圆形图案密布在鳞片上，被火光耀得灿然生辉。它高抬着头，拳头大的褐黄色眼睛冰冷地注视着火堆旁站立的两人。磨盘大的头顶上长着一根三寸的突起，像只独角。它的尾部竟然有两只极小的爪子支撑着身体，整个身体有一半浸在山溪之中，长达数十丈。

"我去！七阶金钱异蟒，哪儿来的？"弈之羽失声说道。

七阶？不知道这里的七阶和圣域赤海的七阶异兽修为是否相似，七阶异兽的修为能对付金丹修士了。

焚天小声问他："妖界不是六阶就能化形？它都七阶了为何还没化成人形？"

"妖与兽是不同族类。近妖而多智。近兽则成精。异兽不过是些成了精的普通飞禽走兽，智商有限。不过，它竟然生出了尾足，金丹中期修为都不见得能斗得过它。咱们买的这种普通防御阵法挨不了两下就会散架。"弈之羽转过脸看着她，火光下的他眉眼如画，神色邪魅，"我也没办法啊，带你逃命手腾不出来。乖，来抱着我。"

他竟然在笑，带着丝丝满足与得意。好像那只七阶金钱异蟒成全了他似的。焚天心里大骂色狼，拔出剑来："我还有很多符箓，要不试试杀了它？少说也能卖几万灵石。"

金钱异蟒试探地靠近，猛然摆动头颅。那只黑色的独角戳在了防护罩上。一蓬火星蹦出，透明的护罩哗啦碎掉了。

弈之羽气极，捉着她的手放在了自己腰间："要钱不要命啊？"

说话语气一副和秦有桑差不离的模样，竟会怕这条七阶巨蟒。难道他的修为才金丹？焚天不过试探罢了，当即抱紧了他的腰。

犹豫的几息工夫，那条金钱异蟒已经一口将地上的烤羊吞了，尾巴抽起，溪水泥土像海浪般扑向两人。

"抱紧了！"弈之羽说着正要驭气飞起。

一抹流星般的光华从他眼瞳中闪过，双脚又钉在了地上。他

第十六章 蛊惑人心

本想拿武器的手改成了搂住焚天的细腰。

焚天也见到了:"剑芒!"

两人同时闭上眼睛,明亮的剑芒仍灼痛了双眼。

那一剑无际无痕自天上划下,将大地切成两半,将数丈高的泥土水浪悍然挡在了剑芒之外。数声轻响后,浓烈的血腥气熏得人几欲呕吐。焚天再睁开眼睛时,看到了背对自己的秦有桑。

那条七阶金钱异蟒从头至尾被劈成两半,像一只裂口的豆荚,腹中血肠胃液以及没消化完的污物散落了一地,眼睛死死盯着秦有桑,仿佛还没死去。火堆早被剑气击散,微弱零星的火光将持剑而立的秦有桑勾勒成一幅修长的剪影。深蓝的道袍被晚风轻拂着,长剑明若秋水,风姿绰约。

秦有桑去而复返,又突然出现在茶山。他是为她而来吗?焚天有点小小的雀跃,唇角自然勾起了浅浅的笑容。就在这时,她腰间一紧,肩头微沉。弈之羽竟然搂住了她,脑袋搭在了她肩上,姿势亲密之极。他的不要脸令焚天震惊,她下意识地挣扎了下。

弈之羽收紧了胳膊,直接把脸埋在她颈边,还"瑟瑟发抖"地嘟囔:"刚才吓死我了!"

如果不是秦有桑站在面前,焚天真会被他逗笑。

神识中突然响起了弈之羽的声音:"他该不会是来揭穿我的吧?小天,帮我。"声音冷静,语气却有几分无奈。

他要留在青山宗,就不能被秦有桑戳穿隐藏修为的事。从小到大,焚天接受的教育是任人唯用,唯一被剔除的条件是背叛。哪怕弈之羽要灭了青山宗,她也无所谓,只要他不害她。细想下,从认识至今,弈之羽其实帮她不少。

焚天从不欠人情。她拍了拍弈之羽的手低声说道:"睁开眼睛好好瞧瞧吧，有桑道君救了我们！"

那条金钱异蟒的眼瞳终于黯然变灰，临死前的拼死一击被秦有桑的神识无声镇住。秦有桑转过身来，一双眼眸黑沉幽深。

被他盯着，焚天突然心虚起来。她又没做什么……不对，她就算和弈之羽亲热了又怎样，她凭什么在这个二货面前心虚？焚天反瞪了回去。

秦有桑瞳孔微缩，一步便迈到两人面前。

焚天昂起了脸："幸亏道君来得及时……"那声多谢尚未说出口，就见秦有桑抓着弈之羽的肩扬手将他扔了出去。他用的真气极巧，不多不少刚好能压制住弈之羽炼气七层的功力。

"啊！我去！"弈之羽失声惊呼是真的，悲愤也是真的。想反击的念头不过在脑中转了一转，就放松下来。

扑通一声。

弈之羽摔进了金钱异蟒腹部淌出的那团血糊糊中。他像跌进了泔水桶，全身都泡在污秽中。扑面而来的腥气熏得他立时屏住了呼吸，手忙脚乱地爬到一边，张嘴就吐了。

空中传来秦有桑冷漠的声音："这条异蟒赏你了。"

声消影没，秦有桑已带着焚天没了踪影。

"秦有桑，你大爷的！谁要这条破蛇！"弈之羽破口大骂，随即浮空而起，身周被柔和的水流包裹冲刷，洗尽了一身污秽。他叉着腰围着金钱异蟒走了两圈，气得直喘粗气，"秦有桑，这笔账我记下了！"说罢又觉得浑身都是污秽味，忍不住又干呕了两口。

散落的篝火渐渐熄灭，弈之羽也平静下来。他被秦有桑弄得这般狼狈，林小天多少也有些愧疚之意吧？

"人心最是不能算的。算来算去，她终究只会欠我越来越多。

第十六章 蛊惑人心

欠得多了,就不好还了。秦有桑,莫要说你还是替你那师兄还人情吧?"唇角勾出一丝笑容,弈之羽将金钱异蟒收进储物袋中,身形一展,悄然离开。